清华送给青少年的成长课

朱自清　等◎著

中国文史出版社

图书在版编目（CIP）数据

清华送给青少年的成长课 / 朱自清等著. — 北京：中国文史出版社，2022.10

ISBN 978-7-5205-3593-9

Ⅰ. ①清… Ⅱ. ①朱… Ⅲ. ①散文集—中国—现代 ②散文集—中国—当代 Ⅳ. ①I266

中国版本图书馆CIP数据核字（2022）第129352号

责任编辑：张春霞

出版发行：**中国文史出版社**

社　　址：北京市海淀区西八里庄69号院　邮编：100142

电　　话：010-81136606　81136602　81136603（发行部）

传　　真：010-81136655

印　　装：廊坊市海涛印刷有限公司

经　　销：全国新华书店

开　　本：787mm × 1092mm　1/16

印　　张：18.25　　字数：218千字

版　　次：2023年3月第1版

印　　次：2023年3月第1次印刷

定　　价：59.80元

不要辜负了时代

——致参观清华的中大学生

张奚若*

你们不久都要变成中国社会的领导或中坚人物。对于做领导或做中坚若要胜任，现在一定要在思想和技能方面尽量地充实你们。一个思想落伍、技能低劣的人，在任何社会都是不会发生很大的作用的。

首先，思想怎样才能不落伍呢？这一定要认清我们今日所处的时代性质。中国今日是正在经过一个历史上从未有过的大规模的社会革命时代，一切思想都要与此革命事实和精神相配合。配

* 张奚若（1889—1973），又名熙若，自号耘，陕西大荔人。1917年、1920年先后在美国哥伦比亚大学获学士学位和硕士学位。1929年至1952年在清华大学任政治学系教授、主任，校务委员会常委等职。

合得好，所有努力才能成功；配合得不好，或违反这个革命事实，任何努力都将变为蠢动，都将得到历史注定的失败。

其次，技能怎样才能不低劣呢？这当然要加倍学习些关于各种建设的原理和应用。一才一艺，不管大小，都是有用的。大厦之成，固然要梁栋，也要基石和木屑。俗语说，“行行出状元”，我们也可以说，“事事出英雄”。

归纳起来，你们思想的方向和技能的应用，都要朝着一个中心目标，那就是：人民的福利，而不是个人或阶级的利益。为了这个目标去努力，才是前进，才是合理，才是道德的。不然，便是开倒车，反理智，罪恶的。今日所有徘徊歧路的所谓“智识分子”“自由主义者”“中间路线者”，都是犯了不愿真正为人民福利而奋斗的错误。他们除极少数是因为先天的或后天的头脑不清外，大部分都是自觉地或不自觉地把个人和阶级的利益放在人民的利益之上，虽然他们并不承认这一点。从理智上说，这是一种逻辑的错误；从动机和结果上说，这乃是一种很严重的损人利己的罪恶。

最后一句话，是要恭贺你们生长在这个伟大时代的幸运。在物质方面，你们虽然都是贫穷的伴侣，困苦的同路；但在精神方面，你们却都有充分发挥你们天赋才能的机会，都有充分发挥你们悲天悯人的抱负的机会。

努力吧！时代绝不辜负你们，希望你们也不要辜负时代。

目录

第一章　最苦与最乐都是人生

002　人生目的何在
006　最苦与最乐
009　生命的意义
016　人生的意义和价值
027　建立新人生观
040　人生意义

第二章　做人与修养

042　为学与做人
049　君子
051　做人的道理
056　荣誉与爱荣誉
062　道德的勇气
069　正义
073　论自己

077 论别人

081 论诚意

085 说有为有守

089 名誉谈

091 辨质

093 说谦虚

第三章 担负起时代的责任

098 少年中国说

104 论不满现状

108 论且顾眼前

112 论吃饭

117 论做作

121 论东西

124 论轰炸

126 最后一次讲演

第四章 培养积极的心态

130 快乐与活动

132 乐观与戒惧

136 “无所为而为”与“有所为而为”

139 长命的打算，短命的做法
143 求学的态度
155 悲观与乐观
166 要做到思想过硬、业务过硬、身体过硬
170 成长的体会
174 志存高远　身体力行

第五章 为了至高的理想

184 人生成功之因素
191 论信念
195 信仰、理想、热忱
202 理想与现实
205 立志

第六章 读书与写作的秘诀

210 写文章的三个基本要素
213 读标准的书籍，写负责的文字
222 和青年们谈谈写文章
228 学问与趣味
231 书
234 为什么要读文学

238 论学习

241 谈写文章

244 谈读书

247 从打基础做起

249 博和精

251 读书和灌园

254 读书必有得力之书

256 文章的眼睛

第七章 体育运动与健康

260 健康与体育运动

264 我的健康是怎样得来的

270 和青年谈体育锻炼

278 军事训练的意义和使命

282 体育之重要

283 体魄健康才能救国

第一章

最苦与最乐都是人生

人生目的何在

梁启超[*]

呜呼！可怜！世人尔许忙！忙个什么？所为何来？

那安分守己的人，从稍有知识之日起，入学校忙，学校毕业忙，求职业忙，结婚忙，生儿女忙，养儿女忙，每日之间，穿衣忙，吃饭忙，睡觉忙，到了结果，老忙，病忙，死忙。忙个什么？所为何来？

还有那些号称上流社会，号称国民优秀分子的，做官忙，带兵忙，当议员忙，赚钱忙；最高等的，争总理总长忙，争督军省长忙，争总统副总统忙，争某项势力某处地盘忙；次一等的，争得缺忙，争兼差忙，争公私团体位置忙，由是而运动忙，交涉忙，出风头忙，捣乱忙，奉承人忙，受人奉承忙，攻击人忙，受人攻击忙，倾轧人忙，受人倾轧忙，由是而妄语忙，而欺诈行为忙，而妒嫉忙，而恚恨忙，而怨毒忙，由是而决斗忙，而惨杀忙，由是而卖友忙，而卖国忙，而卖身忙。那一时得志的便宫室之美忙，妻妾之奉忙，所识穷乏者得我忙；每日行事，则请客忙，拜客忙，坐马车汽车忙，麻雀忙，扑克忙，花酒忙，听戏忙，陪姨太太作

---

* 梁启超（1873—1929），字卓如，号任公，又号饮冰室主人，广东新会人。清末举人。曾跟随康有为发动“公车上书”，倡导变法维新。1925年至1929年，任清华国学研究院导师。

乐忙，和朋友评长论短忙。不得志的哪里肯干休？还是忙。已得志的哪里便满足？还是忙。就是那外面像极安闲的时候，心里仍千般百计转来转去，恐怕比忙时还加倍忙；乃至夜里睡着，梦想颠倒罣碍恐怖，和日间还是一样的忙。到了结果，依然还他一个老忙，病忙，死忙。忙个什么？所为何来？

有人答道："我忙的是要想得快乐。"人生在世，是否以个人快乐为究竟目的为最高目的，此理甚长，暂不细说。便是将快乐作为人生目的之一，我亦承认；但我却要切切实实问一句话：汝如此忙来忙去，究竟现时是否快乐？从前所得快乐，究竟有多少？将来所得快乐，究竟在何处？拿过去现在未来的快乐，和过去现在未来的烦恼，相乘相除，是否合算？白香山诗云："妻子欢娱僮仆饱，看来算只为他人。"当知虽有广厦千间，我坐不过要一床，卧不过要一榻；虽有貂狐之裘千袭，难道我能够无冬无夏，把他全数披在身上？虽有侍妾数百人，我难道能同时一个一个陪奉他受用？若真真从个人自己快乐着想，倒不如万缘俱绝，落得清净。像汝这等忙来忙去，钩心斗角，时时刻刻，都是现世地狱，未免太不会打算盘了。如此看来，哪里是求快乐，直是讨苦吃。我且问汝：汝到底忙个什么？所为何来？若说汝目的在要讨苦吃，未免不近人情；如若不然，汝总须寻根究底，还出一个目的来。

以上所说，是那一种过分的欲求，一面自讨苦吃，一面造成社会上种种罪恶的根源。此等人不惟可怜，而且可恨，不必说他了。至于那安分守己的人，成日成年，勤苦劳作，问他忙个什么？所为何来？他便答道："我总要维持我的生命，保育我的儿女。"这种答语，原是天公地道，无可批驳。但我还要追问句：汝到底为什么维持汝的生命？汝维持汝的生命，究竟有何用处？若别无用处，那便是为生命而维持生命。难道天地间有衣服怕没人穿，有饭怕没人吃，偏要添汝一个人帮着消缴不成？则那全世界十余万万人，个个都是为穿衣吃饭两件事，来这世间鬼混几十年；则那自古及今，无量无数人，生生死死，死死生生，不过专门来帮造化小儿吃饭，则人生岂复更有一毫意味？又既已如是，然则汝用种种方法，保育汝家族，繁殖汝子孙，又所为何来？难道因为天地缺少衣架，缺少饭囊，必须待汝构造？如若不然，则汝一日，一月，一年，一世忙来忙去，到底为的什么？汝总须寻根究底，牙清齿白，还出一个目的来。

孟子曰："人之所以异于禽兽者几希。"且道这几希的分别究在何处？依我说：禽兽为无目的的生活，人类为有目的的生活；这便是此两部分众生不可逾越的大界限。鸡、狗、彘终日营营；问他忙个什么？所为何来？虫蝶翩翔，蛇蟺蜿蜒；问他忙个什么？所为何来？混厕中无量无数粪蛆，你爬在我背上，我又爬在你背上；问他忙个什么？所为何来？我能代他答道："我忙个忙，我不为何来。"勉强进一步则代答道："我为维持生命，繁殖我子孙而来。"试问人类专来替造化小儿穿衣吃饭过一生的，与彼等有何分别？那争权、争利、争地位，忽然趾高气扬、忽然垂头丧气的人，和那爬在背上、挤在底下的粪蛆有何分别？这便叫作无目的的生活。无目的的生活，只算禽兽，不算是人。

我这段说话，并非教人不要忙，更非教人厌世。忙是人生的本分，试观中外古今大人物，若大禹、若孔子、若墨子、若释迦、若基督，乃至其他圣哲豪杰，哪一个肯自己偷闲？哪一个不是席不暇暖，突不得黔，奔走恓惶，一生到老？若厌忙求闲，岂不成了衣架饭囊材料？至于说到“厌世”，这是没志气人所用的字典，方有此两字；古来圣哲，从未说过，千万不要误会了。我所说的，是告诉汝终日忙，终年忙，总须向着一个目的忙去。汝过去现在，到底忙个什么？所为何来？不惟我不知道，恐怕连汝自己也不知道；汝自己不惟不知道，恐怕自有生以来，未曾想过。呜呼！人生无常，人身难得，数十寒暑，一弹指顷，便尔过去；今之少年，曾几何时，忽已颀然而壮，忽复颓然而老，忽遂奄然而死。囫囵模糊，蒙头盖面，包脓裹血，过此一生，岂不可怜！岂不可惜！何况这种无目的的生活，决定和那种种忧怖烦恼纠缠不解；长夜漫漫，如何过得！我劝汝寻根究底还出一个目的来，便是叫汝黑暗中觅取光明，教汝求一个安身立命的所在。汝要求不要求，只得随汝，我又何能勉强？但我有一句话：汝若到底还不出一个目的来，汝的生活，便是无目的，便是和禽兽一样；恐怕便成孟子所说的话“如此则与禽兽奚择”了。

汝若问我：人生目的究竟何在？我且不必说出来，待汝痛痛切切，彻底参详透了，方有商量。

最苦与最乐

梁启超

人生什么事最苦呢？贫吗？不是。病吗？不是。失意吗？不是。老吗？死吗？都不是。我说人生最苦的事，莫苦于身上背着一种未来的责任。人若能知足，虽贫不苦；若能安分（不多做分外希望），虽失意不苦；老、病、死，乃人生难免的事，达观的人，看得很平常，也不算什么苦。独是凡人生在世间一天，便有一天应该做的事。该做的事没有做完，便像是有几千斤重担子压在肩头，再苦是没有的了。为什么呢？因为受那良心责备不过，要逃躲也没处逃躲呀！

答应人办一件事没有办，欠了人的钱没有还，受了人的恩惠没有报答，得罪错了人没有赔礼，这就连这个人的面也几乎不敢见他；纵然不见他面，睡里梦里，都像有他的影子来缠着我。为什么呢？因为觉得对不住他呀！因为自己对于他的责任还没有解除呀！不独是对于一个人如此，就是对于家庭、对于社会、对于国家，乃至对于自己，都是如此。

凡属我受过他好处的人，我对于他便有了责任（家庭社会国家，也可当作一个人看。我们都是曾经受过家庭社会国家的好处，而且现在还受着他的好处，所以对于他常常有责任）。凡属我应该做的事，而且力量能够做得到的，我对于这件事便有了责任（譬如父母有病，不能靠别人伺候，这是我应该做的事。求医觅药，是我力量能做得到的事，我若不做，便是不尽责任。医药救得转来救不转来，这却不是我的责任）。凡属我自己打主意要做一件事，便是现在的自己和将来的自己立了一种契约，便是自己对于自己加一层责任（譬如我已经定了主意要戒烟，从此便负了有不吃烟的责任。我已经定了主意要著一部书，从此便有著成这部书的责任，这种不是对于别人负责任，却是现在的自己对于过去的自己负责任）。有了这责任，那良心便时时刻刻监督在后头，一日应尽的责任没有尽，到夜里头便是过的苦痛日子；一日应尽的责任没有尽，便死也是带着苦痛往坟墓里去。这种苦痛，却比不得普通的贫病老死，可以达观排解得来。所以我说，人生没有苦痛便罢，若有苦痛，当然没有比这个更加重的了。

翻过来看，什么事最快乐呢？自然责任完了，算是人生第一件乐事。古语说得好，“如释重负”；俗语亦说是，“心上一块石头落了地”。人到这个时候，那种轻松愉快，直是不可以言语形容。责任越重大，负责的日子越久长，到责任完了时，海阔天空，心安理得，那快乐还要加几倍哩！大抵天下事从苦中得来的乐，才算真乐。人生须知道有负责任的苦处，才能知道有尽责任的乐处。这种苦乐循环，便是这有活力的人间一种趣味。不尽责任，受良心责备，这些苦都是由自己找来。一翻过来，处处尽责任，便处处快乐；时时尽责任，便时时快乐。快乐之权，操之在己。孔子所以说“无人而不自得”，正是这种作用哩。

然则为什么孟子又说“君子有终身之忧”呢？因为越是圣贤豪杰，他负的责任便越是重大；而且他常要把种种责任来揽在身上，肩头的担子，从没有放下的时节。曾子还说哩：“任重而道远”，“死而后已，不亦远乎？”那仁人志士的忧民忧国，那诸圣诸佛的悲天悯人，虽说他是一辈子里苦痛，也都可以。但是他日日在那里尽责任，便日日在那里得苦中真乐，所以他到底还是乐，不是苦呀！

有人说：“既然这苦是从负责任生来，我若是将责任卸却，岂不是就永远没有苦了吗？”这却不然，责任是要解除了才没有，并不是卸了就没有。人生若能永远像两三岁小孩，本来没有责任，那就本来没有苦。到了长成，那责任自然压在你头上，如何能躲？不过有大小的分别罢了。尽得大的责任，就得大快乐；尽得小的责任，就得小快乐。你若是要躲，倒是自投苦海，永远不能解除了。

生命的意义

罗家伦*

我们人类的生命很多，宇宙间万物的生命更多。生之现象，非常普遍。但是我们为什么生在世上？这个问题，数千年来经过多少哲学家科学家的研讨和追求。如果做了人而对于人生的意义不明了，浑浑噩噩，糊涂一世，那他真是白活了。因为如果对于本身的生命还不明白，我们的行为，就没有标准；我们的态度，也无从确定。有许多人觉得生活很是痛苦，恨不得立刻把自己的生命毁灭掉。他觉得活在世上，乃是尝着无穷尽的痛苦；在生命的背后，似乎有一种黑暗的魔力，时刻逼着他向苦难的路上推动，使他欲生不能，欲死不得；因此他常想设法解除这生命的痛苦。佛教所谓“涅槃”，也就是谋解除生命痛苦的一个方法。不过是否真能解除，乃是另一问题。又有些人认为生命是快乐的，以为世界上一切事物，宇宙间一切创作，都是供我们享受的，遂成为一种绝对的享乐主义。其他对于生命所抱的态度很多，要皆各有其见解。我们若是不知道生命真正的意义，就会彷徨歧路，感觉

* 罗家伦(1897—1969)，字志希，浙江绍兴人。1914年考入上海复旦公学，1917年进北京大学文科学习，1920年赴美留学，1922年起又相继留学英、德、法等国。曾参加五四运动，先后任东南大学教授、国民党中央党务学校副主任、代教育长、中央大学校长等职。1928年8月至1930年5月任国立清华大学校长。

生命的空虚，于是一切行动，茫无所措。所以我们对于这个问题，至少应该有一种初步的，也就是基本的反省。

第一，在无量数生命中，人的生命何以有特别意义？

如果就“生命”二字来讲，它的意义非常广泛。谈到宇宙的生命，其含义更深。这个纯粹的哲学问题，此处暂且不讲。生命既然很多，人类的生命，不过为宇宙无穷生命之一部分。庄子说：“朝菌不知晦朔，蟪蛄不知春秋。”朝菌蟪蛄，何尝没有生命？大之如“天山龙”，固曾有其生命，小之如微生物，也有生命。但是在这无量数的生命中，为什么人的生命，才有特殊的意义？为什么人的生命，才有特殊的价值？为什么只有人才对他的生命发生意义和价值的问题？

第二，生命是变动的，物我之间，究竟有什么关系？

生命是变动的。我们身上的细胞，每天有多少新的生出来，多少陈旧的逐渐死去。这种新陈代谢的变动，可说无一刻停止。一方面我们采取动植矿物的滋养成分为食料，以增加我们的新细胞，维持我们的生长；但一旦人死了，身体的有机组织，又渐腐败分离，为其他动植矿物所吸收。生命之循环，变化无已。我们若分析人类的生命，与其他动植物的生命，可以发生许多哲学上的推论。如近代柏格森、杜里舒等哲学系统，都是由此而来的。即梁启超的今日之我非昨日之我，故不惜今日之我与昨日之我宣战的一段话，也是由于观察生命不断变动的现象而来的，不过他得到的是不正确的推论罢了。可见我们总是想到在生命不断的变动当中，物我之间究竟有什么关系这个问题。

第三，生命随着时间容易过去。

生命随着真实的时空不断地过去。人生上寿，不过百年，转瞬消逝，于是便有“生为尧舜死亦枯骨，生为桀纣死亦枯骨”之感。在悠悠无穷的时间中，人的一生不过一刹那。印度人认为宇宙曾经多少劫；每劫若千亿万年。人的生命，在这无数劫中，还不是一刹那吗？若仅就生命现在的一刹那看来，时光实在过于短促；生命的价值，如果仅以一刹那之长短来估定，那么人生实在没有多大意义。尧舜苦心经营创制，不过是一刹那的过去；桀纣醉生梦死，作恶殃民，也不过是一刹那的过去。若是把他们的生命价值认为相等，岂非笑话！故以生命之久暂来估定它的意义与价值，当然是不妥。一个人只要有高尚的思想，伟大的人格，虽不生为百岁老人，亦有何伤？否则上寿百岁与三十四十岁而死者，从无穷尽的时间过程看来，都不过是一刹那。欲从这时间久暂上来求得生命的意义，真是微乎其微。故生命的意义，当然别有所在。

这就是我们对于生命初步的反省。我们从此得到了三个认识，就是：生命是无数的，生命是变动的，生命是容易过去的。

人生的意义在能认识和创造生命的价值。

宇宙间的生命，既是如此的多，何以只是人类的生命，才有特别的意义？想解答这个问题，是属于价值哲学的研究。人的生命之所以有意义，乃是因为人能认识和创造人生的价值。因为人类能够反省，所以他能对于宇宙整个的系统，求得认识；更能从宇宙的整个系统之中，认识其本身价值之所在。人类的生命，虽然限制在一定的时空系统之中，但是他能够扩大经验的范围，不受环境的束缚；能够离开现实的环境而创造理想的意境。其他动物则不能如此。例如蛙在井中，则以井为其唯一的天地；离开了井，它便一无认识。人类则不然，其意境所托，可以另辟天地。只有人才能把世上的事事物物，分析观察，整理成一个系统，探讨彼此间的关系，以求得存在于这个系统内的原理，并且能综合各种原理，以推寻生命的究竟。说到人类能创造价值一层，对于生命的意义，尤关重要。一方面他固须接受前人对于人生已定了的价值表，一方面更须自己重新定出价值表来，不断地根据这种新的启示，鼓励自己和领导大家从事于创造事业和完成使命。如此，不但个人的生命，不致等闲消失，并且把整个人类生命的意义提高。古圣先哲，终生的努力，就在于此。这是旁的生命所不能做，而为人类生命所能独到的。所以说宇宙间的生命虽是无量数，唯有人类的生命才有特殊的意义。

人格的统一性与一贯性。

生命不断地变，但必须求得当中不变的真理。我们人类虽每天吸收动植矿物的滋养成分，以促进身体上新陈代谢的变化，但是生命当中所包含的真理，绝不因生理上的变化而稍移易。这种生命的一贯性和统一性，就是人格。人因为有人格，所以不致因为今日食猪肉，就发猪脾气；明天食牛肉，就发牛脾气。只是以一切的物质，为我们生命的燃料罢了！至于“今日之我与昨日之我宣战”的见解，正是因为缺乏了整个的人格观念，所以陷入于可笑的矛盾。世界上人与人相处，彼此之间全赖有人格的认识。大家所共认为是善人的，应该今日如此，明日也必定如此；今年如此，明年也必定如此。若是人类无此维系，便无人类的社会可言。

所谓人格，就是一贯的自我。他应当是根据我们对于宇宙系统的研究与反省所得到的精确认识，而向着完满的意境前进，向着真善美的世界发展的。他须努力使生命格外美满和谐，使个人的生命与整个宇宙的生命相协调。他更须佐以渊博的知识，培以丰富纯正的感情，从事于促成生命系统的完善。这种好的人格才真是一贯的；因为是一贯的，所以是经得起困苦艰难，绝不会随着变幻的外界现象而转移的。有了这种人格，然后在整个宇宙的生命系统当中，人的生命才可立定一个适当的地位。倘若今日如此，明日如彼；苟且偷安，随波逐流，便认为是自我的满足；那不但是无修养，而且是无人格。人与其他生物的分际，就在人格上。人虽吸收了若干外来的食物成分，变其血轮，变其细胞，变其生理上的一切，但他的人格，理想上的人格，永久不变，这就是人格的统一性与一贯性。可见生命虽不断地变，尚有不变者在。这也是人类生命的特殊性。

要保持生力，从力行中以生命来换取伟大的事业。

生命随着时间容易过去。《庄子》上所说的朝菌蟪蛄，固然生命很短；楚南冥灵，以五百岁为春，五百岁为秋，上古大椿，以八千岁为春，八千岁为秋，这种生命可以说是很长了，然而在整个时间系统之中，又何尝不是一刹那的过去？故生命的长短，不足以决定生命之价值。生命之价值，要看生命存在的意义如何，乃能决定。吾人之生，决定要有一种作为。生命虽易过去，但有一点不灭，那就是以生命所换来永不磨灭的事业。古今来已死过了的生命不知有多少，若以四万万人每人能活到六十岁来计算，那么，每六十年要死去四万万，一百二十年就死去八万万，照此推算下去，有史以来，过去了的生命，不知若干万万。但是古今来立德立功立言的人，名垂青史，虽在千百年以后，也还是为人所景仰崇拜；那些追随流俗、一事无成的人，他的姓名及身世就不为人所知，到了后代，更如飘忽的云烟，一些痕迹也不曾留着。所以唯有事业，才是人生的成绩，人类的遗产。

孔子虽死，他的伦理教训，仍然存在；秦始皇虽死，他为中国立下的大一统规模，依然存在；拿破仑已死，他的法典，仍然存在。生命虽暂，而以生命换来的事业，是不会磨灭的；其事业的精神，也永远会由后人继承了去发扬光大。诸葛亮在隆中，自比管乐；管乐生在数百年前，其遗留的事业精神，诸葛亮继承着去发扬光大。左宗棠平新疆，以“新亮”自居，也就是隐然以诸葛亮自承。所以生命之易消逝，不足为忧；所忧者当在这有限的生命，能否换来无限光荣的事业。若是苟且偷生，闲居待死，就是活到九十或百岁，仍与人类社会无关。

生命千万不可浪费，浪费生命是最可惜的事。萧伯纳曾叹人生活到可以创造事业的年龄，即行死去，觉得太不经济。他想如果人能和基督教《创世记》所载的玛士撒拉一样，活到九百六十九岁，则文明的进步岂不更有可观。但这是文学家的理想，是做不到的事。然而西洋人利用生命的时间，比中国人却经济多了。西洋人从四十岁到七十岁为从事贡献于政治、文艺、哲学、科学以及工商社会事业的有效时期，而中国人四十岁以后即呈衰老，到六十岁就打算就木。两相比较，中国人生命的短促和浪费，真可惊人！我们既然不能希望活到九百六十九岁的高龄，那我们就得把这七八十年的一段生命，好好利用。我们要有长命的企图，我们同时要有短命的打算。长命的企图是我们不要把生命消耗在无意义的方面。短命的打算是我们要活一天做两天的事，活一年做两年的事。不问何时死去，事业先已成就。我们生在世上一天，就得充分地保持和发挥自己的生力一天。无生力的生命，是不会成就事业的，无永久价值的事业的生命，是无声无息度过的。

所以人生在世，不要因生命之数量过多及其容易消逝而轻视生命，不要因生命之时常变动而随波逐流，终至侮辱生命。我们须得对人生的价值有认识，对人格能维持其一贯性；以鞠躬尽瘁，死而后已的精神，加紧地去把自己的生命，换成有永久价值的事业。这样，才不是偷生，才不是枉生！

人生的意义和价值

罗家伦

人生的问题是人类生存的问题，人生的态度是人类生存的态度。人生哲学不是一般所认为的神秘东西，而是一种经过思考的合理的人生的问题与态度的学问。假如一个人对某一件事，没有合理的和经过思考的态度，问题便无法解决；问题无法解决，得到的不是苦恼烦闷，便是堕落痛苦。所以，在今天，设若我们于明月清风之夜，晓风残月之时，发觉有一问题无法解决时，我们就要本着合理的思考态度去想，去解决这个问题。希腊古名言："牧童是否有他的哲学？"我们可以说，只要牧童对他的放牧，感觉有所谓意义的话，他就有他的哲学。

处在今天这个时代，所谓人生，实有重新估价的必要，而人生的价值也有再平衡的必要。倘若我们认为人生是要继续活下去的话，那么，他的价值就得有他的一个标准。价值同价格是两回事，每个人只应有他的价值，而不应有他的价格。人生的价值如何估定？对于传统的人生哲学的主张，我们大可不必要同它一致。

人生是宇宙的一部分，宇宙包括了人生，人生观一定要同宇宙观相配合。所以一种合理的人生观，一定要把整个的宇宙系统和人在宇宙系统里的价值考核在里面。一切的人生哲学都必须如此，故无论其为静的、动的、唯心的或者是唯物的，虽然每一种哲学学派都有它的一套宇宙见解。即使新宇宙观对于这些问题也要考虑进去。

我们人既有了生命，便不能不使我们活得比较有意义一点，不能不把生命充分地发展，不能不把自己的生命，在适当的地位发挥适当的好处。中国传统的人生态度，都偏重于静的方面。而古代哲学也是偏向周易，所谓“天行健，君子以自强不息”。至于儒家的传统（尤其是宋以后）则又是放任少，抑制多，生活失之于停滞，存在于一种拘束的状态里。到了近代，西洋的文化与中国的文化相接触后，我们除了应当保存一部分中国优良的传统，淘汰不优良的传统外，更应吸收西方的文化，而西方的文化成分也有严加辨别良窳的必要。回溯中国的学术思想，远在先秦是非常的蓬勃而复杂的，其后奉为正宗的儒家传统，只是当时思想的一支而已。因此，今日叫我们这古老文明的国家全盘西化，也是件行不通的事。我们生在这个时代，做一个人，要能够具有一副科学的头脑，逻辑的思考，去对人生作一番重新的检讨和评定，站在得失辨别的地位，来认识人生。

讲到人生在宇宙的原则，那不是静的，而是动的。动的人生是不断地改进的，不断地发展的。我们拿科学的眼光来看，没有一样东西是静止的，原子都如此。但是每一种的动都不是盲动，而是有规律的动，因此人生的动又哪能不规律。我们肉眼不能看到原子，但是我们可以用数学分析的方法，算出环绕原子核的电子性能而知道原子是怎样的一个东西；大的宇宙的现象也可用同样的方法去了解，而人生也绝不例外。

动既是有规律的动，动中就有进化，进化是变，即英文的

evolution。进化带有进步的意义，但进化不是进步，进化是变，由甲状态变入乙状态；特别是有机体的生命，进化尤其是普遍的现象。进步是progress，表示有理想在前面，从逻辑方面讲求，就是有一种预先假定（presupposition）。譬如畜牧上的养猪，猪种由六百斤进步到七百斤，在研究的教授看来，认为这是研究进步了；但就猪的本身说来，它并不以为自己多长了一百斤肉供给人吃是进步的事。"动"要有假定的目标，"变"也不是乱变，这里面都存着逻辑的问题。人生的动也是如此，我们要立定人生的理想，才有人生的价值，而一切的动才是有意义的动，一切的变也才是有价值的变，由动而变，变向一个理想。理想是一种对于自己个人可能发展的价值，而同时对于人类有增进幸福可能的宗旨，使人们有价值的人生，在伟大的人群的行列里，能和谐地得到他适当的地位，和整个的人群协调地动。人生理想的发展，不能把自己的快乐建立在他人的痛苦上面，把自己的权利伸进他人的生命范围里面，而是让大众得以和谐的发展，个人方面，固然要发展到尽善尽美的地步；团体方面，也要朝着这个目标前进。

古代希腊人专门讲究道德和价值的问题，这一种和谐，是一个最大的美的条件，不协调毋宁不讲究美。拿例子来譬比，绘画讲究色素调和，音乐讲究和声（harmony）。拿中国音乐来说，只有旋律而没有和谐，等于有经而无纬，不能达一唱百和的境地，只能独唱独奏，却不能来一曲四部合奏。谈到这里，我想起年轻时在德国读书的事来，那时我闲暇常在柏林城郊外山中散步，常常听到一两个德国青年在山巅嘹起他们的歌喉，刹那他山的人也起了响应，顿时唱起了一曲和调。然而中国的国剧，却不能一个人唱起了“我本是卧龙岗……”很多人也随着附和唱起“我本是卧龙岗……”的曲子来。除了帮腔是例外，否则就成为笑话了。这是由于音的不协调而致此的。人生不能与社会密切地配合发展，原因就是不和谐，所以发展理想的社会，是要各方面人，能互相协调而推进生活。人生绝不能只注重“小我”，而应该把“我”放到大的环境里去。即所谓“大我”，因为在群居的社会里面，人是不能单独发展的；如同一所房子的构造一样，一地方的好坏要牵涉到多方面结构上的问题。知识更是如此，它非依据社会的发展不可。

由这我们再谈到人的价值论上去。我们首先要问，一个人在社会上有何价值？同样是一个人，设若在一个生物化学家的眼光里，纯粹用物的观念来分析的话，那他只认为是多少氧、多少氢、多少碳、多少磷、多少钙、多少铁……组成的有机体，靠着细胞的新陈代谢，维持了活的生命。

物质的变化是不停的，人生的变化也多相类似。用一个姓名代表一个人的称呼，表示出某一时空系统里的一条生命。虽然一个人在他的生命存在的时间空间，只是短促的一瞬，而一般人的生命的任务，又都是为了吃饭、睡觉、结婚、生孩子；但是唯一不同的地方，就在这短促渺小的时空里，有些人（尽管他们也吃饭、睡觉、结婚、生孩子）的伟大的行为和思想，可以放射他的光芒，影响宇宙系统以至于无穷。一个细胞死了便算了，正如同一片铁做了炸弹，一炸便完了一样。人却不同，一个伟大的思想家，他的思想上、道德上的放射，是没有穷尽的。例如，爱因斯坦（Einstein）在科学上的成就，他的光芒可以放射到远隔重洋的中国台大学府；两千多年前希腊哲学家柏拉图（Plato）、亚里士多德（Aristotle）在某一刹那的思想，到今日尚为贵校的教授奉之若神明地讲。这种情形是任何其他生物所做不到的，人在他自己的时空系统里，有的晦昧不知春秋，有的却能发挥很大的才智。

此外，人又有记忆（memory）。动物虽然也有，然而有它的限度，老狗固然可以教小狗一些把戏，然而老狗却无法传给小狗一种思想，使成为狗经。动物随生命以俱来，却也随生命以俱去。人却不同，人的记忆能把多少年的知识、经验留传后世而不朽。

人的身体在今日，究竟是已进化了呢，还是退化了呢？很难得解说。拿我们的老祖宗来说，他们的身健、耐劳都远胜今人，再上去有尾巴的老祖宗，则更过之。今日的人们不要以为尾巴没有了而感觉高兴，照实说，今日人类身体上的征象已远不如远古的人类。但是今日的人类，虽然本身不能够飞，要飞却有飞机可坐；不能跑得很快，却有汽车可乘；不能深入水中，然而可以用潜艇潜水。在从前以为是神话的神迹仙踪，今日看来有何稀奇？这种种的要求的满足，都是知识发达的结果。今日我们人类不能以为自己的身体有何进步，只有知识确是进步了很多，这种进步，是人类万千年来知识的结晶，可以誉之为人类的一大特色。

人类除了知识的特色外，尚有另一特色是其他动物所无的。这种特色有时显露，有时隐藏，有时建造，有时毁灭，这是什么东西呢？就是人格。人格是什么？举例来说，在某一时空系统的人们，他们用姓名来代表他们，设有某甲与某乙同名，也同在一个暗室系统里，这时我们对于他们俩在类似点中的分辨，可以从其不相同的表现，认识他们的不同，这不相同的表现便是他们的人格。人格是各自具有的，构成人格的条件，要经合理的考察、正确的认识，朝高尚的目标去做适当的行动，所以是具有联结性的。人之有人格对于人类的本身裨益甚大，人与人之间的相处，信赖的是彼此间的人格，没有彼此间的信赖，社会便无法构成。梁启超所说的“今日之我可向昨日之我宣战”这一种话，实在有点知其一不知其二了，因为社会上相处的先决条件是有信，所以在伦理（ethics）上，对于人的价值的估计，首先认定人格是人的特殊现象。我们无法看出其他动物，如猴、猪等是具有猴格、猪格的。

人的特色如此，再说到人生在世上值不值得活呢？哲学上有两大见解：

一、悲观派。可分为三派：

（一）享乐派。是一种唯物论的结果，远在希腊时代 Democritus（德谟克里特）倡宇宙原子说，当时的原子说与今日的原子论是不同的。他认为人的生死，是原子的结合同分散，实在没有什么了不得。伊壁鸠鲁主义（Epicureanism）兴起后，采取一种享乐主义，在他们的观念里，认为苦乐是平均的，人们要活得快乐，只有避苦就乐。

但是苦乐并未订表，苦乐的标准全看做人的态度而决定，一件事有人认为极苦，有人却认为极乐。颜子在陋巷里不蔽风雨的一箪食、一瓢饮的生活，在旁人看来以为苦得达于极点，但颜子仍自得其乐，因为他的人生观如此。而且人若一味寻乐，乐极亦能生悲。

（二）意志派。可以叔本华（Schopenhauer）为代表，他认为人是非自由主义的，人的意志躲在一切东西后面，由其他的力量推动。人要解除痛苦，只有解脱生命，解脱的方法，叔本华用的印度佛教的涅槃。

依我看来，这种“解脱”是一种宗教上的变态心理，何能得到结果，又焉得人人得而涅槃呢！

（三）历史派悲观主义。这一派的主张以为善恶是同时发展的，但恶多于善，结果往往是道德堕落。这一种的思想在基督教以前的犹太人业已主张过，他们认为人是堕落的，他们传说远古的亚当、夏娃，因为偷了苹果吃，有了知识，于是生下人来，在世上受罪。其实照一般眼光看来，亚当、夏娃这对夫妇偷了苹果吃，有个什么了不得的罪呢？却能让他们的子子孙孙永远地受罪。

人的知识愈丰富，对于人生了解愈透彻，因此也就愈悲观。人的理想不能达到，就发生了痛苦，因为人生有理想，遂免不了挫折而致创痕发生了悲观的意念，这是一种错误。理想不能达到，正是人的妙处，假如理想可以达到，人类就无法进步。人类的理想是不断推进的，某一部分达到后有一满足，从某一地方又得一新的理想，这种追求是人类知识上、道德上的最高表现。

二、乐观派。也分三派：

（一）宗教的乐观主义。宗教的派别很多，大都有这种想法。他们看到世界上有种种的恶，种种的不规则，他们以为一个人只要有一天大彻大悟，就可以得到极乐。“放下屠刀，立地成佛。”用这一种学说鼓励人们改过向善。

但是否恶的去除，有如他们所想象的那样容易？实在并不如此简单，故此种乐观嫌过分了。

（二）唯理论（rationalism）的乐观派。他们认为世界上不合理的事物是不会存在的，存在的只有真实，而真实是理性。

这种见解的发展推论在数学上是靠得住的，一个方程式不合理就不能成立。然而世界上并不能尽是善存在，恶不存在，假如那样就不能善克服恶了。

（三）生物进化论的乐观派。斯宾塞（Spencer）、孔德（Comte）、达尔文（Darwin）是这一派的代表，他们由生物的现象观察，认为进化就是进步。孔德分世界进化为三阶段，斯宾塞也是如此。这些人倡此学说的时候，正是欧洲最发展的时候，尤其在英国，出现了甚多的维多利亚时代的乐观主义者（Victorian oprimists）。

这一派将进化和进步加以混淆，进化是普遍现象，进步也是普遍现象，没有实在的事实，不能说进化就是进步。比方说，用机器大量生产，可以看作工业界的进步，然而有时就精工方面来说，则机器产品不如手工产品者甚多，工既不精，怎么能够看作进化呢？又如美术上的手不停挥，千篇一律，那种缺乏创造性的进步，根本就站不住脚跟，简直可以说是退化了。进步和进化的不同，要由先决条件加以鉴定。

谈过了哲学上的两大派以后，我将谈到，今日的人们应该生活在怎样的一种方式里？我认为人生在世，既不应悲观也不必乐观，这并不是骑墙的说法，而是学术界对上两派批评的结论。

世界上的任何现象，用科学乃至哲学的立场来讲，都是事件（events），由不可分的空间时间构成功事，这些事在一个时间同空间完毕，然可影响发展至无穷尽乃至无穷大。人的事业就是如此，做事时事的本身毫无作用，然有时一句话乃至一件事的影响，却可发生无穷尽的后果。如苏格拉底（Socrates）、文天祥的几句话，可以影响后世很大。在话的本身是一过即逝，然其影响则千古流传而不朽。

世界上无所谓善恶标准，水火均可生人，亦可杀人，水火本身固不负责任。善多于恶，恶多于善，完全看人怎样左右事来决定，由于态度不同，有的可以行善，有的可以致恶。人之认事，可以自己的道德标准，去衡量人生，充实人生，扩大人生。

人不是机械，我是讲人生哲学的，所以我认为最没有道理的哲学观点是机械论和命定论。前者以唯物的观念为出发点，后者以宗教的观念为依归。我们希望人类能丰衣足食，住得舒服，我不主张一个人苦行得如同第欧根尼（Diogenes）一样。但是使一个人在食、衣、住、行方面都感到舒适，他的人生目的就算达到了吗？不，绝不。试看从前直到现在的四川军阀姨太太，哪一个不是丰衣足食，坐汽车、住洋房，但有几个女人肯去做那班军阀的姨太太呢？因为人除了吃、穿、住、行之外，还需要知识，甚至需要谈谈恋爱。人不仅需要物质的环境，还要有精神的环境、思想的环境。就拿今天来听讲的每一位同学做例子，每个人的脑中都有他自己的一套，除了物质的环境外，另有别的想头。说人是机械，是抹杀了人的一切。人有感情，人有理智。自己的名誉应由自己来决定，不迷信于物，不仰求于神，不做物的奴隶，也不做神的孩子，我们应把理智建在超个人的理想上。我们要为我们的国家、民族、大众生活求改造、求推进。我们更不相信“命定”，我们主张人定胜天。中国最好的哲学名言是荀子的“从天而颂之，孰与制天命而用之”，尤其当今日乱世，用算命、卜卦等方法来断定自己的命运，给自己以窠臼，不如自己把握住自己。我生平决不算命，小时候父母给我算的命，那我概不负责，我认为算命太没有价值。

人活在世上，有两种价值：

一、本身价值（intrinsic value）。天赋予人以生命，人们自己就有了各种的本能，具有各种完备的条件，以及各种值得宝贵珍重的因素。我们不能忽视一个人在时间空间的宇宙系统里有他的真实性，我们要保持我们的生命，使之趋于尽善尽美，不管别人怎么样看，自己在自己的生命过程中，想怎么样就怎么样。所以历史上的忠臣、志士、殉道的思想家，为真理奋斗的哲人、哲士，不管是举世誉之的，还是举世毁之的，他们都是特立独行，不为流俗所动摇，做出许多可歌可泣的事迹，这是因为他们自己认定自己有自己的价值。

二、工具价值（instrumental value）。为什么人又有工具价值呢？可分两点解说：（一）我所谓工具不是“天地不仁以万物为刍狗”的工具，我所说的工具，是自己对他人帮助的一只手，是摇人家过河的舵。这工具不是人家叫我做的，而是自己愿意做的，把我的生命、我的世界，作为别人发展的一部分。（二）本身价值与工具价值这两件东西要表里兼顾，才不至于自私，有本身价值而无工具价值，有工具价值而无本身价值，往往会否认了人生价值，所以二者要相辅而行。我们做人如同唱义演戏，要计功不计酬，虽然不拿一个钱，唱戏却仍旧卖力。

我们是有理想的，当然我们的理想不能尽善尽美，假如世界上有尽善尽美的理想，那世界就停止了。我们人生的世界，妙处也就在此。人生在世，犹如夜行提着灯笼向前摸索；更如行走山路，过一阶段有一种不同的光景。设若我们不幸死在半途，我们也应让我们的骨头垫在泥泞崎岖的缺口作脚石，让后继的行路者好走路。

（1950年4月28日在台湾大学演讲）

建立新人生观

罗家伦

建立新人生观，就是建立新的人生哲学。它是对于人生意义的观察，生命价值的探讨，要深入地透视人生的内涵，遥远地笼罩人生的全景。我们生命的意义是什么？生在世上有什么价值？我们如何能得到富有意义和价值的生命？我们的前途又是怎样？这些不断的和类似的问题，我们今天不想到，明天不定会想到，一个月不想到一次，一年不定会想到一次；在红尘滚滚，头昏脑涨的时候纵然不想到，但正值晓风残月，清明在躬的时候，不定会想到。想到而不能作合理的解答，便是面临人生极大的危机。如果有永远不想到的人，那真不愧为醉生梦死、虚度一生的糊涂虫了。想到而又能运用智慧，以求解答，那他已踏入了人生哲学的范围。我们本来先有人生后有人生哲学，正如先有饮食而后有营养学。但是既有了人生哲学来帮我们探讨和解答这些与生命不可分离的问题，我们为什么不研究？何况这种探讨和解答，曾经透过了多少先哲的脑汁与心灵，是他们智慧的结晶，我们更为什么不研究？

“牧童呵！你有没有哲学？”这是西洋自古流传的一句问话。是的，牧童何曾不可有哲学，更可能有他的人生哲学，若是我们采取詹姆斯（William James）宽大的胸襟，认为哲学乃是一种人生的态度。可是态度有正的，有偏的，有健全的，有不健全的，有经得起理智和经验考验的，有经不起理智和经验考验的。不但人生的苦乐，在此分路，即人生的有价值和无价值，也在此分路。所以人生哲学的研究，愈加不可忽略。乡间的老农老圃常常要寻求，而且常常能把握住一两句先民的遗训、父老的名言，作为一生做人处世的准则，安身立命的基础；这正是他生命合理的要求。何况知识与理智发展到相当高度，而又急切要追究人生意义的人们，尤其是青年？

在现时代，人生哲学更有它重要的意义和使命。因为在这时代，旧道德标准都已动摇，而新的道德标准尚未确立，一般青年都觉得彷徨，都觉得迷惑，往往进退失据，而陷于烦闷和苦恼的深渊。在中国有此情形，在西洋也是一样。西方国家从前靠宗教以给人们内心的安宁，以维持善良的秩序，到现在则旧的宗教信仰已经动摇，而新的信仰中心还未树立，在这青黄不接的时代，更现出许多迷途的羔羊。读李普曼（Walter Lippmann）《道德序言论》（*A Preface to Morals*），便知中外都有同感。因此在这个时代，更有重新估定生命的价值表，以建立新的人生哲学之必要；否则长久在烦闷苦恼之中，情绪日渐萎缩，意志日渐颓唐，生活自然也日渐低落。结果青年们的心理中第一步是动摇，第二步是追求，第三步是幻灭，这是何等悲惨的状态！有知识责任的人，对于这种为“生民立命”的工作，能袖手旁观吗？

要建立新的人生哲学，首先要明白它与旧的人生哲学，在态度上至少有三种不同。以这不同的态度，才能重新估定新的生命价值表。

首先，要认定的是新的人生哲学不是专讲“应该”（ought），而是要讲“不行”（cannot）。旧的人生哲学常以为一切道德的标准，都是先天的范畴，人生只应该填塞进去。新的人生哲学则不持先天范畴之说，而只认为这是事实的需要，经验的结晶，经过思考后的判断。应该不应该的问题较空；成不成，要得要不得的问题更切。拿文法的定律来作譬喻，本不是先有文法而后有文字，文法只是从文字归纳出来的。文法的定律并不要逼人去遵守它，但是你如果不遵守它，你就不能表白意思，使人了解。你自己用文字来达意表情的目的，竟由你自己打消。所以这是不成的，就是要不得的，也就是所谓“不行”的。

其次，新的人生哲学不专恃权威（authority）或传统（tradition），乃要以理智来审察现实的要求和生存的条件。权威和传统并不是都要不得，只是不必盲目地全部接受。我们要以理智和经验去审察它，看它合于现代生命的愿望、目的，以及求生的动机与否。这不是抹杀旧的，而是要重新审定旧的，解释旧的。旧的是历史，历史是潜伏在每人的生命意识之内，不但不能抹杀，而且想丢也是丢不掉的。但是生命之流前进了，每个时间的阶段都有它的特质。熔铸过去，使它成为活动的过去，为新生命中的一部分，才能适合并提高现实生存的要求。

还有一层，新的人生哲学不讲“明心见性”之学，更不涉性善性恶之论。它是主张整个人生及其性格与风度的养成，从知识中探讨生命的奥秘，并从经验与习惯中培养理想的生活。它否认先天原始的罪恶，它也不凭借直觉来判断是非，它不知什么叫“身是菩提树，心如明镜台”，自然它更不懂得什么是“菩提本无树，明镜亦非台”的禅理。它不把行为的标准建立在冥思幻想上，同时也不把它建立在冲动欲望上面。它要从民族和人类的历史和文化里，寻出人与人相处，人与自然相与的关系，以决定个人所应该养成的性格和风度。它是要从个人高尚生命的现实中，去增进整个的社会生活与人类幸福。觉得如此，不落空。

新的人生哲学，只是根据这三种态度以重定生命的价值表，以建立新的人生观。它并不否认旧的一切价值，有时不过加以必要的改变与修正。它把旧的价值，重新估计以后，仍然编入新的价值标准表内，以求其更有意义的实现，更丰富和美满的实现。这才是真正“价值的转格”。

我们不只是求人生更丰富更美满的实现，我们还要把人生提高。平庸的生活，是不值得活的。我们要运用我们的生力，朝着我们的理想，不但使我们的生命格外的崇高伟大，庄严壮丽。而且要以我们的生命来领导，带起一般的人，使他们的生命也格外的崇高伟大，庄严壮丽。因此我们要根据新的人生哲学态度，建立三种新的人生观。

第一是动的人生观。宇宙是动的，是进行不息的；人在宇宙之间，自然也是在动的，进行不息的。希腊哲学家赫拉克利特说：“你不能两次站在同一条河里。”孔子在川上说：“逝者如斯夫，不舍昼夜。”都是解释这个道理。何况近代物理学家更告诉我们，不但天空星球在运行，即使在原子的内部，每个电子都绕着原子核不断地在转呢！中国传统的人生哲学里，把人生的动的方面，束缚太多了。尤其是宋儒偏重“主静主敬”的学说，把活泼泼的一个人，弄得动弹不得。颜习斋把真正孔子主持的礼、乐、射、御、书、数的教育，和宋儒峨冠博带对谈静敬的教育，形容成为一幅触目惊心、绝对相反的图画。他慨然道："宋，前之居汴也。生三四尧、孔，六七禹、颜；后之南渡也。又生三四尧、孔，六七禹、颜。而乃前有数十圣贤，上不见一扶危济难之功，下不见一可相可将之材，两手以二帝畀金，以汴京与豫矣！后有数十圣贤，上不见一扶危济难之功，下不见一可相可将之材，两手以少帝付海，玉玺与元矣！多圣多贤之世，而乃如此乎？噫！"（颜习斋的《存学编·性理评》）这番话真是力行的精义！在今天的时势，尤其可以发人深省。其实若干宋儒的学说，已经被渗入某种印度哲学的成分，和孔、墨力行的主旨，早已违背了。

我们要提倡动的人生观，可是同时得充分注意到动之中有两种不同的动：一是有意识的动，一是无意识的动。有意识的动是主动、自动；无意识的动是"机械的动"，也是被动、盲动。自然界许多动的现象，都是属于后者，如行星绕日，循着轨道，千百年不差分毫，就是一例。若干动物的行动，何独不然？你不见灯蛾扑火、鸵鸟钻沙吗？其实有些人的行动，也不曾幸免。譬如冲动，往往由于来了某种刺激，使神经或血液循环系统起了某种反应和变化，来不及考虑思索，骤然发出某种急剧的行动；这还不是生理上的机械的动吗？这种的动在本质上不但无意识而且无意义。幸而人的行动，绝不都是如此；这一隅并不能以喻全局，否则全部的历史，都是机械的、盲目的、无意义的了。人是有意识的、有灵感的、有智慧的，所以他有思想的自由，有选择的自由，他可以凭他的判断来指挥他的动态。人生值得一活，世事值得努力，历史值得创造，正是为此。那把人生和历史硬看作机器上的轮齿一样，按照他们假想的公式，认为只是不能不动而动的说法，不但是妄自菲薄，而且是诬蔑人类。

第二是创造的人生观。我们要动，而我们的动并不是机械的，乃是有意识的，也就是可以凭意识来指挥的，那我们就应当把我们的动力，发挥到创造性的事业方面去。我们不只是凭自力创造，而且要运用自力，以发动和征服自然的能力来创造。我们不仅仅要驱使无限的电力为人类服务，我想不久的将来，更能解放宇宙间无限的原子能，成为被管制的动力，以为人类的幸福，另辟一个新纪元。这就要靠创造的智力（creative intelligence）了。人类之有今日，是历代先哲创造的智力所积成的。我们不能发挥创造的智力，不但对不起自己的人生，而且对不起先哲心血积成的遗留。保守成功吗？保守就是消耗、衰落、停滞、腐烂与毁灭。举例来说，前代的文化创造品，是有伟大的、特出的。假如你不把它吸收孕育，再来努力创造，而专门保存旧的，那不仅旧的不能成为新人生的一部分（我们至多不过享受而已），而且新的伟大的文化作品永远不会出来。何况那伟大的创作，永久是前人的创作、前时代的创作、有限的创作；而不是本人的创作、现时代的创作、无限的创作。我们不但要“继往”，更加要“开来”！

第三是大我的人生观。我们不要看得人生太小了、太窄了。太小太窄的人生是发挥不出来的。它一定像没有雨露的花苞，不但开不出来，而且一定萎落，一定僵死。我们之所以有现在，是多少人的汗水心血培成的。就物质而言，则我们吃的、穿的、走的、住的，哪一件不是农夫、工人、商人、工程师、发明家这一般广大的人群所贡献？就精神的粮食而言，哪项伟大崇高的哲学思想，美丽和谐的音乐美术，心动神怡的文学作品，透辟忠诚的历史记载，凡是涵煦覆育着我们心灵生活的，不是哲人杰士的遗留？我们负于大社会的债务太多了。只有凭着他们方能充实形成小我。反过来也只有极力发挥小我，扩充小我，才能实现大我。为小我而生存，这生存太无光辉、太无兴趣、太无意义。必须小我与大我合而为一，才能领会到生存的意义。必须将小我来提高大我，推进大我，人群才能向上；不然小我也不过是洪流巨浸中的一个小小水泡，还有什么价值？这就是大我人生观的真义！

人生观不是空虚，是要借生活来实现的。不是身体力行，断不能领会到这种人生观的意味，维持他的崇高。所以要实现这三个基本的人生观，必要靠以下三种的生活方式。

第一是生力饱满的生活。生命的存在，固然要靠生力（vitality），生命的发展尤其要靠生力。生力是生命里面蕴藏着的无限生机，把生命不断向上向外推进和扩大的动力。它虽是一粒小小的种子，却可以长成参天拂云的大树；它虽是一架壁炉里的炉火，却可以吸收很高很远的空气中的养气，使其发光发热，满室生春。它使人生不停顿、不板滞、不腐蚀、能活泼、能进取、能发扬。有生力的人生是朝气蓬勃的，无生力的人生是气息奄奄的。在这两种人生的十字路口，你愿意选择哪种？生力固常因愈发挥而愈增加；但有定向的人生却也应当将其培养和储蓄，不让它随意发泄，以备它积成雄厚的力量，写出更有意义的人生。

第二是意志的生活。在这沉迷沦陷于物质生活的人群中，有几人能实行意志的生活？能领会这种生活的乐趣？不说超人，恐怕要等那特立独行的人吧！非是艰苦卓绝的人，怎配过意志的生活？因为这生活不是肉感的、享受的。生命的扩大，哪能不受障碍，障碍就是意志的试验。意志薄弱的见了困难就逃了。只有意志坚强的人才能运用生力征服过去。经过痛苦是常事，只有痛苦以后的甜蜜，才是真有兴趣的甜蜜。但是平庸的人能了解吗？意志坚强的人，绝对不怕毁灭，而且自己能够毁灭，毁灭以后，自己更能有伟大的创造，所以战争是意志的试金石。我常论战争说：开战以前计较的是利害的轻重，开战以后计较的是意志的强弱。这就是胜负的关键！不但是有形的军队战争如此，一切生存的战争也是如此。平庸的、退却的、失败的锁链，只有坚强的意志才能扭开。

第三是强者的生活。能凭借意志去运用生力以征服困难的生活，非强者的生活而何？我所谓强，是“强而不暴”的强，是“天行健，君子以自强不息”的强。强的对面是弱。摇尾乞怜，自己认为不行，便是弱者的象征。强者的象征就是能在危险中过生活。他不但不怕危险，而且乐于接受危险。他知道战争是不能躲避的，所以欢乐的高歌而上战场。他的道德信条是强健、勇猛、无畏、正直、威严、心胸广大、精神奋发。他最鄙视的是软弱、柔靡、恐惧、倚赖、狭小、欺骗、无耻。他因为乐于危险的生活，所以他不求安全。古人说“磐石之安”，但是磐石不是有生命的。无生命的生活，过一万年有什么意思？况且求安全是不可能的事。安全由于平衡，生命哪有固定的平衡？因为你发展，人家也发展，只有以你自己的发展，来均衡人家的发展，才能得比较的安全。若能如此，才能操之在我。所以你永远是主人，不是奴隶。

以上三种生活方式，乃是真正有意义的人生的基础。但是这三种生活方式，必须要连贯起来，好好地调剂和运用，方能达到完善理想的人生。说到此地，我们不能不更进一步，去认识三个晶莹而又伟大的力量了。

（一）理想。理想（ideal）是人类对于宇宙和人生所能想象得到的完善的意境。它尤其是人生的启示，也就是悬在人生前面的灯火，照耀在人生努力的过程上的光明。它不是空想，更不是幻想，因为它的产生是由精辟的思维和伟大的智慧磨荡孕育而来，并且是曾经严格的、理则（逻辑）的考验和丰富的经验的体会过的。人生最容易困顿在现实的混浊中间，不能振拔，是很危险的事。权审所谓："今朝有酒今朝醉，明日愁来明日愁。"（一说其作者是唐末诗人罗隐）就是沉沦在现实里面可怕的心理。但是尤其可怕的是近年来青年心理中的所谓"现实主义"。

我们要恢复人性，提高人生，不能不有理想。我们要建设国家，重定世界秩序，更不能不有理想。理想是我们的远景，也就是使我们兴奋而努力的目标。理想是随着时代的进步而舒展的，所以最后的理想总是不能达到；可是正是因为如此，人生的继续，才更有意味。

（二）智慧。智慧（wisdom）是人生的透视，是一种微妙的颖悟，同时也是这颖悟的结晶。它能笼罩和体会着理性和经验，而从这中间悟到某项的真理。智慧与智力很难严格地划分。智慧常常凭借智力作基础，可是到某一阶段，或某种关系上，它能别有会心。它的效能的发挥，往往在人与人间的关系上，所以历代哲人遗留下来的智珠，也常常是人生哲学里的珍藏。拿当前的问题来作譬喻，制造原子弹是要靠高度的智力，而如何运用原子弹，则需要很大的智慧。在两军相战的时候，可充分运用智力以取得胜利；但是胜利以后，如何合理运用战利的成果，来调整各种国家民族间的关系，以建立世界新的秩序，长期的和平，却更需要很大的智慧。在人事的，尤其是有历史性的重大决定中，有无智慧的成分，关系极为重大，因为许多后果，只有历史才能证明。智慧在历史上发生的影响尚且如此，在个人生命过程中的重要抉择上，何独不然？

（三）人格。人格是衡量个人一生生命价值的标准，是某一个人之所以异于他人的特征，也就是某一个人生命连续的维持力，尤其是他道德的生命。人类社会之所以能够形成，全靠人与人之间的信任。信任的基础在于彼此间最低限度的人格的认识。飘忽无定、变化莫测的生活形态，只见之于小说里的鬼狐，而不当以此衡量人类。摇身一变，朝秦暮楚的人，绝不能说是有人格。人之所以为人，就只靠肉体，仅认躯壳吗？那么，生理学家和化学家可以坦白地告诉你，你的全身只不过是若干氢、氧、碳、钙等元素所组成；它们更化身为无数的细胞，这细胞每天的新陈代谢，又以千百万的单位来计算；人死之后，则整个躯体，又大大地解放，还到氢、氧、碳、钙等元素的原形。这样说来，人固不成人，我也不成我，那还要讲什么做人，更何须什么人的努力？这是19世纪后期许多人只看见物质科学发达，而受震炫后所得到的感觉。就是梁任公初闻此说，也受震炫，遂有“不惜今日之我与昨日之我宣战”的言论。哪知道人生并不是这样片面的、残酷的、无意义的。人的组合不是片面的，所以肉体之外，还有心灵；形貌之外，还有做人的典型；他整个的生命固然在宇宙的时空系统中有他的真实性，而他生命留下来的事功，更可以长期流传下去，不断地发生辐射性的放射作用，波动和蕴积成为绝大的影响。而人格对于整个生命发生的联系和连续作用，尤为巨大。生命的价值也靠它衡量。说到人格维持生命的连续，使我不能不提到一个不可磨灭的故事，来作说明。当明末松山之役败后，洪承畴也经过一个不屈时期而后降清，嗣受清廷的重用，任为经略。后来黄道周在安徽兵败被俘，绝食七天不死，解到江宁。洪与黄为同乡，想保全他的生命。“使人来言曰：‘公毋自苦，吾将保公不死。’公骂曰：‘承畴之死也久矣！松山之败，先帝痛其死，躬亲祭之，焉得尚存？’”至今黄道周虽死而他的人格尚放光芒，洪承畴降后虽然偷生，但当时他有价值的生命已经中断，因为他早把自己的人格毁了！

当然“人格”是道德的名词。须知“价值”也是道德的名词。哲学里全部的价值论，就带着道德的含义。尽管有人不喜欢它，要否定它，可是毁灭了它，则整个的人类也随之毁灭，人类的生命也同归于尽。这世界只有让禽兽和昆虫来住，自不必再有人生哲学了！

要发挥新人生观以创造新生命、新秩序，必须要先创造一种新的空气，这就要靠开风气之先和转移一世风气的人。社会的演进，本不是靠多数沉溺于现在的混浊的人去振拔的，而是靠少数特立独行出类拔萃的人去超度的。后一种的人对于这种遗大投艰的工作，不只是要用思想去领导，而且要以实行的榜样去领导。看遍历史，都是这样；所尊孔、墨乃是力行的先哲。清初的颜习斋、李恕谷一般人更主张极端的力行。就拿近代的曾国藩来说，他帮清廷来平太平天国，我们并不赞成；但是当吏偷民惰，政治社会腐败达于极点的时候，他能转移一时风气，化乱世而致小康，也颇有人所难能的地方。他批评当时的吏治是：“大率以畏葸为慎，以柔靡为恭。……京官之办事通病有二，曰畏缩，曰琐屑；外官之办事通病有二，曰敷衍，曰颟顸。”所以当时到了“外面完全而中已溃烂”的局面。他论当时的军事，引郑公子突的话，说是“轻而不整，贪而无亲；胜不相让，败不相救”。他感慨当时的世道人心是“无兵不足深忧，无饷不足痛哭……唯求一攘利不先，赴义恐后，忠愤耿耿者，不可亟得……殊堪浩叹”。他并不如一般人所想象，以为是一个很谨愿的人，反之他是一个很聪明而很有才气的人；不过他硬把他的聪明才气内敛，成为一种坚韧的毅力，而表面看过去像是一个忠厚长者。他凭借罗泽南在湖南讲学的一个底子，又凭自己躬行实践号召的力量，结合一班湖南的书生，居然能转移风气，克定大难，为清朝延长了几十年生命。（他转移军队风气的一个例子，很值得注意。他不是说当时军队“败不相救”吗？他以“千里相救”为湘军“家法”，所以常常打胜仗。）一个曾国藩在专制政体的旧观念之下，还能以躬行实践，号召一时，何况我们具有新的哲学深信，当着这国家民族生存战争的重大关头？

在这伟大的时代，也是颠簸最剧烈的时代，确定新的人生观，实现新的生活方式，是最迫切而重要的事。方东美先生说：“中国先哲遭遇民族的大难，总是要发挥伟大深厚的思想，培养溥博沉雄的情怀，促我们振作精神，努力提高品德。他们抵死推敲生命意义，确定生命价值，使我们脚跟站得住。”当拿破仑战争时代，德国的哲学家费希特（Fichte）讲学，发表《告德意志民族》一书，也是这个意思。现在有如孤舟在大海一样，虽然黑云四布，风浪掀天，船身摇动，船上的人衣服透湿，痛苦不堪；只要我们在舵楼上脚跟站稳，望着前面灯塔的光明，沉着地英勇地鼓着时代的巨轮前进，终能平安地扁舟稳渡。这一点小小的恶作剧，不过是大海航程中应有的风波！

人生意义

张岱年*

常语有云“人生之意义”。常语所谓意义者有二：一名言之意义，二事物之意义。所谓人生意义之意义云者，乃指事物之意义。

事物之意义在于对于其他事物之关系，亦即其在实有之系统、即其与其他事物共成之系统中之位置。

人生之意义即人在宇宙中之位置。

人是一种有生物，是有知觉且有理想之有生物，可谓最高发展之物质存在。

人有知觉，人能知物，且能自知。

然人之知物与自知皆有其限际。人体内机能大部分皆不自觉，腑脏之运动，血液之流通，筋肉之生长，皆在心知之外，而是自然的。人之生死祸福以及自身之美丑，皆非人之意志所能规定，而是自然的。人是自然中之一物。但人之知物与自知，究是人之特点。

理想在于现实之改造。人能对现实世界有所改造，此亦人之特点。

有意义的人生在于扩充自觉，提高知识，实现理想。

---

* 张岱年（1909—2004），字季同，河北献县人。1928年曾考入清华大学，后又入读北京师范大学教育系。1933 年到清华大学任教，1943 年到北平私立中国大学任教。1946年回清华大学哲学系工作，1951 年任教授。1952 年调任北京大学哲学系教授。1985 年担任清华大学思想文化研究所首任所长。

第二章

做人与修养

为学与做人

梁启超

诸君！我在南京讲学将近三个月了。这边苏州学界里头，有好几回写信邀我；可惜我在南京是天天有功课的，不能分身前来。今天到这里，能够和全城各校诸君聚在一堂，令我感激得很。但有一件，还要请诸君原谅：因为我一个月以来，都带着些病，勉强支持。今天不能作很长的讲演，恐怕有负诸君期望哩。

问诸君"为什么进学校"？我想人人都会众口一词地答道："为的是求学问。"再问："你为什么要求学问？""你想学些什么？"恐怕各人的答案就很不相同，或者竟自答不出来了。诸君啊！我请替你们总答一句罢："为的是学做人。"你在学校里头学的什么数学、几何、物理、化学、生理、心理、历史、地理、国文、英语，乃至什么哲学、文学、科学、政治、法律、经济、教育、农业、工业、商业，等等，不过是做人所需要的一种手段，不能说专靠这些便达到做人的目的。任凭你把这些件件学得精通，你能够成个人不能成个人还是另一个问题。

人类心理有知、情、意三部分，这三部分圆满发达的状态，我们先哲名之为三达德——知、仁、勇。为什么叫作"达德"呢？因为这三件事是人类普通道德的标准，总要三件具备才能成一个人。三件的完成状态怎么样呢？孔子说："知者不惑，仁者不忧，勇者不惧。”所以教育应分为知育、情育、意育三方面。——现在讲的知育、德育、体育，不对，德育范围太笼统，体育范围太狭隘。——知育要教到人不惑，情育要教到人不忧，意育要教到人不惧。教育家教学生，应该以这三件为究竟，我们自动的自己教育自己，也应该以这三件为究竟。

怎么样才能不惑呢？最要紧是养成我们的判断力。想要养成判断力：第一步，最少须有相当的常识；进一步，对于自己要做的事须有专门智识；再进一步，还要有遇事能断的智慧。假如一个人连常识都没有，听见打雷，说是雷公发威；看见月蚀，说是虾蟆贪嘴。那么，一定闹到什么事都没有主意，碰着一点疑难问题，就靠求神问卜看相算命去解决。真所谓“大惑不解”，成了最可怜的人了。学校里小学中学所教，就是要人有了许多基本的常识，免得凡事都暗中摸索。但仅仅有这点常识还不够。我们做人，总要各有一件专门职业。这门职业，也并不是我一人破天荒去做，从前已经许多人做过。他们积了无数经验，发现出好些原理原则，这就是专门学识。我打算做这项职业，就应该有这项专门学识。例如我想做农吗，怎样的改良土壤，怎样的改良种子，怎样的防御水旱病虫，等等，都是前人经验有得成为学识的。我们有了这种学识，应用它来处置这些事，自然会不惑，反是则惑了。做工做商等等都各各有它的专门学识，也是如此。我想做财政家吗，何种租税可以生出何样结果，何种公债可以生出何样结果等等，都是前人经验有得成为学识的。我们有了这种学识，应用它来处置这些事，自然会不惑，反是则惑了。教育家、军事家，等等，都各各有它的专门学识，也是如此。我们在高等以上学校所求的知识，就是这一类。但专靠这种常识和学识就够吗？还不能。宇宙和人生是活的不是呆的，我们每日所碰见的事理是复杂的、变化的，不是单纯的、刻板的。倘若我们只是学过这一件才懂这一件，那么，碰着一件没有学过的事来到跟前，便手忙脚乱了。所以还要养成总体的智慧，才能有根本的判断力。这种总体的智慧，如何才能养成呢？第一件，要把我们向来粗浮的脑筋，着实磨炼他，叫他变成细密而且踏实。那么，无论遇着如何繁难的事，我都可以彻头彻尾想清楚他的条理，自然不至于惑了。第二件，要把我们向来昏浊的脑筋，着实将养他，叫他变成清明。那么，一件事理到跟前，我才能很从容、很莹澈地去判断他，自然不至于惑了。以上所说常识、学识和总体的智慧，都是知育的要件，目的是教人做到知者不惑。

怎么样才能不忧呢？为什么仁者便会不忧呢？想明白这个道理，先要知道中国先哲的人生观是怎么样。“仁”之一字，儒家人生观的全体大用都包在里头。“仁”到底是什么？很难用言语说明。勉强下个解释，可以说是：“普遍人格之实现。”孔子说：“仁者，人也。”意思说是人格完成就叫作“仁”。但我们要知道：人格不是单独一个人可以表现的，要从人和人的关系上看出来。所以仁字从二人，郑康成解他作“相人偶”。总而言之，要彼我交感互发，成为一体，然后我的人格才能实现。所以我们若不讲人格主义，那便无话可说。讲到这个主义，当然归宿到普遍人格。换句话说：宇宙即是人生，人生即是宇宙，我的人格和宇宙无二无别。体验得这个道理，就叫作“仁者”。然则这种仁者为什么就会不忧呢？大凡忧之所从来，不外两端，一曰忧成败，二曰忧得失。我们得着“仁”的人生观，就不会忧成败。为什么呢？因为我们知道宇宙和人生是永远不会圆满的，所以《易经》六十四卦，始“乾”而终“未济”。正为在这永远不圆满的宇宙中，才永远容得我们创造进化。我们所做的事，不过在宇宙进化几万万里的长途中，往前挪一寸两寸，哪里配说成功呢？然则不做怎么样呢？不做便连这一寸两寸都不往前挪，那可真真失败了。“仁者”看透这种道理，信得过只有不做事才算失败，凡做事便不会失败。所以《易经》说：“君子以自强不息。”换一方面来看，他们又信得过凡事不会成功的几万万里路挪了一两寸，算成功吗？所以《论语》说：“知其不可而为之。”你想，有这种人生观的人，还有什么成败可忧呢？再者，我们得着“仁”的人生观，便不会忧得失。为什么呢？因为认定这件东西是我的，才有得失之可言。连人格都不是单独存在，不能明确地画出这一部分是我的，那一部分是人家的，然则哪里有东西可以为我所得？既已没有东西为我所得，当然也没有东西为我所失。我只是为学问而学问，为劳动而劳动，并不是拿学问劳动等等做手段来达某种目的——可以为我们“所得”的。所以老子说：“生而不有，为而不恃。”“既以为人己愈有，既以与人己愈多。”你想，有这种人生观的人，还有什么得失可忧呢？总而言之，有了这种人生观，自然会觉得“天地与我并生，而万物与我为一”，自然会“无入而不自得”。他的生活，纯然是趣味化艺术化。这是最高的情感教育，目的教人做到“仁者不忧”。

怎么样才能不惧呢？有了不惑不忧功夫，惧当然会减少许多了。但这是属于意志方面的事。一个人若是意志力薄弱，便有很丰富的智识，临时也会用不着；便有很优美的情操，临时也会变了卦。然则意志怎么才会坚强呢？头一件须要心地光明。孟子说："浩然之气，至大至刚。行有不慊于心，则馁矣。"又说："自反而不缩，虽褐宽博，吾不惴焉；自反而缩，虽千万人，吾往矣。"俗语说得好："生平不做亏心事，夜半敲门也不惊。"一个人要保持勇气，须要从一切行为可以公开做起，这是第一着。第二件要不为劣等欲望之所牵制。《论语》记，子曰："吾未见刚者。"或对曰："申枨。"子曰："枨也欲，焉得刚？"一被物质上无聊的嗜欲东拉西扯，那么，百炼钢也会变成绕指柔了。总之，一个人的意志，由刚强变为薄弱极易，由薄弱返到刚强极难。一个人有了意志薄弱的毛病，这个人可就完了。自己做不起自己的主，还有什么事可做？受别人压制，做别人奴隶，自己只要肯奋斗，终须能恢复自由。自己的意志做了自己情欲的奴隶，那么，真是万劫沉沦，永无恢复自由的余地，终身畏首畏尾，成了个可怜人了。孔子说："和而不流，强哉矫；中立而不倚，强哉矫；国有道，不变塞焉，强哉矫；国无道，至死不变，强哉矫。"我老实告诉诸君说吧：做人不做到如此，决不会成一个人。但做到如此真是不容易，非时时刻刻做磨炼意志的功夫不可。意志磨炼得到家，自然是看着自己应做的事，一点不迟疑，扛起来便做，"虽千万人吾往矣"。这样才算顶天立地做一世人，绝不会有藏头躲尾左支右绌的丑态。这便是意育的目的，要教人做到"勇者不惧"。

我们拿这三件事作做人的标准，请诸君想想，我自己现时做到哪一件——哪一件稍微有一点把握？倘若连一件都不能做到，连一点把握都没有，哎哟！那可真危险了，你将来做人恐怕就做不成。讲到学校里的教育吗，第二层的情育第三层的意育，可以说完全没有；剩下的只有第一层的知育。就算知育吧，又只有所谓常识和学识，至于我所讲的总体智慧靠来养成根本判断力的，却是一点儿也没有。这种“贩卖智识杂货店”的教育，把他前途想下去，真令人不寒而栗！现在这种教育，一时又改革不来，我们可爱的青年，除了他更没有可以受教育的地方。诸君啊！你到底还要做人不要？你要知道危险呀！非你自己抖擞精神想方法自救，没有人能救你呀！

诸君啊！你千万不要以为得些片断的智识，就算是有学问呀。我老实不客气告诉你吧：你如果做成一个人，智识自然是越多越好；你如果做不成一个人，智识却是越多越坏。你不信吗？试想想全国人所唾骂的卖国贼某人某人，是有智识的呀，还是没有智识的呢？试想想全国人所痛恨的官僚政客——专门助军阀作恶鱼肉良民的人，是有智识的呀，还是没有智识的呢？诸君须知道啊，这些人当十几年前在学校的时代，意气横历，天真烂漫，何尝不和诸君一样？为什么就会堕落到这样田地呀？屈原说的：“何昔日之芳草兮，今直为此萧艾也！岂其有他故兮，莫好修之害也。”天下最伤心的事，莫过于看着一群好好的青年，一步一步地往坏路上走。诸君猛醒啊！现在你所厌所恨的人，就是你前车之鉴了。

诸君啊！你现在怀疑吗？沉闷吗？悲哀痛苦吗？觉得外边的压迫你不能抵抗吗？我告诉你：你怀疑和沉闷，便是你因不知才会惑；你悲哀痛苦，便是你因不仁才会忧；你觉得你不能抵抗外界的压迫，便是你因不勇才有惧。这都是你的知、情、意未经过修养磨炼，所以还未成个人。我盼望你有痛切的自觉啊！有了自觉，自然会自动。那么，学校之外，当然有许多学问，读一卷经，翻一部史，到处都可以发现诸君的良师呀！

诸君啊！醒醒吧！养足你的根本智慧，体验出你的人格人生观，保护好你的自由意志。你成人不成人，就看这几年哩！

（在清华大学的演讲）

君子

梁启超

“君子”二字其意甚广，欲为之诠注，颇难得其确解。为英人所称“劲德尔门”（即Gentleman一词音译——编者）包罗众义，与我国君子之意差相吻合。证之古史，君子每与小人对待，学善则为君子，学不善则为小人。君子小人之分，似无定衡。顾习尚沿传类以君子为人格之标准。望治者，每以人人有士君子之心相勖。《论语》云：“君子人与？君子人也。”明乎君子品高，未易几及也。

英美教育精神，以养成国民之人格为宗旨。国家犹机器也，国民犹轮轴也。转移盘旋，端在国民，必使人人得发展其本能，人人得勉为“劲德尔门”，即我国所谓君子者。莽莽神州，需用君子人，于今益极，本英美教育大意而更张之。国民之人格，骎骎日上乎。

君子之义，既鲜确诂，欲得其具体的条件，亦非易言。《鲁论》所述，多圣贤学养之渐，君子立品之方，连篇累牍势难胪举。《周易》六十四卦，言君子者凡五十三。乾、坤二卦所云尤为提要钩元。乾象曰：“天行健，君子以自强不息。”坤象言：“地势坤，君子以厚德载物。”推本乎此，君子之条件庶几近之矣。

乾象言，君子自励犹天之运行不息，不得有一曝十寒之弊。才智如董子，犹云勉强学问。《中庸》亦曰：“或勉强而行之。”人非上圣，其求学之道，非勉强不得入于自然。且学者立志，尤须坚忍强毅，虽遇颠沛流离，不屈不挠，若或见利而进，知难而退，非大有为者之事，何足取焉？人之生世，犹舟之航于海。顺风逆风，因时而异，如必风顺而后扬帆，登岸无日矣。

且夫自胜则为强，乍见孺子入水，急欲援手，情之真也。继而思之，往援则己危，趋而避之，私欲之念起，不克自胜故也。孔子曰："克己复礼为仁。"王阳明曰："治山中贼易，治心中贼难。"古来忠臣孝子愤时忧国奋不欲生，然或念及妻儿，辄有难于一死不能自克者。若能摈私欲尚果毅，自强不息，则自励之功与天同德，犹英之"劲德尔门"，见义勇为，不避艰险，非吾辈所谓君子其人哉。

坤象言，君子接物，度量宽厚，犹大地之博，无所不载。君子责己甚厚，责人甚轻。孔子曰："躬自厚而薄责于人。"盖唯有容人之量，处世接物坦焉无所芥蒂，然后得以膺重任，非如小有才者，轻佻狂薄，毫无度量，不然小不忍必乱大谋，君子不为也。当其名高任重，气度雍容，望之俨然，即之温然，此其所以为厚也，此其所以为君子也。

纵观四万万同胞，得安居乐业，教养其子若弟者几何人？读书子弟能得良师益友之熏陶者几何人？清华学子，荟中西之鸿儒，集四方之俊秀，为师为友，相磋相磨，他年遨游海外，吸收新文明，改良我社会，促进我政治，所谓君子人者，非清华学子，行将焉属？虽然君子之德风，小人之德草，今日之清华学子，将来即为社会之表率，语默作止，皆为国民所仿效。设或不慎，坏习惯之传行急如暴雨，则大事偾矣。深愿及此时机，崇德修学，勉为真君子，异日出膺大任，足以挽既倒之狂澜，作中流之砥柱，则民国幸甚矣。

做人的道理

罗家伦

潘教育长、各位同学：今天在省训团有机会同大家做一点钟的演讲，非常高兴。各位负责实际基层行政责任，有机会研究一个问题，“做人的道理”，亦许十分重要。对于做人的看法，中外哲人容有不同的见解；但人生处世，应该认识在宇宙间的地位，才能了解人生的意义当是不易的道理。因为个人做事，无论为公为私，应该明了他的意义，为什么要如此做？就是要认识个人与社会的环境，国家的情势；个人负责的工作尤应放在社会、国家范围以内；但是为什么要对社会、国家尽力？这就要推到自己个人在人生上有什么意义？亦就是说个人的动作不仅是对社会、国家贡献，并且在生命上亦是自求贡献，以使生命发展扩大。一个人脱不掉整个的人世间关系往来，亦可说改进个人与人世间的关系，是做人的本务。

人生不是浪费，在宇宙中有其适当地位。这是就大的范围来讲。缩小范围来说，个人对人群国家亦有其相当地位。求个人人生价值，要由个人出发到宇宙，或由宇宙推到人生；各位不要以为话说的太远，要认识此话的意义。

人生价值，在整个社会、国家来说是有其相当价值的。大家不是听到许多人讲，人生无非是氧气、氢气……所构成者。每天在人身上有许多变化，是一天到晚不断在演化中。再推而讲到细胞，以化学元素来说，细胞亦是不断在新陈代谢中，人体一天不知有多少细胞产生，同时又有多少细胞在毁灭！如此看来，生命岂非把握不到？每天无数生死，即代表生命吗？这当然是用以维系生命，但还不够；因为生命本身有生的价值，价值就我们的生命讲，不只是物质的，耶稣之伟大，即由于其舍己为人不惜牺牲的精神力量。我非宗教徒，亦不是任何宗教的信徒，各位不要误会。但人有人格，人格是一贯的；人格维系着人的生命，使每个人生命有其特殊意义与价值；人格指挥人的各种动作，因此人格代表生命的意义。

如说生命就是以各种物质享受作最后目的，住洋楼、坐汽车、衣食要好，甚而娇妻美妾，就是最高理想吗？无论男女，尽以眼光看物质世界，那他们的生命是无限度损伤，最后留下什么为社会、国家？他自己死了是什么亦没有，而且把灾害留在人间，使旁人受其灾害影响。我是说凭物质享受来结束生命，而生命价值何在？不过如朝生暮死的动物——蜉蝣在世一样。所以人生另外有其意义。人生是以其自己的人格来维持其生活，任何事有其高尚理想配合社会、国家与人类各种目的。所以它一举一动，不仅发挥其生命，而且要为整个大的社会、国家做事，在无限的宇宙生命中留下他光荣的一份。从前以为做人要循规蹈矩，这种保守状态不错，是需要的，这是基本，但还是不够；因为人最要紧的在他的动作，不只影响本身为止，他有力量达到外界，影响他人与多数人群。宇宙不是静止，而是动态。宇宙不断在动，在创造，人把自己动作加进去，使宇宙动作发展增加许多效果，这不断的动带着进化与进步。宇宙是从不停止的。各位要站在时代里边，辅助时代，推动时代。假定能以更大力量，发挥一切智慧，会加速推动社会、国家、人群的进步。

各位要知道，进化与进步要分开来讲，许多人都是混在一起。所谓进化，英文是evolution；所谓进步，英文是progress。进化是宇宙普遍现象，有时变好亦有时变坏，一个人在黑洞里住三年不见光亮，眼睛会瞎；进化是就宇宙一般现象而言。进步是有意识的推进，有目标而非顺其自然。人类在世最大目的，是把许多自然变化，加进自己意识、智慧、能力，使向所想象的目标达成。譬如火可以将其他地方的氧气加以吸收，以供燃烧；一个有灯罩的小灯，它的光在距离远的地方，仍可以望见，这个现象可以解释为生命的意义。

生命不一定要如大火炬，才算人生，就是如一支蜡烛，亦可以表现它生命的意义与价值。这是很有趣味的一种看法，亦是最合科学与真理的看法。所以大家不要认为做的事小、职位低，即不算什么，于是妄自菲薄。生命无大小，只看对环境有无价值，有无意义。比方说，在台湾的吴凤，吴凤是很小的公务员，是当时的通译，在政府供职代高山族翻译，他本可以默默无闻，但他运用他的感化力量，不惜牺牲自己生命，所以他生命不死。到现在，人们仍然追念他，崇拜他，这种崇拜非只阿里山的神像庙宇，是不尽止此，在于他精神的了不起，永为后人取法。各位不要以为当大官就了不起，当小官就没有什么，生命价值不是这样来判断的，人做大官，但其生命价值很低，或一瞬即逝，转眼成为过去，与草木同腐。一个职位很小的人如吴凤者，可以千秋万世，为世人景仰！各位看历史上许多伟大人物，并不都是高官，这全看其个人对生命认识如何而定，如为一时享受，为一己之私打算，就毫无价值可言了。假定能配合最高人类的理想，促进人类的进步，那意义就非常之大了。

再举例来说，朱熹是宋代理学家，他始任官职很小，为一县级政府的官吏，可是他在学术上的贡献，甚为伟大。各位还知道大文学家、大科学家，往往他的生活是非常艰苦，并非一帆风顺。我最钦佩近代诗人豪斯曼（A. E.Housman），他生平最为穷困，他是一位最忠诚的书记，但他的修养真是了不得。许多世间第一流画家，他们的作品为世人所崇拜，但他们大多从未获得任何经济与物质上的报酬。科学家孟德尔（Mendel）所发明的遗传定律，为现在一般生物学者所宗，他很苦学，由于遗传定律的发明，使能以改良各种生物遗传，人类种族遗传，开始于出生之前。各位要知道一件事往往其始也简，其毕也巨！各位在做事的时候，不要以为地位低，没有希望，要站在每一个工作岗位上，使自己相信自己，忠于职守，修养人格，配合环境与社会国家需要。要大家把力量结合起来，才能生出伟大的力量。所以造屋一定要每块砖瓦、石子砌得牢固，方能结实，房子才能耐久。所以一定要大家的力量，共同下一番苦功，社会国家才能进步。

就建筑来讲，它是综合艺术，人工材料等等加起来，一点点求进步。材料的选择，力学上的计算，艺术上的发挥，都是进步的必要条件。一个伟大建筑家，先要把本身修养好，并与社会需要配合，才能完成最坚实、最完美的建筑物。建设社会、国家亦是同样道理。无论做什么事，除本身工作要尽善尽美以外，而个人心灵亦要保持平衡，那就是多多读书。常对自己身心有修养的人，到了时间就会进步。不能进步的一切事物，转瞬即告消失！时间是最快的马，它会带走一切生命。以我个人来说，每天无论工作多久，至少仍要以两小时的时间用来读书，只许多，不许少，假定晚上到了睡觉的时候，仍是不看完书，决不去睡。此固不足以表现个人美德，而只是喜欢读书而已！一个人只要自己喜欢读书，就是对自己知识的补充，就有办法可以达到高尚理想。就是爱好音乐、美术、文学不断于公余之暇，用来解闷，对事业亦有补助，即对生命亦是一种很好的保育。喜欢音乐、美术，高尚娱乐，对生命发展即有办法，用不着打牌跳舞弄得手忙脚乱，不但牺牲了自己宝贵的时光，而且还要牺牲别人的宝贵时光，既无结果，亦无益处。各位平日既已工作辛苦，何不向读书、艺术欣赏或郊外旅行方面求发展？德国人、美国人都是宁愿一星期内苦得不得了，使工作有进展，但到了星期假日则必同家人到郊外旅行。这种户外活动，能使身心保持平衡。我们生命是靠身体维持，身体是人格的寄托，有健全的身心，才有高尚的理想、伟大的人格。保持身心平衡，不但使个人幸福，对社会、国家、民族、人类亦有很大贡献。

各位，灯光虽小，在黑暗中可以拯救多少迷途的人，海上灯塔在大风雨中，可以指示海上航行的安全，发挥出伟大的功能。讲到人生问题与应有认识，希望各位亦要不断发挥个体的力量，以壮大集体的力量。

荣誉与爱荣誉

罗家伦

我所提出的“荣誉”就是指英文的“honour”或德文的“ehdichkeit”。这两个外国字，本都含有人格的意义，在中文方面，很难找到适当的译名，我现在译作“荣誉”。

人生的目的不仅是为生活，而且还需要荣誉的生存。荣誉是人格光辉的表现，也是整个人生不可分解的一部分。没有荣誉心的人，就谈不上人格；漆黑黯淡地过一世，这种生存有何意义?

西洋人很重视荣誉。他们把荣誉看得比生命还更重要。假如你说某人无荣誉，他一定认为这是对于他最大的侮辱。为了荣誉问题而实行决斗，也是常见的事。这种决斗办法的对不对，是另一问题。但他们对于荣誉的尊重，却不可小看。英国人对于内阁阁员，称作The Right Honourable，不是恭维他是最高贵的，而是恭维他是最荣誉的。美国西点陆军军官学校（West Point）的校训是三个字，就是“责任，荣誉，国家”（Duty，Honour，Country）。这是他们在军人精神教育上对于荣誉的重视。欧美许多学校的考试，还有所谓“荣誉制度”（honour system）。就是教员于出题以后，立刻退出教室，并不监考，他只在黑板上写一个大字，就是honour（荣誉）。于是学生懔然于荣誉的观念，不敢作弊。万一有人作弊，不但学校立刻把他开除，而且这个人从此不齿于同学。

（最近西点学生同时是全美冠军足球队队员90人，因考试抄袭而全体开除，任何人不能挽回，就是一例。1951年9月9日补注。）

荣誉的观念，在中国社会，却太不发达了。为唤起一般人对于荣誉的认识和尊重起见，所以我特别提出这“荣誉与爱荣誉”的问题来讨论。

说到荣誉，往往就要联想到“名誉”。但是荣誉和名誉不同，荣誉不就是名誉。“名誉”在英文里面，是另一个字，即reputation。名誉是外加的，而荣誉，却是内足的。更明白一点说，名誉只是外界的称许，而荣誉则是内部发出来的光荣——也可说是光辉——与外界所加上的名誉相合而成的。所以荣誉具有内心的价值，较名誉还要可贵。西洋虽有名誉为第二生命的话，但荣誉却简直是第一生命，或是第一生命的一部分。不过，名誉和荣誉也有关联。人是社会的动物，多少都需要外界的刺激，外界的鼓励，外界的承认，才格外能自发的向上，自觉的求进步，所以人大都是要名誉的。“三代以下，唯恐不好名”，好名誉不一定就是坏事。苏联就常常采取以名誉来鼓励人努力工作的方法。所以他选择工作最努力的工人为“工人英雄”。用这工人的名字去命名工厂，去命名制度。对于到北极探险的人，也常常加以“英雄”的徽号。这都是用名誉来奖励人奋发有为的证据。这并没有害，而且有益。中国的老子曾经问过一句话：“名与身孰亲？”我想许多西洋人的回答一定是“名亲”！

荣誉不是名誉，更不是虚荣。“虚荣”在英文里面是vanity，也可译为“浮名”。虚荣乃求他人一时之好尚，或是庸俗的称颂，而即沾沾自喜，以为满足的。虚荣的表现，就是好炫耀，好夸大，借此以博得他人对自己的称赞。譬如女子常喜穿华美鲜艳的衣服，以引人的注意；男子则好出风头，往往做了一次什么会的主席，便自以为了不得，自以为是这小世界里的“小英雄”。这都是虚荣在作祟。虚荣是从错觉（illusion）来的。错觉是虚荣的粮食，虚荣全靠它培养大的。所以错觉一旦幻灭，虚荣也就随之消散。荣誉则不然。它不是求之于外的，而是求之于内的，所以它可以自持，可以永久。西洋人说虚荣是女性的——但它不是优美的女性，是堕落的女性。男子何曾不好虚荣，不过女人较甚一点。普通女子都欢喜别人恭维她，捧她。如果男子要向女子求婚，最好多称赞她几声“安琪儿”或是“天仙化人”，那她便很容易落到情网里去了！这种虚荣，岂能和荣誉相提并论？

荣誉不但和“名誉”“虚荣”不同，而且和“野心”不同。“野心”在英文为ambition，它可说是一种男性的虚荣。男子大都好求自己政治的名誉、权力、地位、官阶，以作个人自私的满足。这种野心有时也能推动人去做有益的事，但动机仍是自私，所以很容易发生不良的结果。有些人野心一旦发作，便往往不问自己的能力如何，竟为所欲为，以求侥幸的成功。“小人行险以侥幸”，其结果鲜有不将自己的荣誉甚至身体埋葬于野心的灰烬之中。如果说野心是荣誉，那它只是堕落的荣誉。

至于所谓“门第”“头衔”“豪富”，那是更说不上荣誉了。这些都可叫作“荣宠”，而绝不是“荣誉”。不过也有一种荣宠，是靠自己努力的成绩换来的，不可一概厚非。譬如外国有些科学家，对于科学有重大贡献，政府特赐他一个荣誉的头衔，如德国大学教授得“政府枢密顾问”的头衔一样。这确是一种比较高贵的荣宠，虽然不是真正的荣誉。

荣誉既不是名誉，又不是虚荣，更不是野心或荣宠，那么真正的荣誉是什么呢？我以为真正的荣誉，必须具备以下几个条件：

第一，必须能维持生命的庄严。“人必自侮而后人侮之。”有荣誉心的人，必定有不可侮的身体，不可侮的精神，不可侮的行为——简单说有不可侮的生命。他的生命是完整的，不容稍有玷污。所谓“白圭之玷，尚可磨也，斯言之玷，不可为也”！他的理想的生命，是崇高、伟大、正直、坚强，所谓“仰之弥高，钻之弥坚”。他的生命是高贵的，庄严的，所谓“赫赫师尹，民具尔瞻”。所以别人尊重他，而不敢轻视他；爱敬他，而不敢亵渎他。

第二，必须能有所不为。有所不为，是人生最不容易做到的。“有所不为而后可以有为”，所以有荣誉心的人，对于标准以下的事，是绝对不干的。至于那一切欺骗、狭小、鄙吝、偷惰，和其他种种“挖墙脚”的事，他更是不屑干的。这正是孟子所谓“非礼之礼，非义之义，大人弗为”。大人的对面是小人，是小丈夫，是贱丈夫。有荣誉心的人，是以“大人”自许的。

第三，必须是自足的，也是求诸己的。外界的称许，如系实至名归，在所不辞。譬如以科学上重大的贡献而得诺贝尔奖奖金的人，若是他配得的话，当然可以安心接受，何用推却？但凡事应该求诸自己，尽其在我，不必分心去猎取流俗的恭维。流俗的恭维，不但靠不住，而且在有荣誉心的人看来，反为一种侮辱。名画家的画，并不在乎有多少外行的人赞美，而贵乎能得一个真正内行的人来批评。所谓“千人之诺诺，不如一士之谔谔”就是这个道理。即使内行的人也不称许，自己仍可得到安慰，因为自己的天才得到发挥，在自己的努力中，就有乐趣存在。古今中外，许多大艺术家，都是死后得名的。科学家也是如此。大科学家开普勒（Kepler）在他一部名著*Weltharmonik*序上说道：“你的宽恕我引以自娱，你的愤怒我也忍受；此地我的骰子掷下来，我写成这本书给人读，是同时的人读或后代的人读，我管他干吗？几千年以后有人来读，我也可以等，上帝也等六千年以后才有人来臆度他的工作。”这种特立独行的精神，也可说是一种孤寂的骄傲，但是这绝不是骄傲。翻开一部科学史来看，古今多少科学家，在生前享国际大名的，除了牛顿和爱因斯坦以外，还有几人呢？造化弄人，奇怪得很，生前最不求虚名者，往往死后最能得名。如果自己对人类真有贡献，即使名不可得，又有何妨？世间真正的价值，常埋藏在无名者之中。许多汲汲求名的人，实在可以休矣。

第四，必须自尊而能尊人。真正有荣誉心的人，不但爱自己的荣誉，而且也爱他人的荣誉。荣誉不是傲慢，乃是自尊而能尊人。“子以国士待我，我亦以国士报之。”其实毁灭了他人的荣誉，自己的荣誉也就建设不起来。在侏儒国里，就算自己是长子，又有什么意思？要做长子，就要到长子国里去做，不要在侏儒国里做！有荣誉心的人，一定能尊人，能下人。他承认人的能力，赞叹人的特长，尊敬人的善处。能适当的自尊，也能适当的低头。上谄下骄的事，绝不在他的行动意识里面。

总而言之，荣誉就是人格，是人格最光荣的完成！

爱荣誉乃是一种意志的倾向，行为的动态，是要以忠诚纯洁的行为，去得到依于德行合于美感的承认的，德国的哲学家包尔森（Friedrich Paulsen）说：“我们不能想象没有强烈的对荣誉之爱，而伟大的事业可以表现。”社会的向上靠此，人类的改善靠此，历史的转变也靠此。

我们今日不但要提倡个人的荣誉心和对于荣誉的强度的爱，而且要提倡集体的荣誉观念，集体的荣誉观念，就是个人对团体的荣誉之爱。譬如一个家庭，凡是家庭的各分子，都要努力保持一家的“家风”或“家声”，不能做有辱门楣的事。又如一个商店，不肯卖坏东西，诚恐坏了他的牌子，也是出于爱护集体荣誉的观念。再如一个学校，无论是教职员或学生，人人都应该知道学校荣誉的重要，不能随便塌学校的台。实验室里未成熟或不正确的报告，不可轻易发表，因为这对于个人的责任的关系还小，对于整个学校的荣誉却太大了。不独以“长胜军”或“铁军”著称的军队，全部队的长官和兵士，要爱惜他本部队历史之光荣；凡是国家军队，谁不应该勇猛奋发，维护国家军队的光荣。扩而大之，一个社会、一个民族、一个国家，要不没落和毁灭，必须由构成它的分子，共同努力维持和增进它集体的荣誉！

人生是需要有荣誉的。不荣誉的人生，是黑漆漆的，无声无臭的。有荣誉的人生，是高贵向上的；无荣誉的人生，是卑污低下的。禽兽才只要生存，不要荣誉，也无荣誉的观念。人应该是理智感情和品格发展到最高程度的动物。人不只要生存，而且要荣誉。荣誉也可说是人类的专有品。所以英国的诗人拜伦（George Gordon Byron）有两句诗道：“情愿把光荣加冕在一天，不情愿无声无臭地过一世！”

道德的勇气

罗家伦

要建立新人观，第一必须要养成道德的勇气（moral courage）。道德的勇气是和通常所谓勇（bravery）有区别的。通常所谓勇，不免偏重体力的勇，或是血气的勇；而道德的勇气，乃是人生精神最高的表现。“匹夫之勇”与“好勇斗狠”的勇，哪能相提并论？

什么是道德的勇气？要知道什么是道德的勇气，就要先知道什么不是道德的勇气。第一，冲动不属于道德的勇气。冲动的行为是感情的，不是理智的，是一时的，不是持久的。它不曾经过周密的考虑，审慎的计划，所以不免“一鼓作气，再而衰，三而竭”。它的表现是暴烈（violence），暴烈是与坚毅（tenacity）成反比例的。暴烈愈甚，坚毅愈差。细察社会运动的现象，历历不爽。第二，虚矫也不属于道德的勇气。虚矫的人，绝不能成大事。所谓“举趾高，心不固矣”。我们所要的不是这一套，我们所要的是“临事而惧，好谋而成”。对事非经实在考虑以后，决不轻易接受；而一经接受，就要咬紧牙根，以全力干到底。它所有的勇气，都是经内心锻炼过的力量，以有程序的方式表现出来的。举一例来说明吧，我有一次在美国费城（Philadelphia），看一出英国文学家君格瓦特（John Drinkwater）的历史名剧，叫作《林肯》（*Abraham Lincoln*），当林肯被共和党推为候选大总统的时候，该党代表团来见他，并且说明因为民主党内部的分裂，共和党的候选人是一定当选的。他听到这个消息，沉默半晌，方才答应。等代表团走了以后，他又一声不响地凝视壁上挂的一幅美国地图，看了许久，他严肃地独自跪在地图前面祈祷。我看完以后，非常感动，回到寄住的人家来，半夜不能睡觉。心里想假如一般中国人听到自己当选为大总统的消息，岂不要眉飞色舞，立刻去请客开跳舞会吗？中国名剧《牡丹亭》中，写一位教书先生陈最良科举中了，口里念道："先师孔夫子，犹未见周王，老夫陈最良，得见圣天子，岂偶然哉！岂偶然哉！"于是高兴得满地打滚。但是林肯知道可以当选为大总统的时候，就感觉到国家重大的责任落在他双肩上了，这不是一件容易的事，不是一件可快乐的事。凝视国家的地图，继之以跪下来祈祷，这是何等相反的写照！

道德的勇气是要经过长期锻炼才会养成的。但是要养成道德的勇气，必定要有两个先决条件，第一是天性的敦厚，第二是体魄的雄健。就第一个条件说，一个人有无作为，先要看他的天性是否敦厚。不要说看人能否担当国家大事，就是我们结交朋友，也要先认定他天性是敦厚还是凉薄，才可以判断他能不能共患难。凡对自己的亲属都刻薄寡恩的人，是绝不会对于朋友笃厚忠诚的。自然这样的人，也绝不会对于国家特别维护，特别爱戴的。所以古来许多大政治家用人的标准，是宁取笨重，而不取小巧。倒是乡间的农夫，看来虽似愚笨，却很淳朴诚恳，到患难的时候讲朋友。只有那戴尖顶小帽，口齿伶俐，举动漂亮的人，虽然一时讨人欢喜，却除了做小官僚，做"洋行小鬼"而外，别无可靠之处。就第二个条件说，则体力与胆量关系，实在密切极了。二者之间，系数极大。体力好的人不一定胆子大；体力差的人却常常易于胆子小。一遇危难，仓皇失措，往往是体力虚弱，不能支持的结果。《左传》形容郑国的小驷上阵，是“阴血周作，张脉偾兴，外强中干，进退不可，周旋不能”。所以把战事弄糟了，用它们驾战车上阵的国王，也就误在这些马的身上。马犹如此，人岂不然。我相信胆子是可以练得大的，但是体魄是胆子的基本。担当大事的人可以少得了吗？

具备这两个先决条件，然后才可以谈到如何修养道德的勇气。修养就是把原来的素质加以有意识的锻炼。《孟子》所谓“天将降大任于是人也，必先苦其心志，劳其筋骨，饿其体肤，空乏其身，行拂乱其所为，所以动心忍性，增益其所不能”，正是对于修养工作最好的说明。从这种修养锻炼之中，才可以养成一种至大至刚的“浩然之气”，一种“泰山崩于前而色不沮，黄河决于顶而神不惊”的从容态度。修养到了这个地步，道德的勇气才可以说是完成。但是有什么具体的办法，来从事于这种修养？

（一）知识的陶熔。真正道德的勇气，是从知识里面产生出来的，因为经过知识的磨炼而产生的道德的勇气，才是有意识的，而不是专恃直觉的。固然“是非之心，人皆有之”，但这还是指本性的、直觉的方面而言。在现代人事复杂的社会里，一定要经过知识的陶熔，才能真正辨别是非，才能树立“知识的深信”（intellectual conviction）。知识的深信，是一切勇气的来源。唯有经过严格知识的训练的人，才能发为有系统、有计划、有远见的行动。他不是不知道打算盘，只是他把算盘看透了！

（二）生活的素养。仅有知识的陶熔还不够，必须更有生活的素养。西洋哲学家把简单的生活和高超的思想（simple living and high thinking）联在一起说，实在很有道理。没有简单的生活，高超的思想是不能充分发挥的。社会上有些坏人，并不是他们自己甘心要坏的，乃是他的生活享受的标准，一时降不下来，以致心有所蔽，而行有所亏。那占有欲（possessive instinct）的作祟，更是一个重大原因。明末李自成破北京的时候，有两个大臣相约殉国。两个人说好了，一个正要辞别回家，这位主人送客出门，客还没有走，就问自己的佣人猪喂了没有。那位客人听了，就长叹一声，断定他这位朋友不会殉国。他的理由是：世间岂有猪都舍不得，而肯自己殉国之理？后来果然如此。中国还有一个故事，说一个贪官死去，阎王审问他的时候说："你太贪了，来生罚你变狗。"他求阎王道："求阎王罚我变母狗，不要变公狗。"阎王说："你这人真没有出息，罚你变狗你还要变母狗，这是什么道理？"他说："我是读过《礼记》的。《礼记》上说'临财母狗得，临难母狗免'，所以我要变母狗。"原来他把原文的"毋苟"二字读"母狗"，以为既可得财，又可免难。这虽是一个笑话，却是对于"心有所蔽"而不能抑制占有欲者一个最好形容。须知一个人的行动，必须心无所蔽，然后在最后关头，方可发挥他的伟大。这种伟大，就是得之于平日生活修养之中的。

（三）意志的锻炼。普通的生活是感觉的生活（life of the senses），是属于声色香味的生活，而不是意志的生活（life of will）。意志的生活，是另一种境界，只有特立独行的人才能过得了的。他有百折不回的意志，坚韧不拔的操行，所以"举世誉之而不加劝，举世非之而不加沮"。他有"虽千万人吾往矣"的气概，所以悠悠之口不足以动摇他的信念，而他能以最大的决心，去贯彻他的主张。他是“富贵不能淫，贫贱不能移，威武不能屈”的；他不但“不挟长，不挟贵”，而在这个年头，更能不挟群众，而且也不为群众所挟。他是坚强的，不是脆弱的。所以他的遭境愈困难，而他的精神愈奋发，意志愈坚强，体力愈充盈，生活愈紧张。凡是脆弱的人，最后都是要失败的。辛亥革命的时候，《民立报》的一位编辑徐血儿，以二十岁左右的青年，作了《七血篇》，慷慨激昂，风动一时。等到二次革命失败，他便以为天下事不可为了，终日花天酒地，吐血而死，成为真正的“血儿”。这就是意志薄弱，缺乏修养的结果。至于曾国藩一生却是一个坚强意志的表现。他辛辛苦苦，接连干了几十年，虽然最初因军事败衄，要自杀两次，但是他后来知道困难是不可避免的，唯有以坚强的意志去征服困难，才有办法，所以决不灰心，继续干下去，等到他做到了“韧”的功夫，他才有成就。

（四）临危的训练。一个伟大的领袖和他的伟大的人格，只有到临危的时候，才容易表现出来。世界上哪一个伟大的人物，不是经过多少的危险困难，不为所屈，而后能够产生的？俗语说：“老和尚成佛，要千修百炼。”修炼的时候，是很苦的。时而水火，时而刀兵，时而美女，一件一件地来逼迫他、引诱他。要他不为所屈，不为所动，而后可以成佛。这种传说，很可以形容一个伟大人物的产生。中国人常说：“慷慨成仁易，从容就义难。”张巡睢阳临刑前说：“南八，男儿死耳，不可为不义屈。”这种临危的精神，是不因为他死而毁灭的。黄黎洲先生在他的《补历代史表序》上有一段文章说：“元之亡也，危素趋报恩寺。将入井中。僧大梓云：‘国史非公莫知，公死是死国之史也。’素是以不死。后修《元史》，不闻素有一词之赞。及明之亡，朝之任史事者众矣，顾独藉一万季野以留之，不亦可慨也夫！”这段沉痛的文字，岂仅指危素而言，也同时是为钱谦益辈而发。要知不能临危不变的人，必定是怯者，是懦夫。只有强者才不怕危险，不但不怕危险，而且爱危险，因为在危险当中，才能完成他人格充分的发挥。

中国历史上，有不少伟大的人物，如文天祥、史可法等，是可以积极表现道德的勇气的。十年以前，我和蒋先生闲谈。我说，我们何必多提倡亡国成仁的人物，如文天祥、史可法诸位呢？蒋先生沉默了一会儿，他说：“文天祥不可以成败论，其百折不回，从容就义的精神，真是伟大！”我想文天祥的人格、行为，及其留下的教训，现在很有重新认识的必要。

文天祥最初不见用于乱世；等到大局不可收拾的时候，才带新兵二万入卫。元朝伯颜丞相兵薄临安，宋朝又逼他做使臣去“讲解”。他以抗争不屈而被拘留。他的随从义士杜浒等设计使他逃出。准备在真州起两淮之兵，又遭心怀疑贰的骄兵悍将所扼，几乎性命不保，逃至扬州，旋逃通州，路遇伏兵，饥饿得不能走了；杜浒等募两个樵夫，把他装在挑土的竹篮中抬出。航海到温州起兵，转到汀州、漳州，经广东梅州而进兵规复江西。汉奸吴浚来说降他，他把吴浚杀了。江西的会昌、雩都、兴国、抚州、吉安和庐陵的东固镇，都有他的战绩。他的声势，一度振于赣北和鄂南。兵败了，妻子都失散了，他又重新逃回到汀州，再在闽粤之间起兵，又由海丰、南岭打出来，在五坡岭被执，自杀不死，路过庐陵家乡绝食不死；解到燕京，元人起初待以上宾之礼说降他，以丞相的地位引诱他，他总是不屈，要求元朝杀他。若是不杀他，他逃出来，还是要起兵的。元朝也为这个理由，把他杀了。他在狱中除了作《正气歌》之外，还集杜诗二百首，这是何等的镇静！何等的从容！他就刑时候的“孔曰成仁，孟曰取义，唯其义尽，所以仁至。读圣贤书，所学何事？而今而后，庶几无愧”几句话，不特留下千秋万世的光芒，也是他一生修养成功的“道德的勇气”的充分表现。

文天祥本来生活是很豪华的，经国难举兵以后，一变其生活的故态。他的行为，有两件特别可注意的事。第一是他常是打败仗而决不灰心。当然他是文人，兵又是乌合之众的义兵，打败仗是意想得到的。但是常打胜仗，间有失败而不灰心，还容易；常打败仗而还不灰心，实在更困难。这是“知其不可而为之”的精神。第二是他常逃，他逃了好几次；但是他逃了不是去偷生苟活。他逃了还是去举兵抗战的。这种百折不回的精神，是表现什么的一种勇气？做事只要是对的，成败有什么关系？“若夫成功则天也”，是他最后引以自慰的一句话。文天祥出来太晚了！文天祥太少了！若是当时人人都能如此，元朝岂能亡宋？所以文天祥不但是志士仁人，而且是民族对外抗战的模范人物！

必须有准备殉国成仁的精神，才能做建国开基的事业！进一步说，若是真有准备殉国成仁的精神，一定能完成建国开基的事业！

“时穷节乃见，一一垂丹青！”

按：本文初发表于《新民族》第1卷第5期，1938年3月16日出版；后经改写辑入《新人生观》，1963年6月自印台北第7版。

正义

朱自清*

人间的正义是在哪里呢?

正义是在我们的心里！从明哲的教训和见闻的意义中，我们不是得着大批的正义么？但白白地搁在心里，谁也不去取用，却至少是可惜的事。两石白米堆在屋里，总要吃它干净，两箱衣服堆在屋里，总要轮流穿换，一大堆正义却扔在一旁，满不理会，我们真大方，真舍得！看来正义这东西也真贱，竟抵不上白米的一个尖儿，衣服的一个扣儿。——爽性用它不着，倒也罢了，谁都又装出一副发急的样子，张张皇皇地寻觅着。这个葫芦里卖的什么药？我的聪明的同伴呀，我真想不通了！

我不曾见过正义的面，只见过它的弯曲的影儿——在“自我”的唇边，在“威权”的面前，在“他人”的背后。

正义可以做幌子，一个漂亮的幌子，所以谁都愿意念着它的名字。“我是正经人，我要做正经事”，谁都向他的同伴这样隐隐地自诩着。但是除了用以“自诩”之外，正义对于他还有什么作用呢？他独自一个时，在生人中间时，早忘了它的名字，而去创

* 朱自清（1898—1948），原名自华，号实秋，后改名自清，字佩弦。中国现代散文家、诗人、学者、民主战士。1920年毕业于北京大学哲学系。1925年起一直在清华学校、清华大学任教，曾任中文系教授、系主任、图书馆馆长。

造“自己的正义”了！他所给予正义的，只是让它的影儿在他的唇边闪烁一番而已。但是，这毕竟不算十分辜负正义，比那凭着正义的名字以行罪恶的，还胜一筹。可怕的正是这种假名行恶的人，他嘴里唱着正义的名字，手里却满满地握着罪恶；他将这些罪恶送给社会，粘上金碧辉煌的正义的签条送了去。社会凭着他所唱的名字和所粘的签条，欣然受了这份礼；就是明知道是罪恶，也还是欣然受了这份礼！易卜生“社会栋梁”一出戏，就是这种情形。这种人的唇边，虽更频繁地闪烁着正义的弯曲的影儿，但是深藏在他们心底的正义，只怕早已霉了，烂了，且将毁灭了。在这些人里，我见不着正义！

在亲子之间，师傅学徒之间，军官兵士之间，上司属僚之间，似乎有正义可见了，但是也不然。卑幼大抵顺从他们长上的，长上要施行正义于他们，他们诚然是不“能”违抗的——甚至“父教子死，子不得不死”一类话也说出来了。他们发现有形的扑鞭和无形的赏罚在长上们的背后，怎敢去违抗呢？长上们凭着威权的名字施行正义，他们怎敢不遵呢？但是你私下问他们，“信么？服么？”他们必摇摇他们的头，甚至还奋起他们的双拳呢！这正是因为长上们不凭着正义的名字而施行正义的缘故了。这种正义只能由长上行于卑幼，卑幼是不能行于长上的，所以是偏颇的；这种正义只能施于卑幼，而不能施于他人，所以是破碎的；这种正义受着威权的鼓弄，有时不免要扩大到它的应有的轮廓之外，那时它又是肥大的，这些仍旧只是正义的弯曲的影儿。不凭着正义的名字而施行正义，我在这等人里，仍旧见不着它！

在没有威权的地方，正义的影儿更弯曲了。名位与金钱的面前，正义只剩淡如水的微痕了。你瞧现在一班大人先生见了所谓督军等人的劲儿！他们未必愿意如此的，但是一当了面，估量着对手的名位，就不免心里一软，自然要给他一些面子——于是不知不觉地就敷衍起来了。至于平常的人，偶然见了所谓名流，也不免要吃一惊，那时就是心里有一百二十个不以为然，也只好姑且放下，另做出一番“足恭”的样子，以表倾慕之诚。所以一班达官通人，差不多是正义的化外之民，他们所做的都是合于正义的，乃至他们所做的就是正义了！——在他们实在无所谓正义与否了。呀！这样，正义岂不已经沦亡了？却又不然。须知我只说“面前”是无正义的，“背后”的正义却幸而还保留着。社会的维持，大部分或者就靠着这背后的正义吧。但是背后的正义，力量究竟是有限的，因为隔开一层，不由得就单弱了。一个为富不仁的人，背后虽然免不了人们的指谪，面前却只有恭敬。一个华服翩翩的人，犯了违警律，就是警察也要让他五分。这就是我们的正义了！我们的正义百分之九十九是在背后的，而在极亲近的人间，有时连这个背后的正义也没有！因为太亲近了，什么也可以原谅了，什么也可以马虎了，正义就任怎么弯曲也可以了。背后的正义只有在生疏的人们间。生疏的人们间，没有什么密切的关系，自然可以用上正义这个幌子。至于一定要到背后才叫出正义来，那全是为了情面的缘故。情面的根底大概也是一种同情，一种廉价的同情。现在的人们只喜欢廉价的东西，在正义与情面两者中，就尽先取了情面，而将正义放在背后。在极亲近的人间，情面的优先权到了最大限度，正义就几乎等于零，就是在背后也没有了。背后的正义虽也有相当的力量，但是比起面前的正义就大大的不同，启发与戒惧的功能都如掺了水的薄薄的牛乳似的——于是仍旧只算是一个弯曲的影儿。在这些人里，我更见不着正义！

人间的正义究竟是在哪里呢？满藏在我们心里！为什么不取出来呢？它没有优先权！在我们心里，第一个尖儿是自私，其余就是威权、势力、亲疏、情面，等等；等到这些角色一一演毕，才轮得到我们可怜的正义。你想，时候已经晚了，它还有出台的机会么？没有！所以你要正义出台，你就得排除一切，让它做第一个尖儿，你得凭着它自己的名字叫它出台。你还得抖擞精神，准备一副好身手，因为它是初出台的角儿，捣乱的人必多，你得准备着打——不打不成相识呀！打得站住了脚携住了手，那时我们就能从容地瞻仰正义的面目了。

论自己

朱自清

翻开辞典，“自”字下排列着数目可观的成语，这些“自”字多指自己而言。这中间包括一大堆哲学，一大堆道德，一大堆诗文和废话，一大堆人，一大堆我，一大堆悲喜剧。自己“真乃天下第一英雄好汉”，有这么些可说的，值得说值不得说的！难怪纽约电话公司研究电话里最常用的字，在五百次通话中会发现三千九百九十次的“我”。这“我”字便是自己称自己的声音，自己给自己的名儿。

自爱自怜！真是天下第一英雄好汉也难免的，何况区区寻常人！冷眼看去，也许只觉得那妄自尊大狂妄得可笑，可是这只见了真理的一半儿。掉过脸儿来，自爱自怜确也有不得不自爱自怜的。幼小时候有父母爱怜你，特别是有母亲爱怜你。到了长大成人，“娶了媳妇儿忘了娘”，娘这样看时就不必再爱怜你，至少不必再像当年那样爱怜你。——女的呢，“嫁出门的女儿，泼出门的水”；做母亲的虽然未必这样看，可是形格势禁而且鞭长莫及，就是爱怜得着，也只算找补点罢了。爱人该爱怜你？然而爱人们的嘴一例是甜蜜的，谁能说“你泥中有我，我泥中有你！”真有那么回事儿？赶到爱人变了太太，再生了孩子，你算成了家，太太得管家管孩子，更不能一心儿爱怜你。你有时候会病，“久病床前无孝子”，太太怕也够倦的，够烦的。住医院？好，假如有运气住到像当年北平协和医院样的医院里去，倒是比家里强得多。但是护士们看护你，是服务，是工作；也许夹上点儿爱怜在里头，那是“好生之德”，不是爱怜你，是爱怜“人类”。——你又不能老待在家里，一离开家，怎么着也算“作客”；那时候更没有爱怜你的。可以有朋友招呼你；但朋友有朋友的事儿，哪能教他将心常放在你身上？可以有属员或仆役伺候你，那——说得上是爱怜么？总而言之，天下第一爱怜自己的，只有自己，自爱自怜的道理就在这儿。

再说，“大丈夫不受人怜”。穷有穷干，苦有苦干；世界那么大，凭自己的身手，哪儿就打不开一条路？何必老是向人愁眉苦脸唉声叹气的！愁眉苦脸不顺耳，别人会来爱怜你？自己免不了伤心的事儿，咬紧牙关忍着，等些日子，等些年月，会平静下去的。说说也无妨，只别不拣时候不看地方老是向人叨叨，叨叨得谁也不耐烦地岔开你或者躲开你。也别怨天怨地将一大堆感叹的句子向人身上扔过去。你怨的是天地，倒碍不着别人，只怕别人奇怪你的火气怎么这样大。——自己也免不了吃别人的亏。值不得计较的，不作声吞下肚去。出入大的想法子复仇，力量不够，卧薪尝胆地准备着。可别这儿那儿尽嚷嚷——嚷嚷完了一扔开，倒便宜了那欺负你的人。“好汉胳膊折了往袖子里藏”，为的是不在人面前露怯相，要人爱怜这“苦人儿”似的，这是要强，不是装。说也怪，不受人怜的人倒是能得人怜的人，要强的人总是最能自爱自怜的人。

大丈夫也罢，小丈夫也罢，自己其实是渺乎其小的，整个儿人类只是一个小圆球上一些碳水化合物，像现代一位哲学家说的，别提一个人的自己了。庄子所谓马体一毛，其实还是放大了看的。英国有一家报纸登过一幅漫画，画着一个人，仿佛在一间铺子里，周遭陈列着从他身体里分析出来的各种元素，每种标明分量和价目，总数是五先令——那时合七元钱。现在物价涨了，怕要合国币一千元了吧？然而，个人的自己也就值区区这一千元儿！自己这般渺小，不自爱自怜着点又怎么着！然而，“顶天立地”的是自己，“天地与我并生，万物与我为一”的也是自己；有你说这些大处只是好听的话语，好看的文句？你能愣说这样的自己没有！有这么的自己，岂不更值得自爱自怜的？再说自己的扩大，在一个寻常人的生活里也可见出。且先从小处看，小孩子就爱搜集各国的邮票，正是在扩大自己的世界。从前有人劝学世界语，说是可以和各国人通信。你觉得这话幼稚可笑？可是这未尝不是扩大自己的一个方向。再说这回抗战，许多人都走过了若干地方，增长了若干阅历。特别是青年人身上，你一眼就看出来，他们是和抗战前不同了，他们的自己扩大了。——这样看，自己的小，自己的大，自己的由小而大，在自己都是好的。

自己都觉得自己好，不错，可是自己的确也都爱好。做官的都爱做好官，不过往往只知道爱做自己家里人的好官，自己亲戚朋友的好官；这种好官往往是自己国家的贪官污吏。做盗贼的也都爱做好盗贼——好喽啰，好伙伴，好头儿，可都只在贼窝里。有大好，有小好，有好得这样坏。自己关闭在自己的丁点大的世界里，往往越爱好越坏，所以非扩大自己不可。但是扩大自己得一圈儿一圈儿的，得充实，得踏实。别像肥皂泡儿，一大就裂。

“大丈夫能屈能伸”，该屈的得屈点儿，别只顾伸出自己去。也得估计自己的力量。力量不够的话，“人一能之，己百之，人十能之，己千之”；得寸是寸，得尺是尺。总之路是有的，看得远，想得开，把得稳；自己是世界的时代的一环，别脱了节才真算好。力量怎样微弱，可是是自己的。相信自己，靠自己，随时随地尽自己的一份儿往最好里做去，让自己活得有意思，一时一刻一分一秒都有意思。这么着，自爱自怜才真是有道理的。

论别人

朱自清

有自己才有别人，也有别人才有自己。人人都懂这个道理，可是许多人不能行这个道理。本来自己以外都是别人，可是有相干的，有不相干的。可以说是“我的”那些，如我的父母妻子，我的朋友等，是相干的别人，其余的是不相干的别人。相干的别人和自己合成家族亲友，不相干的别人和自己合成社会国家。自己也许愿意只顾自己，但是自己和别人是相对的存在，离开别人就无所谓自己，所以他得顾到家族亲友，而社会国家更要他顾到那些不相干的别人。所以“自了汉”不是好汉，“自顾自”不是好话，“自私自利”“不顾别人死活”“只知有己，不知有人”的，更都不是好人。所以孔子之道只是个忠恕：忠是己之所欲，以施于人，恕是“己所不欲，勿施于人”。这是一件事的两面，所以说“一以贯之”。孔子之道，只是教人为别人着想。

可是儒家有“亲亲之杀”的话，为别人着想也有个层次。家族第一，亲戚第二，朋友第三，不相干的别人挨边儿。几千年来顾家族是义务，顾别人多多少少只是义气；义务是分内，义气是分外。可是义务似乎太重了，别人压住了自己，这才来了“五四”时代。

这是个自我解放的时代，个人从家族的压迫下挣出来，开始独立在社会上。于是乎自己第一，高于一切，对于别人，几乎什么义务也没有了似的。可是又都要改造社会，改造国家，甚至于改造世界，说这些是自己的责任。虽然是责任，却是无限的责任，爱尽不尽，爱尽多少尽多少；反正社会国家世界都可以只是些抽象名词，不像一家老小在张着嘴等着你。所以自己顾自己，在实际上第一，兼顾社会国家世界，在名义上第一，这算是义务。顾到别人，无论相干的不相干的，都只是义气，而且是客气。这些解放了的，以及生得晚没有赶上那种压迫的人，既然自己高于一切，别人自当不在眼下，而居然顾到别人，自当算是客气。其实在这些天之骄子各自的眼里，别人都似乎为自己活着，都得来供养自己才是道理。“我爱我”成为风气，处处为自己着想，说是“真”；为别人着想倒说是“假”，是“虚伪”。可是这儿“假”倒有些可爱，“真”倒有些可怕似的。

为别人着想其实也只是从自己推到别人，或将自己当作别人，和为自己着想并无根本的差异。不过推己及人，设身处地，确需要相当的勉强，不像“我爱我”那样出于自然，所谓“假”和“真”大概是这种意思。这种“真”未必就好，这种“假”也未必就是不好。读小说看戏，往往会为书中人戏中人捏一把汗，掉眼泪，所谓替古人担忧。这也是推己及人，设身处地；可是因为人和地只在书中戏中，并非实有，没有利害可计较，失去相干的和不相干的那分别，所以“推”“设”起来，也觉自然而然。作小说的演戏的就不能如此，得观察，揣摩，体贴别人的口气，身份，心理，才能达到“逼真”的地步。特别是演戏，若不能忘记自己，那非糟不可。这个得勉强自己，训练自己；训练越好，越

“逼真”，越美，越能感染读者和观众。如果“真”是“自然”，小说的读者、戏剧的观众那样为别人着想，似乎不能说是“假”。小说的作者、戏剧的演员的观察，揣摩，体贴，似乎“假”，可是他们能以达到“逼真”的地步，所求的还是“真”。在文艺里为别人着想是“真”，在实生活里却说是“假”“虚伪”，似乎是利害的计较使然；利害的计较是骨子，“真”“假”“虚伪”只是好看的门面罢了。计较利害过了分，真是像法朗士说的“关闭在自己的牢狱里”；老那么关闭着，非死不可。这些人幸而还能读小说看戏，该仔细吟味，从那里学习学习怎样为别人着想。

“五四”以来，集团生活发展。这个那个集团和家族一样是具体的，不像社会国家有时可以只是些抽象名词。集团生活将原不相干的别人变成相干的别人，要求你也训练你顾到别人，至少是那广大的相干的别人。集团的约束力似乎一直在增强中，自己不得不为别人着想。那自己第一，自己高于一切的信念似乎渐渐低下头去了。可是来了抗战的大时代，抗战的力量无疑的出于二十年来集团生活的发展。可是抗战以来，集团生活发展得太快了，这儿那儿不免有多少还不能够得着均衡的地方。个人就又出了头，自己就又可以高于一切；现在却不说什么“真”和“假”了，只凭着神圣的抗战的名字做那些自私自利的事，名义上是顾别人，实际上只顾自己。自己高于一切，自己的集团或机关也就高于一切；自己肥，自己机关肥，别人瘦，别人机关瘦，乐自己的，管不着！——瘦瘪了，饿死了，活该！相信最后的胜利到来的时候，别人总会压下那些猖獗的卑污的自己的。这些年自己实在太猖獗了，总盼望压下它的头去。自然，一个劲儿顾别人也不一定好。

仗义忘身，急人之急，确是英雄好汉，但是难得见。常见的不是敷衍妥协的乡愿，就是卑屈甚至谄媚的可怜虫，这些人只是将自己丢进了垃圾堆里！可是，有人说得好，人生是个比例问题。目下自己正在张牙舞爪的，且头痛医头，脚痛医脚，先来多想想别人吧！

论诚意

朱自清

诚伪是品性，却又是态度。从前论人的诚伪，大概就品性而言。诚实，诚笃，至诚，都是君子之德，不诚便是诈伪的小人。品性一半是生成，一半是教养；品性的表现出于自然，是整个儿的为人。说一个人是诚实的君子或诈伪的小人，是就他的行迹总算账。君子大概总是君子，小人大概总是小人。虽然说气质可以变化，盖了棺才能论定人，那只是些特例。不过一个社会里，这种定型的君子和小人并不太多，一般常人都浮沉在这两界之间。所谓浮沉，是说这些人自己不能把握住自己，不免有诈伪的时候，这也是出于自然。还有一层，这些人对人对事有时候自觉地加减他们的诚意，去适应那局势，这就是态度。态度不一定反映出品性来，一个诚实的朋友到了不得已的时候，也会撒个谎什么的。态度出于必要，出于处世的或社交的必要，常人是免不了这种必要的，这是“世故人情”的一个项目。有时可以原谅，有时甚至可以容许。态度的变化多，在现代多变的社会里也许更会使人感兴趣些。我们嘴里常说的，笔下常写的“诚恳”“诚意”和“虚伪”等词，大概都是就态度说的。

但是一般人用这几个词似乎太严格了一些。照他们的看法，不诚恳无诚意的人就未免太多。而年轻人看社会上的人和事，除了他们自己以外差不多尽是虚伪的。这样用“虚伪”那个词，又似乎太宽泛了一些，这些跟老先生们开口闭口说“人心不古，世风日下”同样犯了笼统的毛病。一般人似乎将品性和态度混为一谈，年轻人也如此，却又加上了“天真”“纯洁”种种幻想。诚实的品性确是不可多得，但人孰无过，不论哪方面，完人或圣贤总是很少的。我们恐怕只能宽大些，卑之无甚高论，从态度上着眼，不然无谓的烦恼和纠纷就太多了。至于天真纯洁，似乎只是儿童的本分——老气横秋的儿童实在不顺眼。可是一个人若总是那么天真纯洁下去，他自己也许还没有什么，给别人的麻烦却就太多。有人赞美“童心”“孩子气”，那也只限于无关大体的小节目，取其可以调剂调剂平板的氛围气。若是重要关头也如此，那时天真恐怕只是任性，纯洁恐怕只是无知罢了。幸而不诚恳、无诚意、虚伪等等已经成了口头禅，一般人只是跟着大家信口说着，至多皱皱眉，冷笑笑，表示无可奈何的样子就过去了。自然也短不了认真的，那却苦了自己，甚至于苦了别人。年轻人容易认真，容易不满意，他们的不满意往往是社会改革的动力。可是他们也得留心，若是在诚伪的分别上认真得过了分，也许会成为虚无主义者。

人与人事与事之间各有分际，言行最难得恰如其分。诚意是少不得的，但是分际不同，无妨斟酌加减点儿，种种礼数或过场就是从这里来的。有人说礼是生活的艺术，礼的本意应该如此。日常生活里所谓客气，也是一种礼数或过场。有些人觉得客气太拘形迹，不见真心，不是诚恳的态度，这些人主张率性自然。率性自然未尝不可，但是得看人去。若是一见生人就如此这般，就有点野了。即使熟人，毫无节制的率性自然也不成。夫妇算是熟透了的，有时还得“相敬如宾”，别人可想而知。总之，在不同的局势下，率性自然可以表示诚意，客气也可以表示诚意，不过诚意的程度不一样罢了。客气要大方，合身份，不然就是诚意太多；诚意太多，诚意就太贱了。

看人，请客，送礼，也都是些过场。有人说这些只是虚伪的俗套，无聊的玩意儿，但是这些其实也是表示诚意的。总得心里有这个人，才会去看他，请他，送他礼，这就有诚意了。至于看望的次数，时间的长短，请作主客或陪客，送礼的情形，只是诚意多少的分别，不是有无的分别。看人又有回看，请客有回请，送礼有回礼，也只是回答诚意。古语说得好，“来而不往非礼也”，无论古今，人情总是一样的。有一个人送年礼，转来转去，自己送出去的礼物，有一件竟又回到自己手里。他觉得虚伪无聊，当作笑谈。笑谈确乎是的，但是诚意还是有的。又一个人路上遇见一个本不大熟的朋友向他说：“我要来看你。”这个人告诉别人说：“他用不着来看我，我也知道他不会来看我，你瞧这句话才没意思呢！”那个朋友的诚意似乎是太多了。凌叔华女士写过一个短篇小说，叫作《外国规矩》，说一位青年留学生陪着一位旧家小姐上公园，尽招呼她这样那样的。她以为让他爱上了，哪里知道他行的只是“外国规矩”！这喜剧由于那位旧家小姐不明白新礼数、新过场，多估量了那位留学生的诚意。可见诚意确是有分量的。

人为自己活着，也为别人活着。在不伤害自己身份的条件下顾全别人的情感，都得算是诚恳，有诚意，这样宽大的看法也许可以使一些人活得更有兴趣些。西方有句话，“人生是做戏”。做戏也无妨，只要有心往好里做就成。客气等等一定有人觉得是做戏，可是只要为了大家好，这种戏也值得做的。另一方面，诚恳、诚意也未必不是戏。现在人常说，“我很诚恳地告诉你”“我是很有诚意的”，自己标榜自己的诚恳、诚意，大有卖瓜的说瓜甜的神气，诚实的君子大概不会如此。不过一般人也已习惯自然，知道这只是为了增加诚意的分量，强调自己的态度，跟买卖人的吆喝到底不是一回事儿。常人到底是常人，得跟着局势斟酌加减他们的诚意，变化他们的态度，这就不免沾上了些戏味。西方还有句话，“诚实是最好的政策”，“诚实”也只是态度，这似乎也是一句戏词儿。

说有为有守

潘光旦*

这一篇文字里的话是专为近年大学毕业生说的。

有为有守是一个做人做事的大原则，谁都应当认识清楚的，特别是行将参加实际的社会生活的大学毕业生；也是任何时地的人应当认识清楚的，特别是在目前时代与环境里的大学毕业生。

有为有守是建筑在物理上的一个颠扑不破的原则。物理有动静，有张弛，有翕辟，有力的蓄积与力的发挥，人理也就是如此，人生不能不讲求进止、去处、语默、动定、操守的道理，不能没有情志的涵养与行为的表现。到了有价值观念的文明人，又很自然地在这一层道理之上添上一重道德的绚染，一重标准的责成，说，如何才应当动，如何才应当静，如何才要有为，如何才要有守。我国的民族文化，对于这原则与讲求这原则的必要，似乎认识得比任何民族文化都清楚。“尺蠖之屈，以求伸也”，寥寥两句，是全部《易经》与其所倡导的文化的基本精神。

近代的西洋文化对于一切物理有博大精深的发明，而于物理如何适用于人理，则反较前人为粗疏怠忽。所以人人讲动，讲作

---

* 潘光旦（1899—1967），江苏宝山人。1913年至1922年就读于清华学校，1926年在美国哥伦比亚大学获硕士学位。1934 年至1952年在清华大学任教，曾任社会学系教授、系主任、教务长、图书部主任、图书馆馆长、秘书长、校务委员。

为，讲速度与效率；人人像热灶上的蚂蚁，像截去了头的青蝇；人人认为只有动作是积极的，静止是消极的，进取是功德，保守是罪过，全不思动作进取可能是乱动躁进，漫无目的，静止保守为的是潜心涵养，容有理由；更不思，不有静止，何来动作？不有蕴蓄在先，何来抒放于后？譬诸射击，不先张弦，何由放矢？张弓是力的累积，弛弓是力的消耗，一个过程，两个段落，究属何者为积极，何者为消极，正复无从断定。至于做人做事，有讲求操守的必要，使人人深知操就是有为，而守就是有所不为，这进一步的道德的责成，自更在不论不议之列了。近顷有人以笃行的学说劝导青年，认为只要有作为，一切人生问题自迎刃而解。其实一味作为的结果，不过对事业的认识与事业的成就可以多添数分而已，揆诸“人生大于事业，做人重于做事”的原则，这种一味作为的学说依然不免偏枯的弊病，是很显然的。

不过有为有守的原则也正复不易讲求。被动的有为有守易，自动的有为有守难；个人的有为有守易，集体的有为有守难。大学生在学校里，一方面因为一般的经济条件的限制，不能不安于淡泊，我说“不能不”，因为此种清苦的生活，可以说是完全出乎环境的不得已，一方面既没有多少自动克制的功夫，一方面如果经济的来源比较宽裕，生活上便不免趋于流放。无论淡泊与流放，都是被动的结果，而不是中心自有主宰的表示。颜子以箪食瓢饮居陋巷为可乐，乃是因为中心自有主宰，能固穷而不滥，处贫贱而不移。颜子的守是自动的，而我们的守是被动的。二三年来，大学生有休学而经商的，昆明一带的大学生，走仰光，跑腊戍，一时几乎成为一种风气，当时虽大为社会诟病，但也有加以称赞的，认为是自想办法，自谋出路，认为这种青年前途一定比较的有作为。但走仰光，跑腊戍，又何尝不是当时一般的风气，此辈青年的加入，也不过是风行草偃的一部分的表示而已。他们除了解决个人生计以至于累积一些财富而外，别无远大的目的，别无比较超脱的理想，在动机上与一般的商人无殊，在能力上十九必须因人成事，还赶不上这班商人。这样的有为，表面上是自动的，实际上是被动的，是中心没有主宰的。经济一方面的操守如此，其他方面操守又何尝不如此。有思想，无思想，发议论，不发议论，思想与议论的性质趋向，又何往而不受环境的支配，潮流的鼓荡，以至于一部分外界威力的挟持操纵？开口闭口的赞美"大时代"，歌颂"现阶段"，千方百计地想迎合"潮流"，无非是大学生人格破产的一些朕兆。在这种形势之下而言自主自动的有为有守，我们也诚知其不易，离开了大学的环境，而言此种有为有守，我们也诚知其更难，但也正惟其不易言，就更有不得不言的隐痛。

操守的不能自主而易趋于被动，大部分是基于个人志力的薄弱与教育效能的低微，至于个人单独的操守易致，而集体综合的操守难成，则为之厉阶的，更有民族的因缘在。民族的大病曰私。私的病深入腠理，诚中形外，所以凡百措置，无往而不见私的迹象。有人很沉痛地说过，以前的人，生前无补于大局，临了一死报国家，都是私的，因为不死不足以保全他一人一家的名节，名节是他身家的一部分。所以以前虽多有守之士，甚至于以牺牲生命来表示所守的坚贞，曾无补于团体生活的分崩，民族命运的沦替，其他规行矩步，硁硁自守的分子，目的端在小我的苟安免祸，可以不必说了。

所谓"有守"者如此，"有为"的不容易集体化与组织化，更可想而知。“众擎易举，独力难成”的理论，我们何尝不知？但一到行事，我们十之八九会得到一个“独力易举，众擎难成”的结果，而独力的成功难期久大，也是一个必然的终局，和尚吃水的比喻最足为此种局面的写照，是谁都知道的。在南洋，在东北，移民中每多匹马单枪、肇开草昧的志士，所以当外人组织势力没有到达之前，我们可以大有作为，而此种势力一旦侵入之后，我们的成就便无法维持，南洋与东北之兴起以此，其终于沦亡也未尝不由于此；实际上敌人的南进北进，便是我们这种弱点所招致的，说见敌人南进策的灵魂堤林数卫的言论。由此也可见，在闭关自守、交通阻滞而文化系统比较完整的前代，个人的操守不能说完全没有用处，甚至于还有过“言足以兴，默足以容”的积极的贡献；但一到环海棣通、文化交流的今日，个人的作为进取既难望有成，个人的保守缄默更势所未许了。

大学生毕业后加入社会，目前最亟须深知力行的，殆无过于自主与集体的有为有守的一点。集体的有为，在目前已无须申说，但集体而能不依傍门户，利用势位，凭借余荫，一以集体自身所培养的理想为指归，所产生的力量为挹注，则知者盖寡，行者更鲜。至于守，即就不贪污一层而言，在目前的形势之下，更有自主与集体化的必要，则识者更有如凤毛麟角，不可多得。畏法律，畏人言，而不贪污的，终必不免于贪污而后已，以一人之力加入贪污的群体，也终难免于同流合污而江河日下。为今之计，无论做好也罢，不做坏也罢，大学毕业的青年应当自动的团结起来，来群策群力的做些好事，来砥砺廉隅相互规勉地不做一些坏事。唯有能这样的青年才能改革，才能创造，也唯有维护这种青年的国家才足以语于自力更生。

名誉谈

闻一多*

处百龄之内，居一世之中，倏忽比之白驹，寄寓谓之逆旅。所谓结驷连镳之游，侈袂执圭之贵，乐既乐矣，特黄粱一梦耳。其能存纪念于世界，使体魄逝而精神永存者，惟名而已。

名之大小久暂，常视其有益于一群之深浅高下以为之衡，吾辈今日所享之文明，其何以致之，皆古人好名之一念所留耳。文明无极境，故求名之心亦无穷期。所求之名大，其所遭拂戾之境益众，而其人之价值亦与俱高。古今丰功伟烈，当其发端之始，莫不有至艰至险之象横于其中，稍一迟回立归失败。惟有此千古不朽之希望，以策其后，故常冒万难而不辞，务达其鹄，以为归宿。古来豪杰之士，恒牺牲其及身现存之幸福，数濒于危而不悔者，职此故耳。

然则名之一字，固斯人第二之生命，而九洲风云之生气，所以稽天柱而绾地维者也。孔子曰："君子疾没世而名不称焉。"孟子曰："好名之人，能让千乘之国，苟非其人，箪食豆羹而见于色。"（此章赵注本极分明，自晦庵误解，翳障始生，宋儒贱名学说，半

* 闻一多（1899—1946），原名家骅，又名亦多，湖北蕲水（今浠水）人。民盟盟员。1912年至1922年就读于清华学校，1922 年入美国芝加哥大学、珂泉科罗拉多大学专攻美术。1932 年起在清华大学任教，曾任中文系主任、文学院院长等职。

以此为根据，不知其字正上文好名者之代名词，明白易晓，过于求深，反不辞矣。是故文法不可以不急讲也。）圣人之重名也至矣。惟老氏始以名为大戒，其言道也，曰无名天地之始；其训世也，曰为善无近名。

今讲圣贤行义达道之学，而傅之以老庄绝望弃智之旨，吾不知其何说也。自秦汉以及唐，好名之念，犹未绝于士大夫之心，跅弛不羁之士，史不绝书，而国威赖以不替。洎宋学家言，风靡一世，神州俗尚，为之一变，尚知足而绝希望，重保身而戒冒险，主退让而斥进取，谬种传流，天下事乃尽壤于冥冥之中。千年以来，了无进步，而退化之征，不一而足。束身自好之士，读孔孟之书，而坚守老子不为天下先之教，凡慷慨尚气磊落光明者，皆中以好名之咎而摈斥之。

彼乡里谥为善人，庙堂进为耆德者，曾无雄奇进取之气，惟余靡靡颓惰之音。宋明之丧，皆若辈之毒炎致之耳。士生今日，人格之高下，当以舆论之荣辱判之，而舆论予夺之衡，必以有益于人群与否为准，凡一切独善其身之说，皆斯世之蟊贼也，学者苟力崇进取，不避艰难，以急功近名之心，而蕲于开物成务之哲，神州之患，岂无豸乎。

而我清华士子，际此清年，旭日方东，曙光熊熊，叱咤羲论，放大光明以吓耀寰中。河出伏流，狂涛怒吼，乘风扬帆，破万里浪，以横绝五洲，腾云驾雾，海阔天空，美哉前途，郁郁葱葱，大好良机，正吾人大有作为之日，幸勿交臂失之也。岳武穆词云，“莫等闲，白了少年头，空悲切”，良有以也。

辨质

闻一多

君子为学，必先明气质。歧途百别，智巧日甚；而众态憧于外，六凿攘于内，质之不明，学将焉本？是以蛀蚀之木，雕镂不加；粪土之墙，髹垩不施；君子质有未明，则学莫成，即成亦适增天下之害耳！夫气质之病，未可胜穷，要之：毗于动者为妄，毗于静者为惰，而动者不专妄，静者不专惰；妄者惰之因，惰者妄之果；妄者必惰，惰者必妄。心无所主，时而气溢于外故为妄，气蕴于内故为惰，譬之感疾者，凉燠交作，靡有定象也。

凡少年多发扬之气，故喜动，好矜而乐群，质之不明，则流为妄。负意气，骛声誉，卓诡其行；媇然与人争，胜则沾沾自喜，以为天下莫己若，于是益为之横暴而无艺；偶见屈于人，则必嫉之，仇之，至不谋所以摈斥之而不快；甚或结俦侣，图标榜，小以害大，寡以隳众，是之谓嚣张，是妄之病也。耆老多衰颓之气，故喜静而好独，旧之学者多病是，今则犹有其伦。甘其味，华其服，读书以求一己之利；非己也，莫肯费锱铢，莫肯举手足；或则鼍作而夕瞑，孜孜而修，逍遥而息；观书矣，不窥园也；对古人矣，不接今人也；是之谓旷夫，是惰之病也。

惰者蠹已，犹不失为庸懦，妄者则为小人，辨察以资声色之契券，淹博以为权门之禽犊，通达时务以为盗贼之嚆矢；其为害有不止于天下后世者哉！是故，多庸懦，昔之中国之所以不振；多小人，今之中国之所以乱。虽然，学者气质之病而至于妄，妄盖蔑以加矣。欲疗斯疾，则奈之何?《说命》曰：“逊志务时敏”，斯言可味矣。方寸之明，皎如白日；人之为惰为妄，盖莫不自知；知为妄则务逊志，知为惰则务时敏。此其事不求诸人，而求诸己；不求诸己之气质，而求诸己之心。盖气质传于四体五官，四体之惰，心之惰也，五官之妄，心之妄也。务逊志时敏者亦以心。以心治心，无不成；不则心有不明而反役于质，则掩饰弥缝之事生，若是病不入于膏肓者几希。吁！可不慎哉！

说谦虚

吴晗*

“谦受益，满招损”，这个格言流传到今天至少有两千多年了。这是普遍真理，任何地区、任何时代都适用的真理。这条真理指出了人们成功和失败的道理。但是，可惜得很，并不是所有的人都能从这个格言受到教益。

人们对事物的认识是需要一个过程的。对于新的事物，总是从不认识到认识一些，到认识得更多一些，从无知到有知，这是一个不可违反的客观规律。先知先觉，对新萌芽的事物，一露头便能认识其全部意义和内部规律的人是不存在的。所贵于先知先觉的，是因为他们具有丰富的实践经验，能够认识这是个新事物，是萌芽，对之采取欢迎、扶植、研究的态度；并且能够时刻注意加深认识，逐步达到更多的更完全的认识，使之成为人们都能认识的事物。先知先觉之所以能够这样做，正是因为他们首先有了很多知识，而又承认自己知识不够，“吾生也有涯，而知也无涯”，对新事物采取谦虚、谨慎、严肃认真的态度。

当然，有更多的人并不是这样对待新事物的。他们满足于已

* 吴晗（1909—1969），字辰伯，浙江义乌人。中国科学院哲学社会科学学部委员。1931 年就读于清华大学历史系，1934 年毕业后留校任教。1937年后先后任云南大学文史系教授、西南联合大学历史系教授，1946 年回到清华大学任教。

有的知识、经验，满足于当前的环境，对新事物的出现，一看脸孔陌生，不是采取怀疑的态度，不加理睬，不去注意，就是大喝一声“哪里来的异端”，一棍子打死。这样的例子举不胜举。在自然科学发展的历史中，有不少科学家认识了真理，并且坚持真理，结果被愚昧的统治者杀死、烧死，他们的学说、著作也被禁止、焚毁。但是，人可以被处死，书可以被烧毁，而真理却是杀不死、烧不毁的，它愈来愈发出灿烂的光辉。

不过，话也说回来，人们对新事物的认识也还不是一帆风顺的。正因为不认识，所以很容易犯错误。人们总是从不断犯错误中增长知识的，“吃一堑，长一智”，便是这个道理。认识有个深化的过程，需要时间，更需要不断地试验，在这个问题上害急性病，要求在很短时间里，不经过试验，不犯一些错误，就能全部掌握新事物的规律，这种人只能是主观主义的唯心主义者。

社会主义建设事业对于我们来说，是个全新的事业。要认识、掌握建设的规律，是需要一个认识深化的过程的。在建设工作中，犯一些错误，有一些缺点，是难免的。问题是在于对待错误、缺点的态度。只要能够不断发现错误、缺点，而又能够不断改正这些错误、缺点，从错误、缺点中学会新的知识、本领，便可以使认识不断深化，从而逐步掌握规律，取得胜利。

研究学问也是如此。没有一个学者是全才全能的，像旧小说所写的“诸子百家，无所不晓，九流三教，无所不通”，这样的人物只能是虚构的。在科学日益发达的今天，学术分工愈益细密了，不但通晓所有各种科学的人并不存在，就是对自己专门研究的学科来说，也还是有大片的空白园地，还有广大的未知的领域存在。

不认识这一点，学术的进步、提高就会受到损害。因此，学术研究工作者也必须抱谦虚、谨慎、严肃、认真的态度。首先要承认自己知识不够，才能去探索、研究这未知的领域，并且要下定决心，不怕失败，要从不断失败中丰富知识，把未知的领域逐步缩小，从而提高学术研究的水平。在这个问题上，采取自满的态度也是不行的。

总之，在任何工作中，都要记住："虚心使人进步，骄傲使人落后。"

第三章

担负起时代的责任

少年中国说

梁启超

日本人之称我中国也，一则曰老大帝国，再则曰老大帝国。是语也，盖袭译欧西人之言也。呜呼！我中国其果老大矣乎？梁启超曰：恶！是何言！是何言！吾心目中有一少年中国在！

欲言国之老少，请先言人之老少。老年人常思既往，少年人常思将来。惟思既往也，故生留恋心；惟思将来也，故生希望心。惟留恋也，故保守；惟希望也，故进取。惟保守也，故永旧；惟进取也，故日新。惟思既往也，事事皆其所已经者，故惟知照例；惟思将来也，事事皆其所未经者，故常敢破格。老年人常多忧虑；少年人常好行乐。惟多忧也，故灰心；惟行乐也，故盛气。惟灰心也，故怯懦；惟盛气也，故豪壮。惟怯懦也，故苟且；惟豪壮也，故冒险。惟苟且也，故能灭世界；惟冒险也，故能造世界。老年人常厌事；少年人常喜事。惟厌事也，故常觉一切事无可为者；惟好事也，故常觉一切事无不可为者。老年人如夕照，少年人如朝阳；老年人如瘠牛，少年人如乳虎。老年人如僧，少年人如侠；老年人如字典，少年人如戏文；老年人如鸦片烟，少年人如泼兰地酒。老年人如别行星之陨石，少年人如大洋海之珊瑚岛；老年人如埃及沙漠之金字塔，少年人如西伯利亚之铁路；老年人如秋后之柳，少年人如春前之草；老年人如死海之潴为泽，少年人如长江之初发源。此老年与少年性格不同之大略也。梁启超曰：人固有之，国亦宜然。

梁启超曰：伤哉，老大也！浔阳江头琵琶妇，当明月绕船，枫叶瑟瑟，衾寒于铁，似梦非梦之时，追想洛阳尘中春花秋月之佳趣。西宫南内，白发宫娥，一灯如穗，三五对坐，谈开元、天宝间遗事，谱《霓裳羽衣曲》。青门种瓜人，左对孺人，顾弄孺子，忆侯门似海珠履杂沓之盛事。拿破仑之流于厄蔑，阿剌飞之幽于锡兰，与三两监守吏，或过访之好事者，道当年短刀匹马，驰骋中原，席卷欧洲，血战海楼，一声叱咤，万国震恐之丰功伟烈，初而拍案，继而抚髀，终而揽镜。呜呼！面皴齿尽，白发盈把，颓然老矣。若是者，舍幽郁之外无心事，舍悲惨之外无天地，舍颓唐之外无日月，舍叹息之外无音声，舍待死之外无事业。美人豪杰且然，而况于寻常碌碌者耶？生平亲友，皆在墟墓，起居饮食，待命于人。今日且过，遑知他日？今年且过，遑恤明年？普天下灰心短气之事，未有甚于老大者。于此人也，而欲望以拿云之手段，回天之事功，挟山超海之意气，能乎不能？

呜呼！我中国其果老大矣乎？立乎今日，以指畴昔，唐虞三代，若何之郅治；秦皇汉武，若何之雄杰；汉唐来之文学，若何之隆盛；康乾间之武功，若何之烜赫！历史家所铺叙，词章家所讴歌，何一非我国民少年时代良辰美景、赏心乐事之陈迹哉！而今颓然老矣，昨日割五城，明日割十城，处处雀鼠尽，夜夜鸡犬惊。十八省之土地财产，已为人怀中之肉；四百兆之父兄子弟，已为人注籍之奴，岂所谓“老大嫁作商人妇”者耶？呜呼！凭君莫话当年事，憔悴韶光不忍看，楚囚相对，岌岌顾影，人命危浅，朝不虑夕。国为待死之国，一国之民为待死之民，万事付之奈何。一切凭人作弄，亦何足怪！

梁启超曰：我中国其果老大矣乎？是今日全地球之一大问题也。如其老大也，则是中国为过去之国，即地球上昔本有此国，而今渐澌灭，他日之命运殆将尽也。如其非老大也，则是中国为未来之国，即地球上昔未现此国，而今渐发达，他日之前程且方长也。欲断今日之中国为老大耶？为少年耶？则不可不先明“国”字之意义。夫国也者，何物也？有土地，有人民，以居于其土地之人民，而治其所居之土地之事，自制法律而自守之；有主权，有服从，人人皆主权者，人人皆服从者。夫如是斯谓之完全成立之国。地球上之有完全成立之国也，自百年以来也。完全成立者，壮年之事也。未能完全成立而渐进于完全成立者，少年之事也。故吾得一言以断之曰：欧洲列邦在今日为壮年国，而我中国在今日为少年国。

夫古昔之中国者，虽有国之名，而未成国之形也。或为家族之国，或为酋长之国，或为诸侯封建之国，或为一王专制之国，虽种类不一，要之，其于国家之体质也，有其一部而缺其一部，正如婴儿自胚胎以迄成童，其身体之一二官支，先行长成，此外则全体虽粗具，然未能得其用也。故唐虞以前为胚胎时代，殷周之际为乳哺时代，由孔子而来至于今为童子时代，逐渐发达，而今乃始将入成童以上少年之界焉。其长成所以若是之迟者，则历代之民贼有窒其生机者也。譬犹童年多病，转类老态，或且疑其死期之将至焉，而不知皆由未完全、未成立也，非过去之谓，而未来之谓也。

且我中国畴昔，岂尝有国家哉？不过有朝廷耳。我黄帝子孙，聚族而居，立于此地球之上者既数千年，而问其国之为何名，则无有也。夫所谓唐、虞、夏、商、周、秦、汉、魏、晋、宋、齐、梁、陈、隋、唐、宋、元、明、清者，则皆朝名耳。朝也者，一家之私产也；国也者，人民之公产也。朝有朝之老少，国有国之老少，朝与国既异物，则不能以朝之老少而指为国之老少明矣。文、武、成、康，周朝之少年时代也；幽、厉、桓、赧，则其老年时代也。高、文、景、武，汉朝之少年时代也；元、平、桓、灵，则其老年时代也。自余历朝，莫不有之。凡此者谓为一朝廷之老也则可，谓为一国之老也则不可。一朝廷之老且死，犹一人之老且死也，于吾所谓中国者何与焉？然则吾中国者，前此尚未出现于世界，而今乃始萌芽云尔。天地大矣，前途辽矣，美哉我少年中国乎！

玛志尼者，意大利三杰之魁也，以国事被罪，逃窜异邦，乃创立一会，名曰“少年意大利”。举国志士，云涌雾集以应之，卒乃光复旧物，使意大利为欧洲之一雄邦。夫意大利者，欧洲之第一老大国也，自罗马亡后，土地隶于教皇，政权归于奥国，殆所谓老而濒于死者矣。而得一玛志尼，且能举全国而少年之，况我中国之实为少年时代者耶？堂堂四百余州之国土，凛凛四百余兆之国民，岂遂无一玛志尼其人者？

龚自珍氏之集有诗一章，题曰《能令公少年行》。吾尝爱读之，而有味乎其用意之所存。我国民而自谓其国之老大也，斯果老大矣；我国民而自知其国之少年也，斯乃少年矣。西谚有之曰：“有三岁之翁，有百岁之童。”然则国之老少，又无定形，而实随国民之心力以为消长者也。吾见乎玛志尼之能令国少年也，吾又见乎我国之官吏士民能令国老大也，吾为此惧！夫以如此壮丽浓郁、翩翩绝世之少年中国，而使欧西日本人谓我为老大者何也？则以握国权者皆老朽之人也。非哦几十年八股，非写几十年白折，非当几十年差，非捱几十年俸，非递几十年手本，非唱几十年诺，非磕几十年头，非请几十年安，则必不能得一官，进一职。其内任卿贰以上、外任监司以上者，百人之中，其五官不备者，殆九十六七人也，非眼盲，则耳聋，非手颤，则足跛，否则半身不遂也。彼其一身饮食、步履、视听、言语，尚且不能自了，须三四人在左右扶之捉之，乃能度日，于此而乃欲责之以国事，是何异立无数木偶而使之治天下也。且彼辈者，自其少壮之时，既已不知亚细、欧罗为何处地方，汉祖、唐宗是哪朝皇帝，犹嫌其顽钝腐败之未臻其极，又必搓磨之、陶冶之，待其脑髓已涸，血管已塞，气息奄奄，与鬼为邻之时，然后将我二万里山河，四万万人命，一举而畀于其手。呜呼！老大帝国，诚哉其老大也！而彼辈者，积其数十年之八股、白折、当差、捱俸、手本、唱喏、磕头、请安，千辛万苦，千苦万辛，乃始得此红顶花翎之服色，中堂大人之名号，乃出其全副精神，竭其毕生力量，以保持之。如彼乞儿，拾金一锭，虽轰雷盘旋其顶上，而两手犹紧抱其荷包，他事非所顾也，非所知也，非所闻也。于此而告之以亡国也，瓜分也，彼乌从而听之？乌从而信之？即使果亡矣，果分矣，而吾今年既七十矣八十矣，但求其一两年内，洋人不来，强盗不起，我已快活过了一世矣。

若不得已，则割三头两省之土地，奉申贺敬，以换我几个衙门；卖三几百万之人民作仆为奴，以赎我一条老命，有何不可？有何难办？呜呼！今之所谓老后、老臣、老将、老吏者，其修身齐家治国平天下之手段，皆具于是矣。“西风一夜催人老，凋尽朱颜白尽头。”使走无常当医生，携催命符以祝寿，嗟乎痛哉！以此为国，是安得不老且死，且吾恐其未及岁而殇也。

梁启超曰：造成今日之老大中国者，则中国老朽之冤业也；制出将来之少年中国者，则中国少年之责任也。彼老朽者何足道，彼与此世界作别之日不远矣，而我少年乃新来而与世界为缘。如僦屋者然，彼明日将迁居他方，而我今日始入此室处，将迁居者，不爱护其窗栊，不洁治其庭庑，俗人恒情，亦何足怪。若我少年者前程浩浩，后顾茫茫，中国而为牛、为马、为奴、为隶，则烹脔鞭棰之惨酷，惟我少年当之。中国如称霸宇内、主盟地球，则指挥顾盼之尊荣，惟我少年享之。于彼气息奄奄、与鬼为邻者何与焉？彼而漠然置之，犹可言也；我而漠然置之，不可言也。使举国之少年而果为少年也，则吾中国为未来之国，其进步未可量也，使举国之少年而亦为老大也，则吾中国为过去之国，其澌亡可翘足而待也。故今日之责任，不在他人，而全在我少年。少年智则国智，少年富则国富，少年强则国强，少年独立则国独立，少年自由则国自由，少年进步则国进步，少年胜于欧洲，则国胜于欧洲，少年雄于地球，则国雄于地球。红日初升，其道大光；河出伏流，一泻汪洋；潜龙腾渊，鳞爪飞扬；乳虎啸谷，百兽震惶；鹰隼试翼，风尘吸张；奇花初胎，矞矞皇皇。干将发硎，有作其芒。天戴其苍，地履其黄。纵有千古，横有八荒。前途似海，来日方长。美哉我少年中国，与天不老！壮哉我中国少年，与国无疆！

论不满现状

朱自清

那一个时代事实上总有许许多多不满现状的人。现代以前，这些人怎样对付他们的“不满”呢？在老百姓是怨命，怨世道，怨年头。年头就是时代，世道由于气数，都是机械的必然；主要的还是命，自己的命不好，才生在这个世道里，这个年头上，怪谁呢！命也是机械的必然。这可以说是“怨天”，是一种定命论。命定了吃苦头，只好吃苦头，不吃也得吃。读书人固然也怨命，可是强调那“时世日非”“人心不古”的慨叹，好像“人心不古”才“时世日非”的。这可以说是“怨天”而兼“尤人”，主要的是“尤人”。人心为什么会不古呢？原故是不行仁政，不施德教，也就是贤者不在位，统治者不好，这是一种唯心的人治论。可是贤者为什么不在位呢？人们也只会说“天实为之”！这就又归到定命论了。可是读书人比老百姓强，他们可以做隐士，啸傲山林，让老百姓养着；固然没有富贵荣华，却不至于吃着老百姓吃的那些苦头。做隐士可以说是不和统治者合作，也可以说是扔下不管，所谓“穷则独善其身”，一般就是这个意思。既然“独善其身”，自然就管不着别人死活和天下兴亡了。于是老百姓不满现状而忍下去，读书人不满现状而避开去，结局是维持现状，让统治者稳坐江山。

但是读书人也要“达则兼善天下”。从前时代这种“达”，就是“得君行道”；真能得君行道，当然要多多少少改变那自己不满别人也不满的现状。可是所谓别人，还是些读书人；改变现状要以增加他们的利益为主，老百姓只能沾些光，甚至于只担个名儿。若是太多照顾到老百姓，分了读书人的利益，读书人会得更加不满，起来阻挠改变现状，他们这时候是宁可维持现状的。宋朝王安石变法，引起了大反动，就是个显明的例子。有些读书人虽然不能得君行道，可是一辈子憧憬着有这么一天。到了既穷且老，眼看着不会有这么一天了，他们也要著书立说，希望后世还可以有那么一天，行他们的道，改变改变那不满人意的现状。但是后世太渺茫了，自然还是自己来办的好，哪怕只改变一点儿，甚至于只改变自己的地位，也是好的。况且能够著书立说的究竟不太多，著书立说诚然渺茫，还是一条出路，连这个也不能，那一腔子不满向哪儿发泄呢！于是乎有了失志之士或失意之士。这种读书人往往不择手段，只求达到目的。政府不用他们，他们就去依附权门，依附地方政权，依附割据政权，甚至于和反叛政府的人合作；极端的甚至于甘心去做汉奸，像刘豫、张邦昌那些人。这种失意的人往往只看到自己或自己的一群的富贵荣华，没有原则，只求改变，甚至于只求破坏——他们好在浑水里捞鱼。这种人往往少有才，挑拨离间，诡计多端，可是得依附某种权力，才能发生作用，他们只能做俗话说的“军师”。统治者却又讨厌又怕这种人，他们是捣乱鬼！但是可能成为这种人的似乎越来越多，又杀不尽，于是只好给些闲差，给些干薪，来绥靖他们，吊着他们的口味。这叫作“养士”，为的正是维持现状，稳坐江山。

然而老百姓的忍耐性，这里面包括韧性和惰性，虽然很大，却也有个限度。“狗急跳墙”，何况是人！到了现状坏到怎么吃苦还是活不下去的时候，人心浮动，也就是情绪高涨，老百姓本能地不顾一切地起来了，他们要打破现状。他们不知道怎样改变现状，可是一股子劲先打破了它再说，想着打破了总有希望些。这种局势，规模小的叫“民变”，大的就是“造反”。农民是主力，他们有他们自己的领导人。在历史上这种“民变”或“造反”并不少，但是大部分都给暂时的压下去了，统治阶级的史官往往只轻描淡写地带几句，甚至于削去不书，所以看来好像天下常常太平似的。然而汉明两代都是农民打出来的天下，老百姓的力量其实是不可轻视的。不过汉明两代虽然是老百姓自己打出来的，结局却依然是一家一姓稳坐江山；而这家人坐了江山，早就失掉了农民的面目，倒去跟读书人一鼻孔出气。老百姓出了一番力，所得的似乎不多。是打破了现状，可又复原了现状，改变是很少的。至于权臣用篡弑，军阀靠武力，夺了政权，换了朝代，那改变大概是更少了吧。

过去的时代以私人为中心，自己为中心，读书人如此，老百姓也如此。所以老百姓打出来的天下还是归于一家一姓，落到读书人的老套里。从前虽然也常说“众擎易举”“众怒难犯”，也常说“爱众”“得众”，然而主要的是“一人有庆，万众赖之”的，“天与人归”的政治局势，那“众”其实是“一盘散沙”而已。现在这时代可改变了，不论叫“群众”“公众”“民众”“大众”，这个“众”的确已经表现一种力量；这种力量从前固然也潜在着，但是非常微弱，现在却强大起来，渐渐足以和统治阶级对抗了，而且还要一天比一天强大。大家在内忧外患里增加了知识和经验，知道了“团结就是力量”，他们渐渐在扬弃那机械的定命论，也渐渐在扬弃那唯心的人治论。一方面读书人也渐渐和统治阶级拆伙，变质为知识阶级。他们已经不能够找到一个角落去不闻理乱的隐居避世，又不屑做也幸而已经没有地方去做“军师”。他们又不甘心做那被人“养着”的“士”，而知识分子又已经太多，事实上也无法“养”着这么大量的“士”，他们只有凭自己的技能和工作来“养”着自己。早些年他们还可以暂时躲在所谓象牙塔里，到了现在这年头，象牙塔下已经变成了十字街，而且这塔已经开始在拆卸了。于是乎他们恐怕只有走出来，走到人群里，大家一同苦闷在这活不下去的现状之中。

如果这不满人意的现状老不改变，大家恐怕忍不住要联合起来动手打破它的。重要的是打破之后改变成什么样子？这真是个空前的危疑震撼的局势，我们得提高警觉来应付的。

论且顾眼前

朱自清

俗语说，“火烧眉毛，且顾眼前”。这句话大概有了年代，我们可以说是人们向来如此。这一回抗战，火烧到了每人的眉毛，“且顾眼前”竟成了一般的守则，一时的风气，却是向来少有的。但是抗战时期大家还有个共同的“胜利”的远景，起初虽然朦胧，后来却越来越清楚。这告诉我们，大家且顾眼前也不妨，不久就会来个长久之计的。但是惨胜了，战祸起在自己家里，动乱比抗战时期更甚，并且好像没个完似的。没有了共同的远景，有些人简直没有远景，有些人有远景，却只是片段的，全景是在一片朦胧之中。可是火烧得更大了，更快了，能够且顾眼前就是好的，顾得一天是一天，谁还想到什么长久之计！可是这种局面能以长久的拖下去吗？我们是该警觉的。

且顾眼前，情形差别很大。第一类是只顾享乐的人，所谓“今朝有酒今朝醉”。这种人在抗战中大概是些发国难财的人，在胜利后大概是些发接收财或胜利财的人。他们巧取豪夺得到财富，得来的快，花去的也就快。这些人虽然原来未必都是贫儿，暴富却是事实。时势老在动荡，物价老在上涨，倘来的财富若是不去运用或花销，转眼就会两手空空儿的！所谓运用，大概又趋向投机一路；这条路是动荡的，担风险的。在动荡中要把握现在，自己不吃亏，就只有享乐了。享乐无非是吃喝嫖赌，加上穿好衣服，住好房子。传统的享乐方式不够阔的，加上些买办文化，洋味儿越多越好，反正有的是钱。这中间自然有不少人享乐一番之后，依旧还我贫儿面目，再吃苦头。但是也有少数豪门，凭借特殊的权位，浑水里摸鱼，越来越富，越花越有。财富集中在他们手里，享乐也集中在他们手里。于是富的富到三十三天之上，贫的贫到十八层地狱之下。现在的穷富悬殊是史无前例的，现在的享用娱乐也是史无前例的。但是大多数在饥饿线上挣扎的人能以眼睁睁白供养着这班骄奢淫逸的人尽情的自在的享乐吗？有朝一日——唉，让他们且顾眼前吧！

第二类是苟安旦夕的人。这些人未尝不想工作，未尝不想做些事业，可是物质环境如此艰难，社会又如此不安定，谁都贪图近便，贪图速成，他们也就见风使舵，凡事一混了之。“混事”本是一句老话，也可以说是固有文化；不过向来多半带着自谦的意味，并不以为“混”是好事，可以了此一生。但是目下这个“混”似乎成为原则了。困难太多，办不了，办不通，只好马马虎虎，能推就推，不能推就拖，不能拖就来个偷工减料，只要门面敷衍得过就成，管它好坏，管它久长不久长，不好不要紧，只要自己不吃亏！从前似乎只有年纪老资格老的人这么混，现在却连许多青年人也一道同风起来。这种不择手段，只顾眼前，已成风气。谁也说不准明天的事儿，只要今天过去就得了，何必认真！认真又有什么用！只有一些书呆子和准书呆子还在他们自己的岗位上死乞白赖的规规矩矩地工作。但是战讯接着战讯，越来越艰难，越来越不安定，混的人越来越多，靠这一些书呆子和准书呆子能够撑得住吗？大家老是这么混着混着，有朝一日垮台完事。蝼蚁尚且贪生，且顾眼前，苟且偷生，这心情是可以了解的；然而能有多长久呢？只顾眼前的人是不想到这个的。

第三类是穷困无告的人。这些人在饥饿线上挣扎着，他们只能顾到眼前的衣食住，再不能够顾到别的；他们甚至连眼前的衣食住都顾不周全，哪有工夫想别的呢？这类人原是历来就有的，正和前两类人也是历来就有的一样，但是数量加速的增大，却是可忧的也可怕的。

这类人跟第一类人恰好是两极端，第一类人增大的是财富的数量，这一类人增大的是人员的数量——第二类人也是如此。这种分别增大的数量也许终于会使历史变质的吧？历史上主持国家社会长久之计或百年大计的原只是少数人，可是在比较安定的时代，大部分人都还能够有个打算，为了自己的家或自己。有两句古语说，“一年之计在于春，一日之计在于晨”，这大概是给农民说的。无论是怎样的穷打算，苦打算，能有个打算，总比不能有打算心里舒服些。现在确是到了人人没法打算的时候，“一日之计”还可以有，但是显然和从前的“一日之计”不同了，因为“今日不知明日事”，这“一日”恐怕真得限于一日了。在这种局面下“百年大计”自然更谈不上，不过那些豪门还是能够有他们的打算的，他们不但能够打算自己一辈子，并且可以打算到子孙。因为即使大变来了，他们还可以溜到海外做寓公去，这班人自然是满意现状的。第二类人虽然不满现状，却也害怕破坏和改变，因为他们觉着那时候更无把握。第三类人不用说是不满现状的，然而除了一部分流浪型外，大概都信天任命，愿意付出大的代价取得那即使只有丝毫的安定，他们也害怕破坏和改变。因此“且顾眼前”就成了风气，有的豪夺着，有的鬼混着，有的空等着，然而还有一类顾眼前而又不顾眼前的人。

我们向来有“及时行乐”一句话，但是陶渊明《杂诗》说，“及时当勉励，岁月不待人”，同是教人“及时”，态度却大不一样。“及时”也就是把握现在；“行乐”要把握现在，努力也得把握现在。陶渊明指的是：个人的努力，目下急需的是大家的努力。在没有什么大变的时代，所谓“百世可知”，领导者努力的可以说是“百年大计”；但是在这个动乱的时代，“百年”是太模糊太空洞了，为了大家，至多也只能几年几年的计划着，才能够踏实的努力前去。这也是“及时”，把握现在，说是另一意义的“且顾眼前”也未尝不可；“且顾眼前”本是救急，目下需要的正是救急，不过不是各人自顾自的救急，更不是从救急转到行乐上罢了。不过目下的中国，连几年计划也谈不上。于是有些人，特别是青年一代，就先从一般的把握现在下手。这就是努力认识现在，暴露现在，批评现在，抗议现在。他们在试验，难免有错误的地方。而在前三类人看来，他们的努力却难免向着那可怕的可忧的破坏与改变的路上去，那是不顾眼前的！但是，这只是站在自顾自的立场上说话，若是顾到大家，这些人倒是真正能够顾到眼前的人。

论吃饭

朱自清

我们有自古流传的两句话：一是“衣食足则知荣辱”，见于《管子·牧民篇》，一是“民以食为天”，是汉朝郦食其说的。这些都是从实际政治上认出了民食的基本性，也就是说从人民方面看，吃饭第一。另一方面，告子说，“食、色，性也”，是从人生哲学上肯定了食是生活的两大基本要求之一。《礼记·礼运篇》也说到“饮食男女，人之大欲存焉”，这更明白。照后面这两句话，吃饭和性欲是同等重要的，可是照这两句话里的次序，“食”或“饮食”都在前头，所以还是吃饭第一。

这吃饭第一的道理，一般社会似乎也都默认。虽然历史上没有明白的记载，但是近代的情形，据我们的耳闻目见，似乎足以教我们相信从古如此。例如苏北的饥民群到江南就食，差不多年年有。最近天津《大公报》登载的费孝通先生的《不是崩溃是瘫痪》一文中就提到这个。这些难民虽然让人们讨厌，可是得给他们饭吃。给他们饭吃固然也有一二成出于慈善心，就是恻隐心，但是八九成是怕他们，怕他们铤而走险，“小人穷斯滥矣”，什么事做不出来！给他们饭吃，江南人算是认了。

可是法律管不着他们吗？官儿管不着他们吗？干吗要怕要认呢？可是法律不外乎人情，没饭吃要吃饭是人情，人情不是法律和官儿压得下的。没饭吃会饿死，严刑峻法大不了也只是个死，这是一群人，群就是力量：谁怕谁！在怕的倒是那些有饭吃的人，他们没奈何只得认点儿。所谓人情，就是自然的需求，就是基本的欲望，其实也就是基本的权利。但是饥民群还不自觉有这种权利，一般社会也还不会认清他们有这种权利；饥民群只是冲动的要吃饭，而一般社会给他们饭吃，也只是默认了他们的道理，这道理就是吃饭第一。

（民国）三十年夏天笔者在成都住家，知道了所谓“吃大户”的情形。那正是青黄不接的时候，天又干，米粮大涨价，并且不容易买到手，于是乎一群一群的贫民一面抢米仓，一面“吃大户”。他们开进大户人家，让他们煮出饭来吃了就走，这叫作“吃大户”。“吃大户”是和平的手段，照惯例是不能拒绝的，虽然被吃的人家不乐意。当然真正有势力的，尤其有枪杆的大户，穷人们也识相，是不敢去吃的。敢去吃的那些大户，被吃了也只好认了。那回一直这样吃了两三天，地面上一面赶办平粜，一面严令禁止，才打住了。据说这“吃大户”是古风，那么上文说的饥民就食，该更是古风吧。

但是儒家对于吃饭却另有标准。孔子认为政治的信用比民食更重，孟子倒是以民食为仁政的根本；这因为春秋时代不必争取人民，战国时代就非争取人民不可。然而他们论到士人，却都将吃饭看作一个不足重轻的项目。孔子说，“君子固穷”，说吃粗饭、喝冷水，“乐在其中”，又称赞颜回吃喝不够，“不改其乐”。道学家称这种乐处为“孔颜乐处”，他们教人“寻孔颜乐处”，学习这种为理想而忍饥挨饿的精神。这理想就是孟子说的“穷则独善其身，达则兼济天下”，也就是所谓“节”和“道”。孟子一方面不赞成告子说的“食、色，性也”，一方面在论“大丈夫”的时候列入了“贫贱不能移”一个条件。战国时代的“大丈夫”，相当于春秋时的“君子”，都是治人的劳心的人。这些人虽然也有饿饭的时候，但是一朝得了时，吃饭是不成问题的，不像小民往往一辈子为了吃饭而挣扎着。因此士人就不难将道和节放在第一，而认为吃饭好像是一个不足重轻的项目了。

伯夷、叔齐据说反对周武王伐纣，认为以臣伐君，因此不食周粟，饿死在首阳山，这也是只顾理想的节而不顾吃饭的。配合着儒家的理论，伯夷、叔齐成为士人立身的一种特殊的标准。所谓特殊的标准就是理想的最高的标准，士人虽然不一定人人都要做到这地步，但是能够做到这地步最好。

经过宋朝道学家的提倡，这标准更成了一般的标准，士人连妇女都要做到这地步，这就是所谓“饿死事小，失节事大”。这句话原来是论妇女的，后来却扩而充之普遍应用起来，造成了无数的残酷的愚蠢的殉节事件。这正是“吃人的礼教”，人不吃饭，礼教吃人，到了这地步总是不合理的。

士人对于吃饭却还有另一种实际的看法。北宋的宋郊、宋祁兄弟俩都做了大官，住宅挨着。宋祁那边常常宴会歌舞，宋郊听不下去，教人和他弟弟说，问他还记得当年在和尚庙里咬菜根否？宋祁却答得妙：请问当年咬菜根是为什么来着！这正是所谓“吃得苦中苦，方为人上人”。做了“人上人”，吃得好，穿得好，玩儿得好，“兼善天下”于是成了个幌子。照这个看法，忍饥挨饿或者吃粗饭、喝冷水，只是为了有朝一日可以大吃大喝，痛快地玩儿。吃饭第一原是人情，大多数士人恐怕正是这么在想。不过宋郊、宋祁的时代，道学刚起头，所以宋祁还敢公然表示他的享乐主义；后来士人的地位增进，责任加重，道学的严格的标准掩护着也约束着在治者地位的士人，他们大多数心里尽管那么在想，嘴里却就不敢说出。嘴里虽然不敢说出，可是实际上往往还是在享乐着。于是他们多吃多喝，就有了少吃少喝的人，这少吃少喝的自然是被治的广大的民众。

民众，尤其农民，大多数是听天由命安分守己的，他们惯于忍饥挨饿，几千年来都如此，除非到了最后关头，他们是不会行动的。他们到别处就食，抢米，吃大户，甚至于造反，都是被逼得无路可走才如此。这里可以注意的是他们不说话，“不得了”就行动，忍得住就沉默。他们要饭吃，却不知道自己应该有饭吃；他们行动，却觉得这种行动是不合法的，所以就索性不说什么话。说话的还是士人，他们由于印刷的发明和教育的发展，等等，人数加多了，吃饭的机会可并不加多，于是许多人也感到吃饭难了，这就有了“世上无如吃饭难”的慨叹。虽然难，比起小民来还是容易。因为他们究竟属于治者，“百足之虫，死而不僵”，有的是做官的本家和亲戚朋友，总得给口饭吃，这饭并且总比小民吃得好。孟子说做官可以让“所识穷乏者得我”，自古以来做了官就有引用穷本家穷亲戚穷朋友的义务。到了民国，黎元洪总统更提出了“有饭大家吃”的话。这真是“菩萨”心肠，可是当时只当作笑话。原来这句话说在一位总统嘴里，就是贤愚不分，赏罚不明，就是糊涂。然而到了那时候，这句话却已经藏在差不多每一个士人的心里，难得的倒是这糊涂！

第一次世界大战加上五四运动，带来了一连串的变化，中华民国在一颠一拐地走着“之”字路，走向现代化了。我们有了知识阶级，也有了劳动阶级，有了索薪，也有了罢工，这些都在要求“有饭大家吃”。知识阶级改变了士人的面目，劳动阶级改变了小民的面目，他们开始了集体的行动；他们不能再安贫乐道了，也不能再安分守己了，他们认出了吃饭是天赋人权，公开的要饭吃，不是大吃大喝，是够吃够喝，甚至于只要有吃有喝。然而这还只是刚起头，到了这次世界大战当中，罗斯福总统提出了四大自由，第四项是“免于匮乏的自由”。“匮乏”自然以没饭吃为首，人们至少该有免于没饭吃的自由。这就加强了人民的吃饭权，也肯定了人民的吃饭的要求；这也是“有饭大家吃”，但是着眼在平民，在全民，意义大不同了。

抗战胜利后的中国，想不到吃饭更难，没饭吃的也更多了。到了今天一般人民真是不得了，再也忍不住了，吃不饱甚至没饭吃，什么礼义什么文化都说不上。这日子就是不知道吃饭权也会起来行动了，知道了吃饭权的，更怎么能够不起来行动，要求这种“免于匮乏的自由”呢？于是学生写出“饥饿事大，读书事小”的标语，工人喊出“我们要吃饭”的口号。这是我们历史上第一回一般人民公开的承认了吃饭第一，这其实比闷在心里糊涂的骚动好得多；这是集体的要求，集体是有组织的，有组织就不容易大乱了。可是有组织也不容易散；人情加上人权，这集体的行动是压不下也打不散的，直到大家有饭吃的那一天。

论做作

朱自清

做作就是“佯”，就是“乔”，也就是“装”。苏北方言有“装佯”的话，“乔装”更是人人皆知。旧小说里女扮男装是乔装，那需要许多做作，难在装得像。只看坤角儿扮须生的，像的有几个？何况做戏还只在戏台上装，一到后台就可以照自己的样儿，而女扮男装却得成天儿到处那么看！侦探小说里的侦探也常在乔装，装得像也不易，可是自在得多。不过——难也罢，易也罢，人反正有时候得装。其实你细看，不但“有时候”，人简直就爱点儿装。“三分模样七分装”是说女人，男人也短不了装，不过不大在模样上罢了。装得像难，装得可爱更难，一番努力往往只落得个“矫揉造作”！所以“装”常常不是一个好名儿。

“一个做好，一个做歹”，小呢逼你出些码头钱，大呢就得让你去做那些不体面的尴尬事儿。这已成了老套子，随处可以看见。那做好的是装做好，那做歹的也装得格外歹些；一松一紧的拉住你，会弄得你啼笑皆非，这一套儿做作够受的。贫和富也可以装。贫寒人怕人小看他，家里尽管有一顿没一顿的，还得穿起好衣服在街上走，说话也满装着阔气，什么都不在乎似的。——所谓“苏空头”。其实“空头”也不止苏州有。——有钱人却又怕人家打他的主意，开口闭口说穷，他能特地去当点儿什么，拿当票给人家看，这都怪可怜见的。还有一些人，人面前老爱论诗文，谈学问，仿佛天生他一副雅骨头。装斯文其实不能算坏，只是未免“雅得这样俗”罢了。

有能耐的人，有权位的人有时不免“装模作样”，“装腔作势”。马上可以答应的，却得“考虑考虑”；直接可以答应的，却让你绕上几个大弯儿。论地位也只是“上不在天，下不在田”，而见客就不起身，只点点头儿，答话只喉咙里哼一两声儿。谁教你求他，他就是这么着！——“笑骂由他笑骂，好官儿什么的我自为之！”话说回来，拿身份，摆架子有时也并非全无道理。老爷太太在仆人面前打情骂俏，总不大像样，可不是得装着点儿？可是，得恰到分际，“过犹不及”。总之别忘了自己是谁！别尽拣高枝爬，一失脚会摔下来的。老想着些自己，谁都装着点儿，也就不觉得谁在装。所谓“装模做样”“装腔作势”，却是特别在装别人的模样，别人的腔和势！为了抬举自己，装别人；装不像别人，又不成其为自己，也怪可怜见的。

“不痴不聋，不作阿姑阿翁”，有些事大概还是装聋作哑的好。倒不是怕担责任，更不是存着什么坏心眼儿。有些事是阿姑阿翁该问的，值得问的，自然得问；有些是无须他们问的，或值不得他们问的，若不痴不聋，事必躬亲，阿姑阿翁会做不成，至少也会不成其为阿姑阿翁。记得哪儿说过美国一家大公司经理，面前八个电话，每天忙累不堪，另一家经理，室内没有电话，倒是从容不迫的，这后一位经理该是能够装聋作哑的人。“不闻不问”，有时候该是一句好话；“充耳不闻”“闭目无睹”，也许可以作“无为而治”的一个注脚。其实无为多半也是装出来的，至于装作不知，那更是现代政治家外交家的惯技，报纸上随时看得见。——他们却还得钩心斗角的“做姿态”，大概不装不成其为政治家外交家吧？

装欢笑，装悲泣，装嗔，装恨，装惊慌，装镇静，都很难；固然难在像，有时还难在不像而不失自然。“小心赔笑”也许能得当局的青睐，但是旁观者在恶心。可是“强颜为欢”，有心人却领会那欢颜里的一丝苦味。假意虚情的哭泣，像旧小说里妓女向客人那样，尽管一把眼泪一把鼻涕的，也只能引起读者的微笑。——倒是那“忍泪佯低面”教人老大不忍。佯嗔薄怒是女人的“作态”，作得恰好是爱娇，所以《乔醋》是一折好戏。爱极翻成恨，尽管“恨得人牙痒痒的”，可是还不失为爱到极处。“假意惊慌”似乎是旧小说的常语，事实上那“假意”往往露出马脚。镇静更不易，秦舞阳心上有气脸就铁青，怎么也装不成，荆轲的事，一半儿败在他的脸上。淝水之战谢安装得够镇静的，可是不觉得意忘形摔折了屐齿。所以一个人喜怒不形于色，真够一辈子半辈子装的。

《乔醋》是戏，其实凡装，凡做作，多少都带点儿戏味——有喜剧，有悲剧。孩子们爱说“假装”这个，“假装”那个，戏味儿最厚。他们认真“假装”，可是悲喜一场，到头儿无所为。成人也都认真的装，戏味儿却淡薄得多；戏是无所为的，至少扮戏中人的可以说是无所为，而人们的做作常常是有所为的。所以戏台上装得像的多，人世间装得像的少。戏台上装得像就有叫好儿的，人世间即使装得像，逗人爱也难。逗人爱的大概是比较的少有所为或只消极的有所为的。前面那些例子，值得我们吟味，而装痴装傻也许是值得重提的一个例子。

作阿姑阿翁得装几分痴，这装是消极的有所为；“金殿装疯”也有所为，就是积极的。历来才人名士和学者，往往带几分傻气。那傻气多少有点儿装，而从一方面看，那装似乎不大有所为，至多也只是消极的有所为。陶渊明的“我醉欲眠卿且去”说是率真，是自然；可是看魏晋人的行径，能说他不带着几分装？不过装得像，装得自然罢了。阮嗣宗大醉六十日，逃脱了和司马昭做亲家，可不也一半儿醉一半儿装？他正是“喜怒不形于色”的人，而有一向当时人多说他痴，他大概是颇能做作的吧？

装睡装醉都只是装糊涂。睡了自然不说话，醉了也多半不说话——就是说话，也尽可以装疯装傻的，给他个驴唇不对马嘴。郑板桥最能懂得装糊涂，他那“难得糊涂”一个警句，真喝破了千古聪明人的秘密。还有善忘也往往是装傻，装糊涂；省麻烦最好自然是多忘记，而“忘怀”又正是一件雅事儿。到此为止，装傻，装糊涂似乎是能以逗人爱的；才人名士和学者之所以成为才人名士和学者，至少有几分就仗着他们那不大在乎的装劲儿能以逗人爱好。可是这些人也良莠不齐，魏晋名士颇有仗着装糊涂自私自利的。这就“在乎”了，有所为了，这就不再可爱了。在四川话里装糊涂称为“装疯迷窍”，北平话却带笑带骂的说“装蒜”“装孙子”，可见民众是不大赏识这一套的——他们倒是下的稳着儿。

论东西

朱自清

中国读书人向来不大在乎东西。“家徒四壁”不失为书生本色，做了官得“两袖清风”才算好官；爱积聚东西的只是俗人和贪吏，大家是看不起的。这种不在乎东西可以叫作清德。至于像《世说新语》里记的：

> 王恭从会稽还，王大看之，见其坐六尺簟，因语恭：“卿东来，故应有此物。可以一领及我。”恭无言。大去后，即举所坐者送之。既无余席，便坐荐上。后大闻之，甚惊曰：“吾本谓卿多，故求耳。”对曰：“丈人不悉恭，恭作人无长物。”

“作人无长物”也是不在乎东西，不过这却是达观了。后来人常说“身外之物，何足计较！”一类话，也是这种达观的表现，只是在另一角度下。不为物累，才是自由人，“清”是从道德方面看，“达”是从哲学方面看，清是不浊，达是不俗，是雅。

读书人也有在乎东西的时候，他们有的有收藏癖，收藏的可只是书籍、字画、古玩、邮票之类。这些人爱逛逛书店，逛逛旧货铺，地摊儿，积少也可成多，但是不能成为大收藏家。大收藏家总得沾点官气或商气才成。大收藏家可认真的在乎东西，书生的爱美的收藏家多少带点儿游戏三昧。——他们随时将收藏的东西公诸同好，有时也送给知音的人，并不严封密裹，留着“子孙永宝用”。这些东西都不是实用品，这些爱美的收藏家也还不失为雅癖。日常的实用品，读书人是向来不在乎也不屑在乎的。事实上他们倒也短不了什么，一般地说，吃的穿的总有的。吃的穿的有了，别的短点儿也就没什么了。这些人可老是舍不得添置日用品，因此常跟太太们闹别扭。而在搬家或上路的时候，太太们老是要多带东西，他们老是要多丢东西，更会大费唇舌——虽然事实上是太太胜利的多。

现在读书人可也认真的在乎东西了，而且连实用品都一视同仁了。这两年东西实在涨得太快，电兔儿都追不上，一般读书人吃的穿的渐渐没把握；他们虽然还在勉力保持清德，但是那种达观却只好暂时搁在一边儿了。于是乎谈烟，谈酒，更开始谈柴米油盐布。这儿是第一回，先生们和太太们谈到一路上去了。酒不喝了，烟越抽越坏，越抽越少，而且在打主意戒了——将来收藏起烟斗烟嘴儿当古玩看。柴米油盐布老在想法子多收藏点儿，少消费点儿。什么都爱惜着，真做到了“一粥一饭当思来之不易”。这些人不但不再是痴聋的阿家翁，而且简直变成克家的令子了。那爱美的雅癖，不用说也得暂时的撂在一边儿。这些人除了职业的努力以外，就只在柴米油盐布里兜圈子，好像可怜见儿的。其实倒也不然。他们有那一把清骨头，够自己骄傲的。再说柴米油盐布里也未尝没趣味，特别是在现在这时候。例如今天忽然知道了油盐有公卖处，便宜那么多；今天知道了王老板家的花生油比张老板的每斤少五毛钱；今天知道柴涨了，幸而昨天买了三百斤收藏着，这些消息都可以教人带着胜利的微笑回家。这是挣扎，可也是消遣不是？能够在柴米油盐布里找着消遣的是有福的，在另一角度下，这也是达观或雅癖呢。

读书人大概不乐意也没本事改行，他们很少会摇身一变成为囤积居奇的买卖人的。他们现在虽然也爱惜东西，可是更爱惜自己；他们爱惜东西，其实也只能爱惜自己的。他们不用说爱惜自己需要的柴米油盐布，还有就只是自己箱儿笼儿里一些旧东西，书籍呀，衣服呀，什么的。这些东西跟着他们在自己的中国里流传了好多地方，几个年头，可是他们本人一向也许并不怎样在意这些旧东西，更不会跟它们亲热过一下子。可是东西越来越贵了，而且有的越来越少了，他们这才打开自己的箱笼细看，嘿！多么可爱呀，还存着这么多东西呢！于是乎一样样拿起来端详，越端详越有意思，越有劲儿，像多年不见的老朋友似的，不知道怎样亲热才好。有了这些，得闲儿就去摩挲一番，尽抵得上逛旧货铺、地摊儿，也尽抵得上喝一回好酒，抽几支好烟的。再说自己看自己原也跟别人看自己一般，压根儿是穷光蛋一个；这一来且不管别人如何，自己确是觉得富有了。瞧，寄售所，拍卖行，有的是，暴发户的买主有的是，今天拿去卖点儿，明天拿去卖点儿，总该可以贴补点儿吃的穿的。等卖光了，抗战胜利的日子也就到了，那时候这些读书人该是老脾气了，那时候他们会这样想，“一些身外之物算什么呢，又都是破烂儿！咱们还是等着逛书店、旧货铺、地摊儿吧”。

论轰炸

朱自清

敌机的轰炸是可怕的，也是可恨的，但是也未尝不是可喜的。轰炸使得每一个中国人，凭他们在哪个角落儿里，都认识了咱们的敌人；这是第一回，每一个中国人都觉得自己有了一个民族，有了一个国家。从前军阀混战，只是他们打他们的。那时候在前方或在巷战中，自然也怕，也恨，可是天上总还干干净净的，掉不了炸弹机关枪子儿。在后方或别的省区，更可以做没事人儿。这一回抗战，咱们头顶上来了敌机；它们哪儿都来得，哪儿都扫射得，轰炸得——不论前方后方，咱们的地方是一大片儿。绝对安全的角落儿，没有——无所逃于天地之间！警报响了，谁都跑，谁都找一个角落儿躲着。谁都一样儿怕，一样儿恨；敌人是咱们大家的，也是咱们每一个人的。谁都觉得这一回抗战是为了咱们自己，是咱们自己的事儿。

轰炸没准儿，敌人爱多咱来多咱来，还有，他们爱炸哪儿炸哪儿。咱们的敌人野蛮得很，他们滥炸不设防的城市，非作战的民众。所以哪儿都得提防着，什么时候都得提防着。防空？是的，防空不论是积极的消极的，都只有相对的效用，怎么着也不能使敌机绝不来炸。所以每个人自己还得随地提防着。警报响了，小乡镇上的人一样儿跑，疏散区的人也会跑到田里树林里防空壕里——至少在楼上的会跑到楼下去。轰炸老使人担着一份儿心，放不下，咱们每个人的生命都在受着轰炸的威胁。咱们每个人就都想把敌人打出去，天上、地下、海里都归咱们自己。咱们得复兴这个民族，建立一个新国家。新国家就建立在轰炸过的旧基址上，咱们每个人有力出力，都来一份儿。

警报比轰炸多，警报的力量其实还比轰炸大。与其说怕轰炸，不如说怕警报更确切些。轰炸的时间短，人都躲起来，一点儿自由没有，只干等着。警报的时间长，敌机来不来没准儿，人们都跑着，由自己打主意，倒是提心吊胆的。可是警报的声音高于一切，它唤醒了那些醉生梦死的人，唤起那些麻木不仁的人，使他们认识时代。它教人们从试验与错误里学习敏捷，守秩序，也就是学习怎样生活在公众里。它更教人们学习镇定自己。谁都怕警报，可是得恰如其分，过了分就有点“歇斯底里”的。有一个时期重庆人每天盼望警报响，响过了好像完了一桩事似的，这就是镇定得好，轰炸的可怕也许炸了之后甚于炸的时候儿。血肉堆，瓦砾场，都是咱们自家的人！可是血债，记着，咱们得复仇！怎样大的轰炸都不会麻痹了咱们，咱们掩埋了血肉，在瓦砾场上盖起了新屋子！轰炸只使咱们互助，亲爱，团结，向新中国迈步前去。

让咱们来纪念一切死于敌机轰炸的同胞吧，轰炸是火的洗礼，咱们的民族，咱们的国家，像涅槃的凤凰一般，已经从火里再生了！

最后一次讲演

闻一多

这几天，大家晓得，在昆明出现了历史上最卑劣最无耻的事情！李先生究竟犯了什么罪，竟遭此毒手？他只不过用笔写写文章，用嘴说说话，而他所写的，所说的，都无非是一个没有失掉良心的中国人的话！大家都有一支笔，有一张嘴，有什么理由拿出来讲啊！有事实拿出来说啊！为什么要打要杀，而且又不敢光明正大地来打来杀，而偷偷摸摸地来暗杀！（鼓掌）这成什么话？（鼓掌）

今天，这里有没有特务？你站出来！是好汉的站出来！你出来讲！凭什么要杀死李先生？（厉声，热烈地鼓掌）杀死了人，又不敢承认，还要诬蔑人，说什么“桃色事件”，说什么共产党杀共产党，无耻啊！无耻啊！这是某集团的无耻，恰是李先生的光荣！李先生在昆明被暗杀，是李先生留给昆明的光荣！也是昆明人的光荣！（鼓掌）

去年“一二·一”昆明青年学生为了反对内战，遭受屠杀，那算是青年的一代献出了他们最宝贵的生命！现在李先生为了争取民主和平而遭受了反动派的暗杀，我们骄傲一点说，这算是像我这样大年纪的一代，我们的老战友，献出了最宝贵的生命！这两桩事发生在昆明，这算是昆明无限的光荣！（热烈的鼓掌）

反动派暗杀李先生的消息传出以后，大家听了都悲愤痛恨。我心里想，这些无耻的东西，不知他们是怎么想法，他们的心理是什么状态，他们的心是怎样长的！（捶击桌子）其实很简单，他们这样疯狂地来制造恐怖，正是他们自己在慌啊！在害怕啊！所以他们制造恐怖，其实是他们自己在恐怖啊！特务们，你们想想，你们还有几天？你们完了，快完了！你们以为打伤几个，杀死几个，就可以了事，就可以把人民吓倒了吗？其实广大的人民是打不尽的，杀不完的！要是这样可以的话，世界上早没有人了。

你们杀死一个李公朴，会有千百万个李公朴站起来！你们将失去千百万的人民！你们看着我们人少，没有力量？告诉你们，我们的力量大得很，强得很！看今天来的这些人，都是我们的人，都是我们的力量！此外还有广大的市民！我们有这个信心：人民的力量是要胜利的，真理是永远存在的。历史上没有一个反人民的势力不被人民毁灭的！希特勒、墨索里尼，不都在人民之前倒下去了吗？翻开历史看看，你们还站得住几天！你们完了，快完了！我们的光明就要出现了。我们看，光明就在我们眼前，而现在正是黎明之前那个最黑暗的时候。我们有力量打破这个黑暗，争到光明！我们的光明，就是反动派的末日！（热烈的鼓掌）

现在司徒雷登出任美驻华大使，司徒雷登是中国人民的朋友，是教育家，他生长在中国，受的美国教育。他住在中国的时间比住在美国的时间长，他就如一个中国的留学生一样，从前在北平时，也常见面。他是一位和蔼可亲的学者，是真正知道中国人民的要求的，这不是说司徒雷登有三头六臂，能替中国人民解决一切，而是说美国人民的舆论抬头，美国才有这转变。

李先生的血不会白流的！李先生赔上了这条性命，我们要换来一个代价。“一二·一”四烈士倒下了，年青的战士们的血换来了政治协商会议的召开；现在李先生倒下了，他的血要换取政协会议的重开！（热烈的鼓掌）我们有这个信心！（鼓掌）

“一二·一”是昆明的光荣，是云南人民的光荣。云南有光荣的历史，远的如护国，这不用说了，近的如“一二·一”，都属于云南人民的。我们要发扬云南光荣的历史！

反动派挑拨离间，卑鄙无耻，你们看见联大走了，学生放暑假了，便以为我们没有力量了吗？特务们！你们错了！你们看见今天到会的一千多青年，又握起手来了，我们昆明的青年决不会让你们这样蛮横下去的！

反动派，你看见一个倒下去，可也看得见千百个继起的！

正义是杀不完的，因为真理永远存在！（鼓掌）

历史赋予昆明的任务是争取民主和平，我们昆明的青年必须完成这任务！

我们不怕死，我们有牺牲的精神！我们随时像李先生一样，前脚跨出大门，后脚就不准备再跨进大门！（长时间热烈的鼓掌）

第四章

培养积极的心态

快乐与活动

冯友兰*

亚里士多德云：

> 有人谓好是快乐；但又有人谓快乐是极端的不好。（亚里士多德《伦理学》第十章第一节）

伦理学史中，固有此相反的见解。依亚里士多德之意，快乐是好，不过吾人应注意快乐之质的差别，而不应专注意于其量的差别（如读书与打球，其乐不同；此快乐之质的差别。快乐之量的差别，则指其多少强弱，换言之，即其分量之大小）。每种快乐，在每时刻中，皆是一整个的，完全齐备，更无所待。亚里士多德云：

> 视之活动，在任何时，皆似是完全齐备；此活动更无须另有所生，以使其完全。在此方面，快乐似与视相似；快乐是整个的；无论何时，不见有快乐，其完全必有待于延长时

* 冯友兰（1895—1990），字芝生，河南唐河人。1918年毕业于北京大学，1924年在美国哥伦比亚大学获哲学博士学位。1928年至1952年在清华大学任教，曾任哲学系主任、校务委员会秘书长、文学院院长、校务会议主席。

> 间者。（亚里士多德《伦理学》第十章第二节）

每一快乐，皆自有特殊性质而且当时完全齐备；所以吾人应注重其质的差别也。

快乐果何由生耶？亚里士多德谓快乐在于无阻的活动之中（亚里士多德《伦理学》第七章第十三节）。又云：

> 如所思或所感觉之对象，及能思能感觉之主体，皆如其所应该，则活动之进行中，即有快乐……（亚里士多德《伦理学》第十章第四节）

所谓"皆如其所应该"者，即谓在最好的情形之中；一物之最好的情形，即一物所应该之情形也。如一器官，在其最好的、极健康的情形之中，其所向之对象，又亦"如其所应该"，则其活动，即生快乐。"快乐完成活动""故亦完成生活；生活者，人欲之目的也"。快乐与生活之互相联结，如此之密，致使吾人不知吾人果系为快乐而欲生活，抑或为生活而欲快乐。"无活动则快乐不可能，而每活动皆有快乐以完成之。"

快乐完成活动，吾人活动有多种，故快乐亦有多种，其性质皆不相同；吾人果应求何种快乐耶？亚里士多德谓，凡有道德者所以为快乐之快乐，乃真快乐，亦即吾人所应求者。此种快乐乃与"人"相宜者，亦即幸福之要素，至高的好。

乐观与戒惧

冯友兰

我们对日抗战，到下月7日，已经整整五年。起初世界上的人不一定都了解，这是历史上一件非常伟大的事。即我们本国的人亦不见得都有这种了解。但自欧洲战争发生以来，我们眼见，有许多国家，都不抵抗而亡国。还有号称第一等的强国，抵抗不数十日而即土崩瓦解。于是世界上的人，以及我们自己，才都了解我们的数年血战，确非易事。“不怕不识货，只怕货比货。”世界上识货的人，是很少的。但于货比货之后，虽不识货的人，亦可以看出货的高下。

不过还有些人，以为中国之所以能持久抗战，并不是由于中国的能力大，而是由于日本的能力小。有许多军事观察家，总以为日本陆军，并没有与真正现代化的军队打过仗，所以对于它的真正力量，总是怀疑。但自太平洋战事发生以后，日本在南洋的进展打破了他们这种怀疑。在英美在南洋失败的时候，我们又有长沙会战的大捷。于是世界上的人，才都了解我们的数年的抗战，实是难能可贵。

他们对于中国的力量，才有真正的认识，就是我们对于我们自己的力量，亦才有真正的认识。

别人对于我们的认识，并不算是特别重要。只要我们真有力量，别人迟早总会认识的。特别重要的是，我们对于我们自己的认识。中国与西洋接触，近百年来，国人始则妄自尊大，继则妄自菲薄。四年多的抗战。我们对于我们自己的力量，有真正的认识。清末民初以来，妄自菲薄的殖民地人的心理，才算逐渐廓清。民族自尊心及自信心，才算逐渐恢复。这是这次抗战的最大的收获。

但是人往往如醉汉，“扶得东来又倒西”，人必须有自尊心及自信心，但不可有自满心。自尊、自信与自满，颇相似而实不同。不自暴不自弃，相信“彼人也，我亦人也，有为者亦若是”，这是自尊心。不自暴自弃，相信“有志竟成”，这是自信心。未成而自以为已成，成一成而却不求再成，这是自满心。有自信心是成功的必要条件。有自满心是失败的充足条件。这就是说，有自信心的人做事虽不一定能成功，但自暴自弃的人，根本不打算做什么事，当然亦说不到成功。一个人做事失败，虽不必由于有自满心，但有自满心的人，做事一定要失败。我们经过将及五年的抗战，恢复了民族自尊心、自信心，但同时大部分的人亦不知不觉地有了自满心。“满招损”。这次我军从缅甸撤退，恐怕与“满招损”不无关系。当然我军所以撤退，其他的原因，一定很多。不过其中的一个，恐怕就是“满招损”。

本来这次我国出兵缅甸在中国近代历史中，实是一件很重要的事。旧说：兵是国威。这一句话的意义，我们现在深切了解。军队出国，扬威于国外，是中国近来稀有的事。国人大都以此自满，开往缅甸的军人也都自觉他们所负的历史的使命，也颇以此自满。外国的报纸也都说：中国的军队，都是经过许多战役，富有经验，必能予侵略者以很大的打击。中国的军人亦自觉他们与日本打了将及五年，对于日本常用的战术，知之甚熟，到缅甸足可以应付裕如。

但是世界上的事，往往有这一种情形。那就是：你如开始自以为不能应付裕如，你到后来倒可以应付裕如；你如开始自以为已能应付裕如，你到后来倒是不能应付裕如。因为你开始自以为不能应付裕如，你必谨慎小心，努力以求应付裕如，所以到后来你倒可以应付裕如。但如你开始即自以为已能应付裕如，你必不求应付裕如。你不求应付裕如，所以到后来你倒不能应付裕如了。

这是古圣先贤积许多经验所得的真理。孔子说："临事而惧，好谋而成。"惧是戒慎恐惧。临事而戒慎恐惧，则必谨慎小心，以求应付裕如，此即所谓"好谋而成"。老子说："民之从事，常于几成而败之。"因为学到几乎成功的时候，人往往自满自骄，因自满自骄，他即不戒慎恐惧。不戒慎恐惧，可以使他功败垂成，前功尽弃。所以说，"行百里者半九十"。行百里者，最后十里最难走。一则是，他于此时，已将筋疲力尽；一则是他于此时容易自骄自满。如西洋寓言中所说，龟兔竞走，兔于将到目的地的时候，自以为大功将成，睡了一觉，以致龟将它赶过。

中国古书中，充满了"安不忘危，存不忘亡"的遗训，说尽了"居安思危""持盈保泰"的方法。有人说：中国民族之所以能持久存在，即是由于能知道这个真理。因为在这一方面，中国哲人，确是讲得特别多、特别详。我们如能记住这些遗训，即使我们抗战、建国统统大功告成，亦还要"安不忘危"。何况现在距安尚差得很远，如现在而即忘危，那真是其愚不可及。

有些对于时局乐观的人，往往似乎以为胜利已定，我们不必努力，即可以回北平、南京。又有些人是败北主义者，自暴自弃，以为无论如何努力，胜利总是无望。乐观的人，只知乐观，而不知恐惧。只知乐观而不知恐惧，则必不能戒慎。败北主义者只知恐惧而没有自信心，则其恐惧只是纯粹的害怕，以致言论行动，都是“长他人的志气，灭自己的威风”，于不知不觉中，成了敌人的“第六纵队”。其实是，时局真相是：如果我们戒慎恐惧，兢兢业业，努力以求胜利，胜利是可以得到的。戒慎恐惧是我们对于前途乐观的一个条件。唯大家都戒慎恐惧，前途才可以乐观。并不是对于前途乐观，即不必戒慎恐惧。亦不是因为我们恐惧，前途即不可乐观。

现在世界大局，譬如一盘围棋。中国的棋子，占了一大块地方，但与外边气不甚通，自己的活眼，亦尚未十分做成。这一块是必须外边活而始能活的。不过虽是如此，我们这一块，在未被吃以前，对于外边，亦能发生作用。对方是先吃我们这一块，还是先在外边下子呢？这全看他是不是能于几步之中就把我们这一块吃去。如果能如此，他乐得先吃我们这一块，以免我们这一块对于外边发生作用。如不能如此，他必须先在外边下子，以免耽误时机，我们这一块既是靠外边的活而始能活，不妨到以后打劫时再来解决。情形如此，我们现所须戒慎恐惧以致力者，是使对方至少于几步之内不能吃我们这一块。能做到这一点，前途是很可以乐观的。因为他如不能吃我们这一块，我们这一块即可对于外边发生作用，以得最后的胜利。

“无所为而为”与“有所为而为”

冯友兰

近来国内一般人盛提倡所谓“无所为而为”，而排斥所谓“有所为而为”。用上所说之术语言之：“有所为而为”，即是以“所为”为内有的好，以“为”为手段的好；“无所为而为”，即是纯以“为”为内有的好。按说“为”之自身，本是一种内有的好。若非如老僧入定，人本来不能真正无为。人终是动物，终是要动的。所以监禁成一种刑罚，闲人常要“消闲”，常要游戏。游戏即是纯以“为”为内有的好者。

人事非常复杂，其中固有一部分只可认为有手段的好者；然亦有许多，于为之之际，可于“为”中得好。如此等事，我们即可以游戏的态度做之。所谓以游戏的态度做之者，即以“为”为内有的好，而不以之为手段的好。我们虽不能完全如所谓神仙之“游戏人间”，然亦应多少有其意味。

不过所谓以游戏的态度做事者，非随便之谓。游戏亦有随便与认真之分，而认真游戏每较随便游戏为更有趣味，为更能得到“为之好”。国棋不愿与臭棋下，正因下时不能用心，不能认真故耳。以认真游戏的态度做事，亦非做事无目的，无计划之谓。成人之游戏，如下棋、赛球、打猎之类，固有目的，有计划；即烂漫天真的小孩之游戏，如捉迷藏之类，亦何尝无目的，无计划？

无目的，无计划之“为”，如纯粹冲动及反射运动，虽“行乎其所不得不行，止乎其所不得不止”。然以其无意识之故，于其中反不能得“为之好”。计划即实际活动之尚未有身体的表现者，亦即“为”之一部分；目的则是“为”之意义。有目的计划，则“为”之内容，方愈丰富。

依此所说，则欲“无所为而为”，正不必专依情感或直觉，而排斥理智。有纯粹理智之活动，如学术上的研究之类，多以“为”为内有的好；而情感之发，如恼怒愤恨之类，其态度全然倾注于对象，正与纯粹理智之态度相反。亚里士多德以为人之幸福，在于其官能之自由活动，而以思考——纯粹的理智活动——为最完善的，最高的活动（见所著《伦理学》）。其说亦至少有一部分之真理。功利主义固重理智，然以斥功利主义之故，而必亦斥理智，则未见其对。功利主义必有所为而为，其弊在完全以“为”为得“所为”之手段。今此所说，谓当以“所为”为“为”之意义。换言之：彼以“为”为手段的好，以“所为”为内有的好；此则以“为”为内有的好，而以“所为”为使此内有的好内容丰富之意义。彼以理智的计划为实际的行为之手段，而此则以理智的计划，及实际的行为，同为一“为”，而丰富其内容。所以依功利主义，人之生活，多枯燥——庄子所谓“其道太觳”——而重心偏倚在外。依此所说，则人生之生活，丰富有味，其重心稳定在内（所谓重心在内在外，用梁漱溟先生语）。

不过欲使人人皆持此态度，则颇非易事。“今也制民之产，仰不足以事父母，俯不足以畜妻子，乐岁终身苦，凶年不免于死亡。此惟救死而恐弗赡”，奚暇以游戏的态度做事哉？一个跑得汗流浃背、气喘吁吁的人力车夫，很难能以他的“为”为内有的好；非其人生观不对，乃是势使之然。我希望现之离开物质生活专谈所谓“精神生活”者，于此留意。

长命的打算，短命的做法

罗家伦

在一个秋阳当空的早上，炎热中带着郁闷，我步行去慰唁一位为国殉身的空军烈士的家属。在座遇着一位正在空军驱逐队中作战的青年，谈起来他还是我在清华大学时一个毕业生的堂弟。这位青年是一位极可爱的民族斗士——机警、沉着、热忱、勇敢。我们都为英勇的死者哀悼。当我不免叹息的时候，他坚决地说："这一天总是有的，我的和他的不过是迟早 一点。"这话使我兴奋而又肃然。知道生命的危险而挺身接受，这危险是多么可歌颂的态度。因为他和死者是亲密的朋友，曾经多次共同作战，我想多知道一点死者在生时的情形，于是谈到他们战时的生活。他们都是天真活泼的青年。"在待命基地尚未出动之前，生活自不免枯燥，情绪也不免乐张，所以大家往往把各人所有的余钱一齐拼凑起来，弄一点好东西吃；若幸而安全回来……"我说："安全回来以后怎样呢？""回来以后再说吧。因为我们一同出去，不知道几个回来，生死太无定了。你知道这是我们战时的人生观呀！"我很了解，我极同情，但是我默然半晌。我片时沉默当然不是为了各位战士经济上的打算，乃是我领悟到一种深刻的人生哲学。我站起来握着他的手道：我有十个字送你们，就是：

"长命的打算，短命的做法。"

战死在你们的心里是当然，不死是例外，但是经过苦战而不死，那将来中国建立现代空军的责任就在你们身上。你们一天没有战死，你们就得准备一天！他回想地应道："是的！我们该这样打算。"于临别的时候，再郑重和他握着手说："这十个字不但送你，并且劳你转送空军里各位英勇的斗士，你的朋友们，与你志同道合的人们。但是请你记得，这两句话十个字是分不开的！"

我归来深深地想，这段谈话难道不反映出战时普遍的心理吗？这个答案难道不是一个正确的人生观吗？我想了又想，觉得不仅是战时，就是平时又何曾不当为此？

我想生命是有涯的，成就是不灭的。孔子已死，而孔子言行尚为人生的典型。柏拉图早过去了，而柏拉图哲学，还影响现代人类心灵的活动。汉武帝的武功，至少为我们留下了西北版图的轮廓。拿破仑布置的每个战役，尚为近代研究战术人们的经典。荷马、莎士比亚、李白、杜甫等"其人与骨皆已朽矣"，而"诗卷常留天地间"。我们何不以有涯的生命，换取不灭的成就？我相信构成宇宙的真实时空系统中，绝不会遗漏，也不会磨灭人力成就的事。即舍此不论，我们就近可以觉察的如国家民族的生命，也比个人的悠久多了。古往今来，凡为其国家民族成就了真正贡献的人，几曾被后世忘记？就拿一种制度，或是一个机构来说吧，如果它真是建筑在正义、真理和公共利益上的，其生命也远较个人的生命为长。你不见杰斐逊、韦伯斯特等定下的美国民主制度吗？你不见牛顿等形成的英国皇家学会吗？若干大教育家奠定的大学，若干著名政论家创立下权威的定期刊物，于他们死后，依然健在。所以我们不但对国家民族服务应当为他从"亿万年有道之长基”上打算，就是替一种制度一个机构努力，也应当为他从“百年大计”上着眼。即使我明天要离职了，我今天所做的事，还得不放松地为他作永久之图。

一切的打算还是要靠生命的力量去实现的。不然的话，纵非“画饼充饥”，也是“守株待兔”。“俟诸异日”“以待来年”这类的词句在中国文字里用得太多，几乎发生了催眠的作用。“拖”是今日的国民公敌！斩不断的时间之流，无休息地卷着生命过去。一生有几个几年，一年有几个几日。时机过去，宁肯再来？英国文学家萧伯纳常太息生命之短，他认为一个人受了若干年的教育和磨炼，等到刚好成熟，正可有为的时候，催命符到了，这是何等的不经济。（其实他计算一个人的寿命及其工作时期的长短，还是以欧美人六七十岁还是精力充沛振作有为的通例来作标准。）于是他想总得有一个办法，把人的寿命，延长得像《旧约》中的玛士撒拉（Methuselah）一样，一活活了九百六十九岁，那文明的进步，才更可增加。可是萧翁《回到玛士撒拉》一剧虽然演过多次，却并不曾证明有“续命汤”的作用。

我意此路既然不通，只得另想办法。这办法便是既不能把生命延得太长，倒不如索性把它看得很短。就是拼命抓住这段很短的期间，完成那为长期打算下的工作。假如我一天做两天的事，那我活一年便可做好二年的事。过十年便做好二十年的事。若是我做五十年的事，那我一百年的工作便完成了。万一老天爷派我做的事只需通常的五十年可完，那其余五十年的成就，是我赚出来的，岂不是大大便宜！有人说这办法有促短或危及生命可能。不知当这个年代，生命在何处何时没有危险？平时坐在屋子里也可能有瓦落下来，中脑身亡。人既有生命，生命就得要拼。“拼”是“拖”的对面，“拖”是我们的世仇大敌！以拼的权力来从速完成生命过程中应当完成的工作，这就是我所谓短命的做法。

综合起来，我还要不惮烦声明“长命的打算，短命的做法”这两句话十个字是分不开的。分开来便有大危险！只有长命的打算而不加紧去实现，这打算那便会“坐禅”“习静”，天天在半醒半睡的状态之中，恭候“一千福年”的来临。只有短命的做法而没有远大的计划做目标，那不是瞎撞便是流入极端的个人享乐主义。“今朝有酒今朝醉，明日愁来明日愁”，唐末权审这两句诗，便是这种颓废生活的写照。

恐怕有讳忌的人看见本文的标题以为不吉利。在我们传统的社会里要“讨口彩，发利市”的人多着呢。我对于这般人只得以微笑报了，因为我惭愧不曾学会“善颂善祷”的技术。我转过身来对有志作为的人，包括老年、中年，尤其是青年，以热烈的情绪高声说道：

拿定这个态度干，一定可以增进丰富生命的内容，发扬光大生命的意义。

求学的态度

罗家伦

各位教职员先生、各位同学：今天在柏溪这个地方，看见这么多的青年——中大的新生——的集合，我们一方面感到一种朝气，一方面也感到我们的责任和前途的艰难。

你们各位第一次进大学，而且进了国家的中央大学，应该感觉到这是人生里最大的一次转变。你们进了大学，而且是进了有标准的大学，这就等于又投过了一次胎，又转过了一次世。在平时是如此，在战时尤其是如此。你们应该觉得，在前方的将士正用血肉和敌人相拼的时候，在前方的民众正处于敌人的暴行之下的时候，居然能在这个地方安稳求学，这是如何的幸福，同时，也负了如何的责任！你们想，战区有多少青年不得出来，愿意受国家的教育而不可能，愿意发表国家的观念而不敢，但是你们居然能有这么多好的师长，这么多有希望的同学，能在国家的教育机关受教育，这是应该多么兴奋的事，就是有多么大的困难，也应当忍受了。

为什么国家在这个时候仍然办教育？为什么中央大学在重庆柏溪这个地方仍然开学？我可以告诉各位，这是因为国家为抗战的前途，为建国的前途，需要青年人来接济。但不是要无用的、堕落的、浪漫的青年，而是要智识、体力、人格都健全的青年，以挽救国家的危难。否则不办教育，而买军火，不是更值得吗？士兵、军火，哪个不需要钱？何必办教育？这其中的意义，大家要认识。如果，受了教育的青年，智识、体力、人格，一样不行，仍然很萎靡、很浪漫，那么，就是政府错打了算盘，同时国家的希望也就断绝，国家的前途也就惨淡了。

首先应当认识的，是对于国家的态度。

何以有国家？国家是民族的保障，是民族的集体，是民族的共同生存之所寄托（世界上没有没有国家的民族而可生存的）。民族是在一个血统之下的文化、道德、风俗习惯的集合，国家就是具体的组织，是表现集体的意志、达到集体的愿望、维持集体的生存的无上机关。没有国家的民族是流离颠沛的民族，是任人宰割的民族，是任人侮辱的民族！为什么犹太人受人如此虐待？因为没有国家。为什么Bohemia（波希米亚）人、Gypsy（吉卜赛）人各处流浪？因为没有国家。这都是没有国家的民族之悲哀！现在我们整个民族受压迫，我们国家便代表我们的意志去奋斗；所以我们应当拥护国家，以争取民族生存。任何民族，没有国家不能生存（除非汉奸），国家为生存命脉之所托，如何能不要国呢？（敌人所最恨我们的，也就是国家民族的意识之发展！）

昨天我在沙坪坝，我同那边的同学讲，我看见汉奸缪斌的一篇文章（自头至尾，没有“中华民国”的字样），里边有“幸赖友邦（竟认贼作父）仗义兴师，吊民伐罪”的话。几千万同胞却需要他——“友邦”（！）来“吊”，来“伐”，世界上竟有说这样毫无心肝的话的东西！但是同时，我又收到一封信，是外国朋友寄到南京的，上面有邮局批的两个纸条儿，一个是问德国大使馆去打听；另一个纸条儿妙（大概不是低级职员写的，就是邮差），批的是："退巴县"，故意不写重庆；又注上："中大教授"，故意不写校长；在这纸条儿的背后，乃是一行小字："谨祝罗先生为国珍重"！我看了，真感动得泪下，一夜没睡着。那"为国珍重"的一个"国"字，我知道背后是有多少痛苦，多少热血，多少眼泪！受过高等教育的人，竟不如这一个邮差。

对于国家应当认识清楚，对于代表国家的政府也应当认识清楚。多少年以来，政府在准备着。九一八以后，在经济那样困难之下，做了那样多的事情，其中经过，一言难尽。一年多以来，各种痛苦，说也说不出。谁也料不到从去年七月七日以后到现在还能打，敌人有种种力量，有种种诡计，造种种谣言，但我们的抗战，仍然在继续进行。我曾说，这次的中日战争，比日俄战争大得多。在日俄战争的时候，日本所死伤的不过十九万，而且打的是胜仗；这一次日本死伤的已经超过七十万，但是并没有胜；上次日本所费的钱是二十万万，而且了结了，这一次日本所费的则超过五十万万，但是战事并没有结束。以我们有限的财力，没有训练的军队，而能做出这样的成绩，就是外国人看了，也非常惊讶。这种成绩，是将士的血换来的，是政府的规划换来的，是蒋先生拼了心血，艰苦卓绝弄来的。在这种情形之下，你们应当怎么样爱国家，怎么样爱政府？

抗战和建国，是同时并行的。这一次的吃亏，并不是将士不打，只是物质太差，物质科学太差。在抗战期间，固然需要一班人；在战后，尤其需要一班人。在不久的将来，中国将没有一条完整的公路，将没有一条完整的铁路，将没有一所完整的工厂，将没有一座完整的大学，这需要多少有智识、有人格、有体魄的人才，才能够够用！所以需要一般青年受训练。并不是让大家来偷安的，乃是使国家不至断气。将来要恢复原状，已不知道需要多少人，不必说五年计划。

现在所需要的，是认识整个国家的人。凡地方观念，都是封建社会的遗留。为什么以前抗战，有那么样大的困难？还不是因为地方观念在那里作梗吗？就是现在，也还是如此。在青年的脑筋里，应当除掉这种思想。什么四川同乡会、贵州同乡会，我看了很不高兴；因为我不愿意在现代青年里面还看见这种部落主义。你们现在或许不觉得，但这种思想一形成，就是将来国家统一的障碍。

第二，是对于求学的态度。

你们在投考的这一年，一定没读多少书。现在入了大学，要确定一个求学态度。你们应当知道，你们所知道的很少。但是，只有在你们知道得更多时，才知道这件事。一知半解是危险的，A little learning is a dangerous thing，你们应当重新把知识打好基础，不要强不知以为知，不要高谈阔论，以为了不得，知识是没有底的（世界上比你们好的多得多！），你们应当接受师长的教训。工具知识当打好基础，你们这第一年乃是大学四年的成败关键（这句话，你们要记得）。断没有基础不好，而可以建高楼大厦的；平房没有墙也可以塌下来。在中学里的错误观念，在现在要加以改正（例如英文读错的音，现在就应该改），不完全的智识，在现在要加以补充。（我知道在过去一年，除了少数的中学，像南渝等，课业没有不是间断的！）

所谓基本知识，中国文，既然是中国人，当然要通；外国语是近代人求知识的捷径，数学是自然科学的基础，都需要重新整理。其他如中外史地、理化，也都是中学里的课程，现在更不应该放过。现在假若侥幸、偷懒，将来就没有法子补救了。千万不要到了将来（二三年级了），再后悔，说读不上去了，岂不晚了？

你们这次入学的分数低得很，数学零分的非常多。依教育部原来的标准，重庆市只可以取一个人。在往年，教师已经怨程度不齐，现在你们程度更差，所以希望各位，从现在起，努力、虚心，从头做起。什么都是假的，学问是真的；越没有学问的人越狂妄。一位四川的中学教师告诉我，说四川中学的学生最懂主义，社会主义是什么？共产主义是什么？ ××主义是什么？统统会。但我就没有这种本领。这不是大学生应有的态度，要紧的，是应当打好基础再说。

第三，对于训练的态度。

当然，智识也是一种训练。但是我们现在所谓对于训练的态度，是等于说对于做人的态度。单有知识，没有体魄，不行；单有知识，没有人格，也不行。人格是怎么样训练来的？并不是只靠单独的超然训练，只靠讲道德，说仁义的训练就行的，乃是需要作人的训练，乃是需要在日常生活、日常动作中的训练才成功的。现在分体育、军训两方面讲：

一、体育：体育的第一个意义是体魄的训练，关系一个人的人格。体育并不是只指赛球时得得锦标，赛跑时看谁先到了目的地，这样的话，是小看了体育。体育是发展身体的，如果没有强健的身体，就不会有强健的心灵。胆子的大小，和身体好坏大有关系。遇事就血液循环加快，脉搏特别振动的人，绝不能担当大事。临事就神经错乱的人，绝不能做勇敢的事。中国人衰老太久了，青年人也没有发扬活泼的气概，也没有任重致远的体力，几乎全带病容，这如何能行！我每年在各个学校演讲很多，我很生气，因为，很白很大的讲堂，但是看了其中的听众，就像到了病院。只有一次，我最得意，那是三年前的二月里，我在杭州，对航校学生讲演，我讲了足足有三个半钟头，没听见一次咳嗽的声音，我当时就对陈教育长讲，中国的空军是可用了。现在怎么样？不是果然证明可用了吗？（观察人当从小地方观察，在李鸿章夸奖北洋海军的时候，日本人就说北洋海军不足一战，因为见他们把所洗的裤子挂在炮尾上！）体魄是做人做事的基本，这是体育的第一个意义。

体育的第二个意义，是在运动场上培养国民的道德，培养公开竞争的精神，培养胜而不骄、败而不馁的态度。运动场上，是坦白而且公开的。例如篮球，有观众、有评判，大家是不能作弊的，这可以养成国民的道德。“君子无所争，必也射乎！揖让而升，下而饮，其争也君子”也就是这种精神。

二、军训：在现在这个时候，单单有体育的训练，还是不够；更要有军事的训练。中国现在到这个地步，还不是因为军事不如人？但是军事训练并不是光指兵士操，这只是军事训练的一部分。

军事训练的精神首在于生活习惯都是军事化，养成一种军人风尚，军人道德。基本的军人道德是什么？基本的军人道德，就是现在世界上的国民道德。这包括：

A.纪律——纪律是国家民族生存的一种秩序。中国讲礼，礼也就是纪律。司马光著《资治通鉴》，其中就说到礼是纪纲。在日常生活里的礼，在军队里就是纪律。军队没有纪律，我们常常是痛恨的；但是像我们上汽车，要爬窗子，这是纪律吗？银行里挤死人，渡船时挤翻了船，这是纪律吗？这都表现没有组织，没有纪律。中国人又常常觉得以超出纪律为荣，读书人总觉得超出一般人便高贵，其实这在外国人看了，正是觉得是可耻的。德国为什么能复兴？并不是希特勒有什么大本领，实在因为德国人民的训练太好了。我在德国的时候，马克的价格不知道一天变多少次，每个人拿了面包证去买面包，入街进店，是很长的时间，人无论多么多，没有一个争先的；轮到了这个人，也许面包涨价了，钱不够了，家里还有大人小孩等着充饥果腹，但是秩序没有乱的。所以德国能够复兴。士兵没有纪律，绝不能作战。所以要注重秩序，要能令，能受命。“既不能令，又不受命，是绝物也。”服从并不是受了人的压迫，只是你要服从人，人才能服从你。所以古人说：“其君能下人，必能信用其民矣。”对一个长官、教授行礼，并不是他要摆架子。你行了礼，他还是还礼的，他为什么找这许多麻烦？也就是要养成一种好习惯。断没有士兵对长官望望然而去之，而能够作战的。必须要做到“出入相友，守望相助，疾病相扶持”，才能够作战。礼就是维持这关系的。军人的精神无他，即守纪律，能命，能受命。

B.敏捷——行动要干脆敏捷。中国人往往走一条两天可以走完的路，必须延长了在两天以上。我二十年前到日本，就看到日本人在街上走路，他们鞋子比我们笨，但是走得比我们快，从没有在街上游游荡荡，踱慢步的，也没有提鸟笼的。我当时就觉得恐怕中国人不能敌日本。中国人的谈话，也常常是浪费时间，往往说了许多闲话，直到最后才“画龙点睛”。谋事情的人从不会说明自己有什么本领，要做什么工作，总是先从国家社会，很远很远，才说到自己。军事上就不然，开口说一声：“报告”，最后一声：“完结”，有什么事，说什么事，干干脆脆。上边发命令亦然，现代不止军队了，就是工厂，也需要敏捷，敏捷是在军事训练中所养成的好习惯之一。

C.勇敢—— 敏捷要与干脆合而为一，勇敢要与牺牲合而为一。明知道上火线准死，但是仍然要去，是因为有将令，这是何等勇敢，何等牺牲！一位从军的朋友告诉我，他说他自从入伍之日起，就已经没有性命了，现在的性命，乃是捡来的。军人应该有这种勇敢牺牲的精神！

D.整洁——我在沙坪坝，不知道骂过多少回。你又不是狗，爬出窝、爬进窝就算了，为什么不把衣被整一整？晋朝人喜欢谈天，有一位谈治天下正谈得滔滔不绝，但是旁边就有一位冷笑道：“一室尚不能治，何能治天下？”人格不是空的，乃是种种动作的表现。最高尚的理想，由种种动作表现出来的，就是人格。人格不是一时的，所以习惯最重要。

在社会上，各种人物的上下浮沉，我见的是太多了，他们成功的，都绝不是只凭血气之勇、一时的激昂慷慨所能做到的。在做学生时，能咬断了指头的，但后来什么事情也仍然能做得出。汉奸缪斌，民国十四、十五年刚在交通大学里出来，何尝不激昂慷慨，但是后来骄奢淫逸的习惯养成了，偷钱的习惯养成了，做官的习惯养成了，所以现在不惜卖身投靠，做了汉奸。在当学生时就想贪学校的便宜，做了官焉能不贪？（即如学校中的贷金，我完全以诚待大家，希望大家也以诚待我，有钱可以告诉学校，也不会有人抢了你的去，冒领贷金就是贪官污吏的心理。）俗话说：“小时偷纸，大时偷金。”人的生活，并不是一刀两断的，乃是时时继续发展的。在梧桐树小的时候砍上一刀，那刀痕在将来还会发现在树顶上，这就是证明生活乃是整个的。做学生的时候，不能以为还在准备的时期，就原谅了自己。要知道空口喊爱国没有用，应当在行为里表现出来。

所以在分校方面，凡是军训、训育（包括体格、人格、精神）、早操、普通体育，都要注重。我曾经同体育科吴蕴瑞主任讲，所有各大学里的军事管理都是有名无实的。现在应下一个决心。在现在这个国难的时候，正要看中国青年能不能有觉悟，能不能改变其态度，所以希望大家认真地去做。

我们分校的主任教官是戴昭然先生，戴先生是美国军事学校毕业，以后又学工程，得到硕士学位。在连云港曾参加正式军队与敌人抗战，也任过游击队的大队长。他打死过日本的一个少校。戴主任现在并兼任军事工程的教授。

今年实行导师制，我们分校的主任导师是许恪士先生。许先生是国内有名的教育学者，德国Jena大学（耶拿大学）的教育学博士，在中大里当过十年教授，在实验学校做过六年主任（这是实验学校的光荣）。许先生丢开舒服的教授生活，而从事于训练大家的事体，大家应该觉得欣幸。难得有一位这样好的主任导师。

学校好比一个有机体，部部是相关的，各部有各部的责任，但是还要有总其成的。我们分校总办公厅主任是薛培元先生，薛先生是从前河北农学院的院长，据教育部的调查，那是中国华北最好的农学院之一。以后薛先生又任教育部的督学多年。薛先生在美国是研究农业化学的。

在分校里有什么事情，就由这三位先生会商办理。我不在的时候，他们三位就是受学校的委托，在这里代表学校的。

其他各位职员先生，也都是很有经验的，我不能一位一位地介绍。但是我可以告诉大家，他们每一个人在执行其职务的时候，就是代表学校。诸位不要对于校长就尊重，对于不是校长就不尊重。任何人，在他的岗位上执行其职务的时候，就是神圣的。从前俾斯麦身为首相，但是他受到警察的干涉，他只有服从。你们对于任何人要一律尊重，不加歧视。

学校设在这个地方，并不是容易的事情。刘工程师和许多人，都是值得我们感激的。我们现在能够蔽风雨，就是对于工人石匠，也要感激。从开工到现在，不过四十多天，是日夜在赶。

当然，因为国难，所以十分简陋。但是就是这个样子，也不是任何大学所有的。好日子何尝没有过过？我在清华做校长的时候，有很好的校长住宅，有很好的校长办公室；就是在南京，地上也有丝绒的垫子。现在呢？三块钱一张的桌子，三合土的土地。国家到这个样子，个人有什么不满足？将士在前方不得一饱，受了伤（为国家流血），而不得包扎，我们诚然是在天堂上；我们现在所有的生活，才是应当有的生活（其实也还是过分），过去的生活都是不应当的。老百姓、将士们的生活是那样，我们如何能过从前那样生活呢？就是现在这样子，也已经觉得有愧了。在这痛苦的日子里头，应当检讨自己，也许从这里得到国家教育应有的途径。

现在这里的各项事情，还在筹设之中，没有就绪。功课打算照开，最迟大概在月中。现在这两个星期之内，每天举行两小时或者两小时以上的讲演，是对各门学科的一种启发，所谓orientation courses（定向课程），有自然，有科学，有时事……都是校中有学问的教授来讲，院长也要来的。希望你们放大眼光，每次都要到，不要以为所讲的与个人无关，就不听了。学问并不是像蜂窝一样，隔得一格一格的；当求其贯通。所以，这些演讲要注意。

编级试验要切实预备。学问是不能躐等的。自己的书，要拿出来预备预备。校中可运的，也将运来。校中的课本，教授将先告诉你们，你们早买了，早预备一下，总不会吃亏。风纪要好，不要随便。不要随便集会，不要随便贴标语，这并不是压迫你们，是反对你们这种领袖欲。

最后，我要告诉你们，中央大学是受了敌人四次轰炸才动手搬的。其中最厉害的一次，是八月十九号的一次，二百五十公斤（约五百五十磅以上）的炸弹，落在校中有七个，最近的一枚距我和诸位先生所在的地方，只有三米，幸亏隔了一道墙。但是图书仪器，可以说全数移出，沙坪坝的校舍是在四十天以内完成的，中央大学的可贵就在这种地方。北平的北大、师大、平大、清华，统统完了。清华在冀东事变的时候，有一千五百箱图书仪器运出来，但是后来看看不要紧，又有五百箱运回去了，现在试验仪器完全没有；其他大学更不用说，杭州浙江大学搬这里，搬那里，后来搬到广西；上海同济大学搬这里，搬那里，后来搬到广西。武汉大学比我们从容一点，但是也因为交通的限制，好些东西不能运。完整的大学，已经不多，现在这里所有的许多东西，就是我们的生命，不能毁掉。所有图书仪器，一点也不要糟蹋。同时要知道现在简陋虽然简陋，是拼了命才争来的，不要再抱怨！

各位的态度要改变，从前的少爷小姐脾气要去掉；在流亡生活中所染上的坏习惯，既入了这个正当学府，也要除掉。

现在国家到了最困难的时期，此地也不能保险，任何人的性命也不能有保障。只是敌人允许我们安心读书一天，我们就不要放弃这一天的读书；敌人允许我们训练一天，我们就不要放弃这一天的训练。在失陷的地方里头，有多少青年想受国家的教育而不可得。有人说，“夺取民众”，民众岂是可以夺取的？可以夺取的是时间，是智识，是训练。我们要时间的夺取，不是享受的夺取；要智识的夺取，不是金钱的夺取；要训练的夺取，不是权利的夺取。这样才是新的复兴中国民族的青年，才是建立新的中国民族的青年。希望在柏溪这地方，有一支知识的军队，作复兴民族事业的先锋。我们不要无用的、堕落的、浪漫的、颓废的、浅薄的青年，我们要的是智识、体力、人格都是健全的青年。以热血、民族意识作为汽油，烧动内心，烧动马达，完成国家民族复兴的大业。

（1938年12月6日在国立中央大学柏溪分校讲）

悲观与乐观

罗家伦

我们对于宇宙，对于人生，应都有一整个的认识，根本的态度。这种认识和态度，就是我们一切行为的标准和指南。否则今天一件事可以使你悲伤失望到自杀，明天一件事可以使你快乐得意到发狂，天天生活都在震荡不定之中。何况我们现在正处于一个悲喜交集的时代，如果对于人生无正确的认识，而又不幸戴上颜色眼镜，则更易酿成生命的大危机。德国哲学家常在讲宇宙观之后，就接着讲人生观，实在很有道理。

悲观与乐观，都是个人的感觉，是随时可以发生的。尤其一个人在困苦艰难的时候，更容易引起这些疑问：我活在世上，究竟有什么意义？仰望天空，天空是布满了无数的星辰；据天文学家猜测，在某些行星上，也许还有生物存在。这一个小星球中的一种生物的一分子，真是“渺乎小矣”，这生命值得活吗？况且人生一世，不过数十寒暑，生老病死，无非痛苦烦恼。生命太无常了，何必奋斗，自讨苦吃？这种情绪不见得会天天有，但如假定有了，而无法解决这生命之谜，危险也随着发生了。

悲观和乐观，本来都起于个人的感觉，而且常是偏重主观的感觉；可是它对于发生这感觉的人，却具有支配的力量。若是再把它演化为一种学理，那就更不限于感觉的范围，而成为一个理智上的问题了。我现在就想从理智上来讨论悲观主义和乐观主义两派学说。

在西洋思想史上，悲观主义有三大派别：

第一是享乐派。希腊德谟克里特（Democritus）倡原子论（atomism），谓宇宙是由无数的原子组合而成。稍后伊壁鸠鲁（Epicurus）即根据这种原子的唯物论，否认宇宙有所谓目的和道德；认为快乐就是善，痛苦就是恶。人生应该充分享受，充分求乐，不必奋斗，不必劳苦。“且以喜乐，且以永日。”“我躬不阅，遑恤我后！”这正是为享乐派说法。而中国魏晋六朝的清谈派，对于人生也有同样的态度。这一派理论的错误，在认为苦乐可以比较。要求得苦乐多寡的比较，还须求之于计算；但是苦乐的计算，是不可能的。我们能不能模仿商店，开一个资产负债表，把快乐和痛苦分项记入，作一平衡？第一个困难是快乐和痛苦，用什么单位来比较？假如我昨晚睡得好，是快乐，应作几个单位？假如失眠，便是痛苦，又应作几个单位？这种单位固不能定，而这种单位计算法更不适于人生。第二个困难是快乐和痛苦，常系于个人的态度。有人以受恭维为得意，有人则安贫乐道，以不为流俗所称许自豪；寂寞中的骄傲，自有高人领略其滋味。这两种人何从比起？（黄仲则“千家笑语漏迟迟，忧患潜从物外知。悄立市桥人不识，一星如月看多时”一诗，颇足表示寂寞中骄傲的情绪。）还有，这派学说，往往以为快乐是消极的、是负号的，快乐就是“脱离痛苦”（freedom from pain）；那痛苦便是积极的，是正号的。如此则快乐项下，更无账可记了。快乐和痛苦，既然都是感觉，为什么一种是假的，而另一种是真的？可见这一派理论经不起批评的地方太多了。

第二是意志派。十九世纪的德国哲学家叔本华（Schopenhauer），就是此派的主要人物。叔本华认为宇宙和人生的一切行动，背后都有个意志在支配。他逼迫人无目的地活动，无目的地前进。人不是自己要生活，而是意志逼你不得不生活。但意志无满足之时；纵然满足，也只是一时的，转瞬即归消灭。生命全体是盲目的、空虚的；是为不可挽回的失败而奋斗。所以人生是充满了失望、无聊和苦恼。要解脱人生的苦恼，只有两种方法：一是从艺术中来求消散、来求寄托；一是他认为最根本的方法，就是为逃脱意志的逼迫而入于“涅槃”。这种学说的错误，在以生命为另一目的（意志）的机能，而不知意志乃是生命的机能；他是附着生命而共存共荣的，不是藏在生命后面来盲目鞭策的。（这是我主张的意志说，与叔本华的意志说根本不同之点。）他认为生命是意志的手段，不是目的，殊不知生命本身就是目的。生命看来似永久为一过程，然而它的目的就不断地在这过程中实现。譬如游山，不必说一定到了某个寺庙、某个古迹，才算游山；善于游山的人，走一段，就可欣赏一段的风景。他游山的目的，就在这整个旅程之中。他随时有亲切的乐趣，充分的满足，这些对他何曾不真，又何所用其悲观失望？叔本华的学说，颇受他自己生活的影响。他一生很不得意，常发牢骚。他认为社会对人的待遇，太不公道。他不结婚，所以老年孤独，无人照顾，以至于恨女人。他只看到人生的一部分，而没有看到人生的全部分。他只看到影子的方面，而没有看到灯光的方面。所以发出那样失望悲观的论调。须知天地间固然有冰雹霜雪，但也有雨露春阳。

第三是历史派。此派以为社会的进化，是善恶并长，而恶过于善。最初犹太人就有这种观念，以为文明愈进步，道德愈沦丧，人类是逐渐堕落的，所以原始的快乐也逐渐丧失。卢梭主张“回到自然”（return to nature），以为古代才是黄金时代。从古代演化到现代，是从黄金时代堕入黑暗时代。人是从爱登花园里掉下来的，所以日日翘首企足，祷告要求回去。考察这派的悲观思想，由以下四个论点出发：

第一，他以为进化愈趋复杂，则人性对于痛苦的感觉愈灵敏。因为欲望愈多，则愁苦也愈多，失望也愈多。所以生命愈发展，痛苦愈增加。但不知生命发展的结果，欲望固愈增，同时满足欲望的方法和能力也愈增，因此快乐也愈增。快乐是随工作及其结果而俱来的。尤其痛苦以后的快乐，更是莫大的快乐。英国诗人德莱顿（Dryden）说，“甜蜜是痛苦以后的快乐”（Sweet is pleasure after pain），这句诗很有深长的意味。许多艰苦出身的名人喜欢写自传，有一种心理是因为他们经过奋斗的痛苦，以后痛苦忘了，痛苦后的快乐仍然存在。在生命的历程中，即使不能证明快乐多于痛苦，但谁能证明痛苦多于快乐？

第二，以为智慧愈发展，则对于将来的认识愈透彻。人和一般动物不同，一般动物的痛苦，是一时的，而人的痛苦却是永久的。人是有远见的，一到中年时代，更常常想到生老病死，而对于将来起一种恐惧。“前不见古人，后不见来者。念天地之悠悠，独怆然而涕下！”这种身世飘零之感，是会不期然而然发生的。不过智慧发展的结果，虽然因想望将来而恐惧愈多，但希望也同时愈增。希望给人以一种预期的快乐。人对于恐惧感觉的灵敏，远不如对于希望感觉的灵敏，所以快乐仍然是有的。况且纵有痛苦，也能以文学艺术种种方式表现出来，因此减去不少。

第三，以为人除现实的生命之外，还有理想的生命；除现实生命的痛苦以外，还有理想生命的痛苦。而且追求理想生命的痛苦，尤较现实生命的痛苦为大。理想愈高，挫折愈多。事业的打击，爱情的失望，能不使人痛苦？但不知理想之中，也有很大的乐趣存在。人类最高的发展，哪件不是从对于理想的追求而来？只有不随俗浮沉，追求理想实现的人，才能完成伟大的事业，也才能感到别人所感觉不到的乐趣。理想实现时，倘能得到别人的承认，固可增加自己的快乐，即使别人忽略或竟认为不值一顾，然而我自己的自尊之心，也足以医治自己的痛苦。

第四，以为生命愈扩大，则受创痕的机会也愈多。同时因同情心的发展，使别人的痛苦，成为自己的痛苦。因此自己所感受的痛苦也愈增加。但是同情虽能予人以痛苦，却也予人以快乐。自己的痛苦可因别人的分担而减，自己的快乐也可因别人的分担而增。所以德国有句话："分担的痛苦是一半的痛苦，分担的快乐却是双倍的快乐。"（Geteilter Schmerz ist halber Schmerz ; geteilte Freude ist doppelte Freude.）随着社会文明的增进，痛苦虽可以加强，但快乐也可以加强。由此可见以上四个论点，虽似言之成理，但皆见一体而未见全身。

总而言之，社会的文明愈进步，苦乐的强度也愈增加。悲观主义者不能证明痛苦一定多。他至少也曾尝过橄榄的滋味吧！况以常识判断，有许多痛苦，确是文明可以征服的。譬如近代的医药科学及生产技能，都能减少人生的痛苦，而增加人生的幸福。

文明的痛苦，需要更进步的文明去治疗。而且进一步说，悲观是表现生活的疲乏、松弛和退却；悲观到最高的顶点，就是“涅槃”。但“涅槃”能解脱痛苦么？不能！“涅槃”仍旧是一种死境，它不过是死的别名。再进一步说，我们有现成丰富的自然产物和人力创造，供我们享受；有美丽雄壮的诗歌音乐，供我们娱乐；有伟大生动的雕刻绘画，供我们欣赏；有无数哲人杰士用心血孕育出来的伟大思想，优美的文化，供我们“取之不尽，用之不竭”，我们还有什么可以悲观？我们自己如不努力发展生命，继续创造，配不配谈悲观？

乐观主义和悲观主义不同，它给人以和悦快乐向上的情绪，确比悲观主义好得多了。不过乐观主义也须有正确的信念做基础，才没有流弊。我虽然赞成乐观，但不赞成盲目的乐观。

在西洋思想史上，乐观主义也可以分为三派：

第一是宗教的乐观派。西洋宗教是比较抱乐观态度的。其根本观念，是以为宇宙有一个全美全能的主宰。人生下来本有罪恶，但只要赎罪以后，就可达到最完善的境界。“原始罪恶”（original sin）的观念，本始自希伯来人。赎罪的观念，对于软弱的灵魂，有愧的良心，是一种安慰，一种希望。但把理智来省察，却难自圆其说。假定世界为全善全能的主宰所创造，他既为全善，又为何造恶？既然有恶，则全善之说，何能成立？既为全能，为何不能把恶去掉？如谓恶是安排好了来磨炼人的，意在使人去恶为善，但何不痛痛快快将恶去掉，又何必绕一大圈子，来和人开玩笑？至于“原始罪恶”之说，尤使人生一种恐怖和抱怨祖宗的心理。我们很难了解小孩子生下来有什么罪恶。如果说这罪恶是从亚当夏娃偷吃了一个苹果传下来的，那也太残酷了。难道父母是犯人，子子孙孙都是犯人？这真是一种可怕的罪恶遗传论。鼓励有罪的人忏悔，本是一种很好的意思。佛家“放下屠刀，立地成佛”之说，也是鼓励人家改过。但是绝不能把宗教的忏悔，看作一步登天的捷径。欧洲中古时代僧侣借此敛钱的事很多。中国社会里一面念经，一面作恶的事，大家睁开眼睛就看得见。中国不少军阀在位时杀人放火，一下野就吃斋礼佛，等到有机会上台还是照旧的杀人放火。这都是仗着宗教的忏悔，为恣意作恶的保证。为求人类沉着地进步，不必有事前的恐怖，也不必存容易的乐观。

第二是理性主义的乐观派。这派以为世界是合理的，甚至于是理性的构成。因为恶是不合理的，所以不承认恶的存在，所以恶是不真的（not real）。这种观念，推论下去，真是危险。恶如不真，何必还要和恶奋斗？“无的放矢”，岂非多事？把恶看得太轻，便是松懈自己。恶的真与不真，应依客观的情态来决定。自然界中善与恶都是实在有的。风调雨顺，国泰民安，固然是真，但是洪水猛兽，狂风暴雨，又何尝不真？我们不必否认恶的存在，我们应该将恶征服。人的努力，就在于此。恶是完美人生的阻碍，但人类一切的工作，一切的文明，都由于征服这些阻碍。若是田中自有收成，树林自有果实，就用不着农艺园艺的工作；若是气候绝对宜人，风雨毫不为害，就用不着各种起居的设备；若是树上会长衣帽鞋袜用具，就用不着工商业。遍地都是鲜花，满溪流着牛奶，海水变成柠檬露，只不过是带诗意的幻想。因为恶的存在，使我们成就了许多事业。人类不但能将恶征服，而且能转恶为善。水可以泛滥，也可以灌溉，只看转变的力量如何。我们需要阻力，我们接受障碍；没有无阻力的成功，没有无障碍的快乐。我们不敢说整个的世界是理性的构造，我们却可以希望从我们的努力，可以把世界改造得更为接近理性。

第三是生物进化论的乐观派。这派还是代表初期进化论的乐观论调，也可以说是幼稚观念。他以为算起总账来世界总是进化的，于是在逻辑上跳了一大跳，以为算起总账来世界总是进步的。他把进化与进步论两个观念混淆了。进化只是变，变好变坏是不一定的，所以进化绝不等于进步。当黄金时代在远古的观念，盛行于西洋的时候，进步的观念自属薄弱。到了十七、十八世纪之间，意大利人维柯（Vico）以历史哲学证明世界进步；十八世纪初叶法国人圣比耶（Abbe de Saint－Pierre）认为进步是真实的；德国哲学家赫尔德（Herder）居然从历史和文学方面，规定了“进步的定律”。但是这些大都还是富于浪漫式热忱的期望。到了达尔文的进化论成立以后，思想界为之震动，于是进化论的范围，扩大到生物科学以外，连天体星辰的进化，也讲起来了。从进化的迹象之中，发现了许多进步的事实；当时的人又震慑于自然科学和工业文明的进步，于是不知不觉之中，常把进化与进步混为一谈，成为维多利亚时代的乐观主义。

这种乐观的进步观念，曾经给予近代文明以不少的鼓励；只是把它当作盲目接受的教条，把进步认为必然的现象，那就大大不妥。这不但不能使人奋发，而且可以使人懈惰。须知世界上进步的现象固有，退步的现象也有。生物的种类有发展的，也有消灭的；人类的种族，有继续繁盛的，也有只余遗迹，供他人凭吊的；中道崩殂的文化与文明，不知道有多少。就是现在存在着的人类及其文化与文明，若是不用智慧去指导它的方向，而恣意摧毁，或是停滞不前，也终究免不了被时间卷去的劫运。况且按逻辑的道理来讲，进步是必须先假定一个目标，朝着它前进，那“进步”这个名词的意义，才能成立。否则譬如循着一个铁环在转圈子，从这方看是进步，从那方看是退步。又譬如养猪，第一个猪种改良，可以把三四百斤一头的猪养到七八百斤；在研究畜牧的人看来，肥猪可以多供给肉量，是进步了；若是猪而有知，能够说话的话，它能同意吗？进步必先有定向（direction），这是逻辑的先例，这道理十分明显。还有进化论里的“适应”二字，也常被滥用而易起误会。适应不只是被动的，最高生物——人类——的适应，是自动的、是积极的、是带创造性的，“适应”绝不是将就。我们接受环境的现实，但是决不陷没在环境里面；最能适应的人是最能改造环境的人。“随遇而安”，是缺少创造精神的生活。

根据以上对于悲观与乐观两大壁垒的讨论和批评，我们正确的人生态度，可以决定了。我们用不着悲观，因为除了毁灭自己的生命而外，悲观毫无是处。我们要乐观才能提得起我们做人的兴致，但是我们决不能存过分的、盲目的乐观，因为它可以造成人生的依赖性和惰性。世界上同时有可悲可乐的事实，我们不必否认。我们的悲要当作慈悲的悲。要以“悲天悯人”的情绪，去积极奋斗，拯救人类的痛苦。我们的乐要认为是“乐以忘忧”的乐，从乐里去解除工作的疲乏和苦闷，去求得精神的安慰和振作。“苦中作乐”不是一件坏事。要面带笑容上火线的战士，才能打胜仗。（1942年1月6日中央社记者长沙来电，谓于长沙最危急之时，记者在街上见守城士卒，当休息的机会，还弄丝竹。他们有这种的精神，所以能奏第三次的湘北大捷。）不但前方应当如此，当长期抗战，生活困难的期间，后方更应当如此。终日愁眉不展、怨天尤人的人，不但不能帮助国家打胜仗，反而颓废精神，沮丧士气。为了不做奴隶而牺牲，就是喝碗稀饭，也应当快快活活地喝下去。

我所主张的是不断的、积极的、原动的改造主义（创译一个英文名词是dynamie reconstructionism）。我们不能抹杀历史、抹杀环境，这在宇宙的系统里都是真实的。人类生命的系统，在宇宙的系统里也是同样真实的。但是这个生命的系统，与其他宇宙间的系统，有一点不同的地方——这是生命的特性——就是它有智慧去指导它的命运，有意志去贯彻它的主张，有生力去推动它的工作。它和炉火一样，就把它放在壁炉里，它也可以吸收满屋的氧气，以发挥它的火焰，增加它的热度，使四座生温。它可以吸收宇宙的生机，增加自己的生机；吸收宇宙的生命，扩大自己的生命。所以它接受现实而不为现实所囿。它认识理想，但是它知道理想是不断推进的，所以它不断地动，不断地向前。它不失望，它不怨恨。它不但勇敢地接受生命，而且快乐地创造生命。它把古往今来，四方八面的原料，运用它的生力，沉着地来改造这生命更接近于它的理想。

十世纪波斯诗人莪默·伽亚谟（Omar Khayyam）有一节名诗，我冠以“心愿”的题目，翻译在后面：

要是我能同你，

爱呵，秘密的，
和造化小儿定计；
抓住这苦恼的宇宙安排，
一把搦得粉碎！
可能依咱俩的铺排，
重造得更称我们的心意！

要做到思想过硬、业务过硬、身体过硬

蒋南翔*

要做三大革命运动战士，就要求我们做到思想过硬、业务过硬、身体过硬。

首先，什么是思想过硬呢？毛主席1957年在《在中国共产党全国宣传工作会议上的讲话》中，曾对知识分子的思想状况作了分析。根据这个分析，我们可以把思想过硬概括为三个境界或比喻成“上三层楼”来要求：第一层楼是爱国主义，即爱我们伟大的中华人民共和国；第二层楼是社会主义，即愿意为社会主义服务，拥护社会主义制度；第三层楼是树立共产主义世界观。就目前同学的状况来看，第一层楼可以说是都登上了；第二层楼虽然要比第一层楼要求高些，也可以说绝大多数同学都登上了；但是，登上第三层楼的，恐怕就是少数了。因为建立共产主义世界观的问题，不单是一个愿望问题，这需要我们努力学习马列主义理论，积极参加实际斗争，在斗争中逐步进行世界观的改造。作为一个无产阶级革命战士，应该努力登上第三层楼。达到这个要求尽管

* 蒋南翔（1913—1988），江苏宜兴人。中共党员。1932年考入清华大学，曾任中共清华大学支部书记，是一二·九运动的重要领导人之一。1952—1966年任清华大学校长，1956—1966年兼任清华大学党委书记。

困难一些，但是只要不断努力是可以达到的。

那么，应该怎样努力呢？要确立共产主义世界观，第一，就要有必要的马克思主义理论修养，这就要努力学习毛主席著作，还要学习其他的马克思主义的重要理论著作；第二，要有革命化、劳动化的实际锻炼；第三，要有不断革命的自觉精神。总之，要在认识客观世界、改造客观世界的斗争过程中，不断地改造主观世界。显然，这些要求要同学们在毕业以前都做到是不可能的。我们把它作为一个方向提出来，希望同学们毕业以后，朝着这个方向不断努力。

其次，关于业务过硬。怎样才算是业务过硬呢？过去一个传统的评定标准是考试分数。考试是重要的，它相对地能够考核同学的学习成绩。但是，这个标准只有相对的正确性。而最正确的、最严格的评定标准，则是工作上的成绩。因此，要做到业务过硬，第一，是要把学校的功课学好。对功课的理解应该广一些，不仅是指基础理论课程、专业课程，还包括语文工具、制图、实验操作技术等方面。一句话，就是基本的业务训练要扎实。第二，是要有较强的独立学习能力和适应能力，不怕改行，不怕跨行。这点需要特别强调一下。因为有些同学很怕改行，很怕将来的工作对不上自己专业的口径。这样来理解专业未免太窄了一些。实践证明，改行并不是什么坏事。我们有不少校友，出去后都是改了行的，有的改得还相当大，但他们在工作中却做出了很大的成绩，成了专家。为什么？就是因为他们的学习能力强，适应能力强。由此看来，将来的工作要是能对上专业的口径当然很好，就是不对口径也不是坏事，相反，这还可以逼着自己扩大知识领域，促进自己的提高。除此以外，业务过硬还要有一定的组织工作、群众工作的经验，以及在工作中、在业务领域中活学活用毛泽东思想和辩证法的能力。这些都是搞好工作所必须具备的。当然，上面所说的这些方面，在学校里能够达到的主要还是第一个方面，其他方面只能说是有了一些苗头，有的人得到的锻炼较多，有的人锻炼相对地少一些。在毕业以后，都还要继续学习，自觉地加强这方面的锻炼。

最后，身体过硬问题。我们学校一向重视体育运动，群众体育活动也开展得很好。但是，用“一分为二”的观点来看，同学的身体健康状况还不够理想。在大学的几年中，我们可以说在政治上、业务上大家都有所提高，而身体却不能这样一般地说。正确的回答应该是：有的人提高了，有的人差不多，有的人下降了。身体过硬这问题说来比较容易，做起来却是最不容易。这几年来，学校一直十分重视同学的身体健康，并且采取了许多措施，也收到了一定的效果。这学期又对女同学的健康问题作了规定。为什么要这样做？有人说这样做“是培养女同学的娇气，会使女同学特殊化”，“男同学能做到的女同学也应该做到”。其实这是形式主义地看问题。从政治上讲，男女应该一样，但从生理上讲，男女有别，这是客观事实。不承认有别，就不能给女同学以应有的合理的照顾，在思想方法上违反了“实事求是、从实际出发”的原则，在工作上将招致不良的后果。照顾女同学不是要使女同学特殊起来，而是为了保证女同学的健康，提高她们的劳动能力、战斗能力，使她们能够精力充沛，保有更持久更旺盛的工作能力。

总之，要做三大革命运动的战士，就必须思想过硬、业务过硬、身体过硬。当然这不是在学校的几年就能彻底做到的，还需要同学们毕业以后不断努力。预祝同学们在三大革命运动中锻炼成长。

（在清华大学毕业生大会上的讲话）

成长的体会

吴阶平*

在一生的学习和工作中，我有几次鲜明的转折。为了帮助青年朋友更快成长，我多次回顾自己的经历，剖析自我成长的过程，感到自己仍在成长之中。

我学习中的第一个转折是从“学本领”开始的，不论是在病房见习，还是听课、读书，我都怀着学本领的目的去进行。临床实践中的所见所闻，教师和上级医生的言谈举止，都引起了我的注意和思考。协和有很多著名医学家和杰出的医生，我最佩服荷兰籍内科教授司乃博（Isidore Snapper）。三年级内科见习结束时进行的临床实践面试中，司乃博教授要求我对指定的病人进行体检并谈出诊治意见。他层层深入地提出问题，我一一作答，这次面试大大提高了我的临床分析能力。三四年级时，我尽量参加各种学术活动，受到科学讨论的熏陶，开始懂得如何作学术报告和参与讨论。四年级学习结束时，司乃博教授在应届毕业典礼上作了题为《有准备的头脑》的精彩报告。报告题目来自微生物学奠基人巴斯德（Louis Pasteur）

* 吴阶平（1917—2011），江苏常州人。九三学社成员、中共党员。中国科学院院士，中国工程院院士。1937年毕业于北平燕京大学，获理学学士学位；1942年毕业于北平协和医学院，获医学博士学位。1947年至1948年在美国芝加哥大学进修。2001年受聘为清华大学医学院首任院长。

的名言："在观察事物之际，机遇偏爱有准备的头脑。"我进一步理解到思考的重要性，只有认真总结经验并应用于实际，才能在实践中取得更多的经验。这对我在实习医生和住院医生阶段如何进行临床工作产生很大影响。以急性阑尾炎为例，我感到阑尾炎的临床表现、病理改变和手术难度常有差异，于是给自己提出要求：不满足或停留在"急性阑尾炎"的简单诊断上，而应在术前尽量分析炎症的程度，腹膜腔内的反应，阑尾内有无粪石，阑尾的具体位置等。并在病历中对上述问题提出明确看法和根据。为了达到这种要求，在采取病史、体格检查和临床分析时，就必须更加细致周到。同是一个病例，有意识地对待后，所取得的经验就远多于简单的"急性阑尾炎"的诊断。这样做，符合巴斯德的"机遇偏爱有准备的头脑"的精神。要养成深入考虑的习惯，有同样实践机会的人，所获经验可能大不相同。

我成长中的第二个转折是从重视思考到比较善于思考。解决实际问题的能力来自实践、思考、知识三者的结合。实践出真知是千真万确的，但是有同样实践机会的人，能力却大不相同，关键是如何对待实践，能否在实践前、中、后都认真思考。英国唯物主义哲学家培根（Francis Bacon）曾说："知识就是力量。"他强调"学问本身并不给人以运用学问的本领，这种运用之道在学问以外，是学问以上的一种智能"。在知识的海洋中要善于从实际需要出发去学习和掌握必要的知识。实践、思考、知识三者结合的重要性，先哲早有明训。孔子说："学而不思则罔，思而不学则殆。"韩愈说："业精于勤荒于嬉，行成于思毁于随。"这些名言警句我幼年就背诵过，但直到几十年后才有了更深刻的理解。

我的主要工作是做医生，先做外科医生，后来兼做泌尿外科医生，1960年以后才专门从事泌尿外科工作。做一个好医生，一要有高尚的医德，能全心全意为人民服务；二要有精湛的医术，能解除病者的疾苦；三要有服务的艺术，能得到患者的信任。我感到有经验医生的突出之处往往就在第三点上。医生直接为每个人最宝贵的健康服务，如果不重视服务对象的特点和心理状态，不理解、同情和解除患者的疾苦及精神负担，很难说是个好医生。医生分析病情要随时注意自己的分析与患者实际情况的差距，保持清醒的头脑。一般来说，病况变化与自己的分析相符时更要警惕，因为初步符合并不一定说明分析正确，应继续观察，否则便可能出现以错误的分析作为基础，进一步误判，造成更大的错误。造成诊治中错误的原因大致有以下几种：资料收集不完全，知识不足，主观片面性。从错误中吸取经验教训极为重要，除要“吃一堑，长一智”外，还要努力借别人之堑长自己之智。

以肾结核对侧肾积水问题为例。20世纪50年代初期，泌尿外科住院病人中肾结核约占1/3。临床疑为肾结核的病人，以从尿中查出结核菌为确诊依据。单侧肾结核病人应切除病肾，依靠另侧的健康肾维持生命。当时开展双侧肾结核的研究时，设想在链霉素配合下设计保守手术代替肾切除。我在系统审核诊断为双肾结核病人的有关资料时发现了新问题。对于尿内查出结核菌、两侧肾都显示破坏的病人，诊断并无问题；但对于尿内查出结核菌、一侧显示破坏而另一侧表现为无功能的病人也诊断为双肾结核则证据尚不充足；而无功能肾在单肾结核和双肾结核时的意义不同。我给患者做腰穿时，从无功能的肾吸出尿液，并经穿刺针注入造影剂显示肾盂和输尿管。结果吸出的尿澄清、无炎症也未查出结核菌，造影显示该患者有严重的肾和输尿管积水。这个检查方法证明了这个无功能肾是输尿管下端梗阻所致。后来又在一例原诊断为双肾结核病人的尸体检查中得到同样证明。这就可以在一部分病人中纠正“双肾结核”的错误诊断，同时也证明了晚期肾结核病人可出现“肾结核对侧肾积水”的合并症。在此基础上又进一步提出了系统的诊断和治疗方法。1954年初这项研究成果发表后，很快得到国内同道的证实，所提出的治疗方法也在各地取得同样的疗效。粗略估计，在我国大城市中每年有数千人从死亡线上被挽救回来。该成果在俄文泌尿外科杂志上发表后也得到当时苏联学者的证实。

上面谈的都是业务方面的成长，而业务上的成长离不开政治上的成长，离不开正确的世界观、人生观的确立。临床、科研和教学工作的共同之处就是都要有一个理想，一个目标，并去努力实现。我是从做好医生的目标开始的。新中国成立之后，我对泌尿外科工作的目标是编写我国自己的泌尿外科书籍，出版我国自己的专业杂志，成立我国自己的泌尿外科研究所和泌尿外科学会。这些在同道的集体努力下都实现了。总的来说都是为了疾病的防治，提高学术水平，培养专业人才。团结协作，相互促进是完成所有工作的重要基础。我深信只要维护和发展以国家为重、以学科发展为重的目标和理想，我国泌尿外科必定能以更快的速度前进。

（节选）

志存高远　身体力行

吴良镛*

中国拥有博大精深的传统科学美德。战国时候齐于临淄设“稷下学宫”，治官礼、议政事，著书立说，可以说是当时高等学府与文化中心。其中已经蕴含了学术争鸣、百花齐放的学术风尚。事实上，科学作风在中国历史上一直是提倡的，就当前来讲，各个学校制定的校训都是这方面的至理名言，当然，对学术研究腐败的揭露也是屡见不鲜，包括中国、外国，说明真正认识并严格自律并非容易的事。

今天在座的90%以上都是刚入学的研究生，这是你们人生的新阶段，我热诚地希望你们在思想上也能够有一个新的境界。我今天在这里不讲大道理，因为《科学道德和学风建设宣讲学习资料汇编》上有好多文章已经将一些道理说得很透了。刚才韩启德同志又作了很重要的讲话。我作为一个建筑学人，自1946年执教于清华大学，至今已经68年，我只想将一些通过自己亲身经历所得到的体会跟同学们讨论。

第一，理想与立志。一个人一生不能没有理想。立志是人生

---

* 吴良镛（1922—），江苏南京人。中共党员、民盟盟员。中国科学院院士，中国工程院院士。1944年毕业于中央大学建筑系，1950年在美国匡溪艺术学院获硕士学位。1946年起在清华大学任教，曾任建筑系副主任、主任。

不断前进的动力。要思考我这一生到底想要做什么，想要有何作为，有何抱负和志趣，想要从事什么专业。这在中学进入大学时必然要有所考虑，从大学进入研究生时代更需要进一步思考。立志往往并非一蹴而就，而是伴随着成长的经历、所见所闻所想而一步步顿悟、提升，当然，其中不可避免地会带有一定的偶然性。我之所以选择建筑事业，并作为一生追求的方向，是与我青少年时代成长的经历有密切的关系。我1922年生于南京，当时正值内忧外患，中国大地上战火连连，苦难深重。1937年南京沦陷，我随家兄流亡重庆，于四川合川继续中学学业，记得1940年7月27日高考结束的那天下午，合川城遭遇日军空袭，大火一直燃烧到第二天清晨降雨始息。当夜合川城大火冲天，而且狗叫的声音像哭一样，我敬爱的苏州中学首席国文教员戴劲沉父子也遇难了。战乱的苦痛激励了我重建家园的热望，我最终断然进入重庆中央大学建筑系学习，以建筑为专业，这是一个开始。随着自己的成长，认识国家社会的发展，逐步对建筑事业发展的需求也就不断加深认识，对它的学习研究也就不断提高。

第二，选择。一个人一生不知要走多少十字路口，一个弯转错了就很难回到过去的志愿，因此道路的选择至关重要。人生中有太多太多的机遇、变迁，甚至有无限的偶然性，国家的发展、经济社会的变迁，乃至家庭中细小的问题都会引人转向，甚至于改变一个人的命运。回顾我自己的经历，有几次重要的十字路口：1948年我经梁思成先生推荐赴美国匡溪艺术学院求学，1950年学成后，应梁先生信中说到的“新中国百废待兴”的召唤，力辞种种诱惑，毅然从尚为英国盘踞的香港、在军警挟持下取道回国，投身到百废待兴的新中国建设和教育事业中。现在想来，如果当时留在美国，便没有此后几十年在中国建设领域中的耕耘和收获；1983年，我年满60岁，从清华大学建筑系主任的行政岗位上退下，当时张维校长邀请我前往深圳大学创办建筑系，我婉拒了他的盛情，坚持和一名助教，在半间屋子、一间书桌、两个坐凳的条件下创办了清华大学建筑与城市研究所，到现在已经整整30个春秋，30年中我与研究所的同志们共同开展了一系列人居环境科学的研究与实践，当时若前往深圳，今生后期的工作则又会是另一番光景。类似的情况一个人一生不知要经历多少，回顾既往，我自审之所以没有“转错”大方向，很大程度上还是与早年“立志”相关，我很早便立志在建筑与城市的学术领域做一些事，在不同时期，根据现实条件，作出相应的选择。

第三，坚持。人生的道路上不可能一帆风顺，遇到困难是坚持还是退却？就我个人经历而言，不论是青少年时读书求学，还是年长后的研究和实践，几乎处处都要面对困难，也难免遭受挫折。年轻人很容易受到挫折影响而气馁，这里希望大家以宗白华先生讲的一句话共勉，“不因困难而挫志，不以荣誉而自满”，这是在他写的《徐悲鸿与中国绘画》上的一句名言，要立志、要选择，在选择道路上更要有不惧困难的坚持。

第四，榜样。一个人成长过程中的良师益友会起到重要的影响。我在求学的各个阶段都有幸得良师的指点，这是人生的一大幸福。1940年我进入中央大学建筑系后，师从我国建筑领域的先驱鲍鼎、杨廷宝、刘敦桢、徐中等诸位先生；1946年自云南抗日战场回到重庆，又幸得梁思成先生赏识，获邀参加协同创办建筑系，其间多得梁思成、林徽因先生等言传身教；1948年梁先生推荐我赴美求学，师从世界著名建筑大师伊里尔·沙里宁，学习建筑与城市设计，获益良多。除了诸位“良师”还有诸多“益友”作为榜样。数学家冯康因独立于西方系统创始了有限元法而享誉，20世纪40年代初，他与我同在重庆中央大学求学，1946年又回到清华大学任教，他原本在电机系，后转学物理，又发现对数学感兴趣而转到数学系。数学的事情我说不了，但是可以谈一谈从生活的其他方面得到对他的认识。冯康一度喜爱音乐，将图书馆有关古典音乐的著作借出来逐一阅读，这体现了他即使在业余爱好上也拥有钻研而广博的科学精神，在各方面日渐渊博，最终成为“有限元”方法的创始人之一，获得国际瞩目。植物学家吴征镒是2007年国家最高科技奖的获得者，我在20世纪40年代即在清华园中与他结识，当时我们同居住在工字厅，隔院窗口相对。他当时公开身份是民盟成员，在1946年清华大学纪念闻一多被害一周年的纪念会上，他鞭挞时局，我后来参加“教联会”的工作，与他多有往来，才初步辨明时局。吴征镒当时事实上是清华学生运动的领导者，后来去了解放区，解放前夕代表党组织接收清华大学，并参加中国科学院的筹备等，如果他将这些工作做下去，可以成为优秀的领导，但是他选择回到昆明，继续从事植物学研究，主编了《中国植物志》等权威著作，他的一生，参加了革命运动，最终还是回到自己的学术抱负上，取得了巨大的成就。他们在为学、为人、为事中给予我心灵上的感染，至今我敬佩不已。建筑与规划专业内的“益友”更多，在此不再多举。

以上主要讲良师益友的重要性。关于师生关系，我执教多年，颇有些亲身体会。韩愈《师说》有云："师者，所以传道授业解惑也。"这是老师最基本的职责。同时他还有两句话未必引起人太多注意，就是学生可以超过老师，"弟子不必不如师，师不必贤于弟子"，这两句话无论对教师和学生都非常重要，在学生刚入学的时候，老师可以发挥比较大的作用，进行启蒙、指导与引领，若干年后，学生的学识能力不断发展，便不只是师生关系，而是学术事业上的战友、同道。以我自己的经历为例，有件事值得一提，1999年国际建筑师学会第20届世界建筑师大会在北京召开，我被委任为大会科学委员会主席，负责起草大会文件，这一任务匆匆落在我身上，当时时间紧迫，又有其他任务，助手中只有一名学地理出身的博士研究生可以帮忙，当时的工作情况是：我每天清早将晚上写好的稿件交给他，由他白天整理，晚上他再交给我，我继续在深夜赶稿，如此往复，终于形成了《北京宣言》，这个文件获得咨询委员会的一致通过，并认为超出了"宣言"，所以被定为《北京宪章》，这也是国际建协自1948年成立至今通过的唯一的宪章。它说明师生共同在重大课题中合作，教学相长，成为共同战线的挚友，推动学术的发展。这名曾协助我的博士生现在已经成为清华大学教授、建筑与城市研究所的副所长。

第五，顿悟。回顾几十年的学术人生，我深切地体会到科学理论的创新不是一蹴而就的，而是时刻保持对新鲜事物的敏感，不断注意现实问题与学术发展的情况，进行知识累积、比较研究、借鉴启发，逐步"发酵"，得到顿悟。我的学术道路上有以下几个顿悟可以与同学们交流。

顿悟一：建筑学要走向科学。我在20世纪40年代，在战火纷飞中求学，初入建筑之门，学术思想的启蒙。1948年，赴美求学，接触到西方先进的学术思想。1950年回国，投身新中国城乡建设，参与长安街规划设计、天安门广场扩建规划设计、毛主席纪念堂规划设计等重大项目。这一时期因制度变革、政治经济等局面的变化，有诸多困惑。“文革”结束后，我满怀激情再次投身于建筑领域的工作中，希望冲破困惑的迷雾，找到建筑学的方向。1981年，参加“文革”后第一次全国院士大会，认识到，一方面是双肩学术责任的加重，另一方面是建筑学专业必然要向科学发展，否则难以适应形势的要求。

顿悟二：从“广义建筑学”起步，从建筑天地走向大千世界。通过对交叉学科理论知识的涉猎、对古代人类聚落遗址的考察，等等，我认识到建筑学不能仅指房子，而需要触及它的本质，即以聚居，说明建筑要从单纯的房子拓展到人、到社会，从单纯物质构成的建筑物要拓展到社会构成。因此，提出了“广义建筑学”。这本著作今年被译为意大利文和英文。

顿悟三：“人居环境科学”的追求，有序空间与宜居环境。“广义建筑学”之后，我仍在从各方面进行不断探索，希望得到新的领悟，基于对传统建筑学因时代而拓展进行种种探索及对国外种种城市规划理论的研究，逐步理解到，不能仅囿于一个学科，而应从学科群的角度整体探讨研究，需要追求一种不囿于过去的新学科体系，1993年第一次提出“人居环境科学”，人居环境科学探讨如何科学地利用空间，实现空间及其组织的协调秩序，即有序空间。人居环境科学始终以人为核心，人应当在空间中安居乐业，所有层次的空间规划设计都为人的生活服务，旨在创造适合于社会生活生产的美好环境，即宜居环境。

顿悟四：人居环境科学涉及诸多学术领域，要走向科学、人文、艺术的融汇。全球性经济危机、社会动荡、气候变化等问题不断涌现，都推动人居环境科学变成大科学，这是非常有前途的科学。它将迈向大科学、大人文、大艺术。科学——绿色建筑、节能减排等技术的研究与应用等；人文——社会科学的融入、对社会中下阶层的关怀等；艺术——以人的生活为中心的美的欣赏和艺术的创造等。今年9月初，我在中国美术馆举行了题为“人居艺境”的展览，将我的书法、建筑、绘画、速写等作品进行展览，我进一步体悟到我们过去所居处的人居环境以人的生活为中心的美的欣赏和艺术创造，其中蕴含的艺术境界丰富、充实而又深远，从自然环境到人文环境，从个体人的生活到社会的运转，无所不包又无处不在，这已超出了我从40年代起所追求的建筑与艺术的并行学习，多种艺术门类以生活为基础，相互交融、折射，聚焦于人居环境之中，在某一门类中有独到之心得，都可以相应地在人居建设中有所创造和拓展，这可以说是人居科学研究的一个新领域，其中尚有广阔的空间待我们去探索、发掘。

由于建筑设计的事物太庞杂，作为建筑学人，以上所说的是我结合自己学术人生经历的一些体悟，我也很难就自己的专业领域把今天的大会主题解说清楚。在座的同学们都来自不同的学科，但都应当关心多方面的学术思想的变化，多学科互补，拓展知识面，从而了解时代的发展与需求。例如，我上面提到的数学家冯康对多方面的研究均有涉猎、融贯综合，植物学家吴征镒既关心国家政治，又专注学术研究。他们都是青年人学习的典范。

对于青年学人，我认为在理性上对科学道德、科学伦理等似乎不难理解，关键在于身体力行。现在社会舆论的各个方面对于科学道德和学风建设的宣传屡见不鲜，相关的书籍、文章也很多，但是让人痛心的是，学术不端、学术腐败的现象仍时有发生，这些人也许并非对科学道德不理解，而是没有切实地将之落实到一己的心灵与行动中。因而，我想强调的是，必须志存高远、身体力行，从经典的哲理转化为一己之行动指南、行为通则，唯有此，才能慢慢地内化为属于你自己的精神财富，并且会在逐步顿悟中加深体会，并不断加强信念，持续前进。

如今，我虽已年逾九十，但仍坚守在教师的岗位上，仍要求自己以一种积极的精神面貌面向未来，随着年龄日增，必然有些事情由于体力不及等原因已经做不了，但是依然觉得当前正面临着一个大的时代，未来有无限的生机和激情，要促使自己力所能及地不断探索广阔的学术新天地，建设美好家园、美丽中国。愿与广大青年学人一道共勉！让我们为实现中华民族伟大复兴的中国梦而奋斗！

第五章

为了至高的理想

人生成功之因素

冯友兰

三种因素——才力命

在人生成功的过程中，须具有三种因素，这三种因素配合起来，然后才可以成功。

（一）天才。我们人生出来就有愚笨聪明的不同，而且一个人生出来不是白痴的话，一定会在一方面相当聪明，而这种生出来就具有的愚笨聪明，无论什么教育家以及教育制度也不能使之改变。换句话说，教育功用只能使天赋的才能充分地发展，而不能在天赋的才能之外使之成功。这正如园艺家种植种子只能使所种的种子充分发展，而不能在这种子充分发展之外使之增加。

（二）努力。无论在哪一方面成功的人，都要努力。如果非常懒惰，而想成功的人，正如希望苹果落在自己嘴里，一样的不可能。

（三）命。这命不是一般迷信的命，而是机会，也可以说是环境。如一个人有天赋才能，并且肯十分努力，但却仍需遇巧了机会。如果没有机会，虽然有天资，肯努力，也是“英雄无用武之地”了。提到机会环境，常会有人说我们可以创造环境，争取机会，这当然是不错的。不过，创造环境，争取机会，却包括在努力之中，而这里所说的机会，乃指一人之力所不能办到的而言。

以上所说的三种因素，可以自中国旧日术语用一个字来代表一下：天资可以用“才”字来代表；努力可以用“力”字代表；机会可以用“命”字代表。一个人要在某方面获得成功，必得需有相当的才、力与命。一提到命，恐怕会有误解。因为谈到命的时候太多，例如街头算命摆卦摊的谈命，旅馆住的大哲学家谈命，而这里所提到的命，却与他们都不相同。在这里所提到的命，乃是中国儒家所谈之命，是与一般世俗所说的命不同的。

一般世俗所谈的命，是天定的，就是我们人在生前便定下了一生的吉凶祸福。看相算卦可以知道人的一生吉凶祸福，我从来就不相信。据我看，这些都是中古时代的迷信，无论是在哲学上或是在科学上都是不合理的。

孔子、孟子所讲的命，并不是这个意思，儒家所讲的命，乃指人在一生之中所遭遇到的宇宙之事变，而且又非一人之力所可奈何的。再重述一下，创造环境，争取机会是属于努力那方面。与这里的命无关，不用再多论。现在还是讨论“命”字，我们人在一生中总会遭遇到非一个人力量所能左右与改变的宇宙之事变。比如说，民国二十六年（1937年）的事变直到三十四年（1945年），经过八年间的抗战，我们才获得最后的胜利。日本人来侵略我们，我们不得已起而抗战。这是非以一人之力所能改变的。更如现在世界战争虽然已经解决，然而仍有许多问题相继发生着。为什么我们生在这么个时代？为什么不晚生若干年，生在未来的大同世界中？此乃命。

以上才、力、命三者配合起来，三者都必要而不同具。也就是成功需要三者配合起来，没有时固不成，有了也不一定成。如同学考试加油开夜车，但也许考不及格。也就是不用功不能及格，而用功，也不一定及格！这道理就是在逻辑学上所谓：必要而不同具。有些人常说不靠命，那么他又在说创造环境争取机会了。不过我已重述过，那是属于“努力”方面的。

说起命来，我们活这么大而不曾死了，命就算相当的好。我们要知道人死的机会太多了，在母胎中，也许小产未出世就死去，这个人能成功不？幼童病死，有什么办法？我们经了八年抗战，经过战争、轰炸以及流亡，如今仍能参加夏令营，我们的运气真好得了不得了。

成功的种类与配合成分

以下我们讨论三者配合是否应该相等？也就是三者成分是不是应该每份都是33.3%？这回答却是不应相等，也不能相等，而是以成功的种类不同而每种成分各有不同。成功的种数不外有三：

一、学问方面：有所发明与创作，如大文学家、大艺术家、大科学家等。

二、事业方面：如大政治家、大军事家、大事业家等。

三、道德方面：在道德上成为完人，如古之所谓圣贤。

以上列举的三方面，以从前的话来讲，也就是立德、立功、立言三不朽。学问方面的成功是立言，事业的成功是立功，道德方面的成功是立德。除三种之外，也就没有其他的成功了。因为这三种成功的性质的不同，所以配合的成分也就有了多寡。大致说来，学问方面“才”占成分多；事业方面“命”占成分多；而道德方面则是“力”占成分多。

学问方面的成功

学问方面，天才成分占得多。有无发明与创作是不只以得多少分数，几年毕业所能达成的。而且，没有天才，就是怎么用功，也是无济于事。尤其艺术方面，更是如此。所谓“嗜有别常，诗有别才”。有些人致力于作诗，并做到十分的努力，然而他作出诗来，尽管合乎平仄，可是不是诗，那么，他就是没有诗的天资；但也许他在其他方面可以成功的。

事业方面的成功

事业方面，机会成分占得多。做学问，一人可以做到不需要别的人来帮助，而且做学问到很高深的时候，别人也帮不上忙。孔子作《春秋》，他的弟子们都帮不上忙。李白、杜甫作诗，也没有人能够给他们帮忙，我们更不能帮助科学家来发明。这大都需要他自己去做的。然而，在事业方面，并非一人之力所能达成：

（一）需要有许多人帮忙合作。如大政治家治政，大军事家用兵等。

（二）需要与别人竞争。如打仗有敌手，民主国家竞选总统，需要有对手。

总结一句话，还是事业方面成功，并非一人之力所能达成。如做一件事，需有多人帮忙，帮助他努力争取，同时，需要对手比他差，才能成功。有时他成，可是遇到的对手比他更成，那时只好失败；有时他不成，可是遇到的对手比他还不成，那时他也能成功。我们从历史上来看，例子很多。比如项羽能力大，偏偏遇到的对手刘邦比他还高明，所以他只好失败。我们看看《垓下歌》："力拔山兮气盖世，时不利兮骓不逝。骓不逝兮可奈何，虞兮虞兮奈若何！""时不利兮"，他毫无办法。有些庸才，偏偏成功，史册上很多，不胜枚举。

现在让我提一个故事，纪晓岚《阅微草堂笔记》有这么一段记载：有一个棋迷，有时赢，有时输。一天他遇到神仙，便问下棋有无必赢之法。神仙说是没有必赢之法，却有必不输之法。棋迷觉得能有必不输之法，倒也不错，便请教此法。神仙回答说：不下棋，就必不输。这个故事讲得很有道理。一切事，都是可以成功，可以失败，怕失败就不要做。自己棋高明，难免遇到比自己更高明的对手，则难免失败；自己棋臭，也许遇上比自己棋还臭，臭而不可闻的对手，这时便也可成功，其他事业也是如此。

道德方面的成功

道德方面，努力成分占得多。只要努力，不需要天才，不需要机会，只靠大部努力便能在道德方面成为完人。这是什么道理呢？也就是为圣为贤需如何？很简单，只有"尽伦"。所谓"伦"即是人与人的关系，从前有"五伦"：君臣、父子、夫妇、兄弟、朋友。现在不限定五伦。如君臣已随政体的变动而消失。不过人与人的关系却是永远存在。例如现在称同志，也是人与人关系的一种。为父有其为父应做之事，为子有其为子应做之事，应做的就是"道"。所谓君有君道，臣有臣道，父有父道，子有子道，也就是每个人都有他所应做的事。做到尽善尽美，就是"尽伦"。用君臣父子尽其道来比喻，名词虽旧，但意思并不旧。如果以新的话来讲，就是每个人应站在他的岗位上，做他应做的事。那么，为父的应站在为父的岗位上做为父应做的事，为子的应站在为子的岗位上做为子应做的事，等等。所以名词新旧没有什么关系，只要意思不旧即可。我们不能为名词所欺骗。有许多人喜欢新名词，听到旧名词君尽君道，臣尽臣道等，立刻表示不赞成。若有人以同样意思，改换新名词，拍案大声说："每个人应该站在他的岗位上，做他应做的事。"于是他便高高兴兴地表示赞成了。

道德方面的成功，并不需要做与众不同的事。而且，"才"可高可低，高可做大事，低可做小事，不论他才之高低，他只要在他的岗位上做到尽善尽美，就是圣贤。所以道德方面的成功，不一定要在社会上占什么高位置，正如唱戏好坏，并不以所扮角色的地位高低做转移。例如梅兰芳，并不需扮皇后，当丫鬟也是一样。再者，道德方面的成功也与所做的事的成功失败无关。道德行为与所做之事乃两回事，个人所做之事不影响道德行为的成功。如文天祥、史可法所做的事虽然完全失败，但他们道德行为的价值是完全成功的。更进一步来说，文天祥、史可法如果成功，固然是好，但所做的事成功，对他们道德行为价值并不增加，仍不过是忠臣；同时，他们失败，对他们道德行为价值也不减少，仍不失为忠臣。因此道德方面的成功不必十分靠天才，也不十分靠机会，只看努力的程度如何；努力做便成功，不努力做便不成功。这种超越天才与机会的性质，我们称它为"自由"，是不限制的自由，并不是普通所说的自由。"人皆可以为尧舜"，就是这个意思。不过我们不能说"人皆可以为李杜"或"人皆可以为刘邦、唐太宗”。诸位于此，会发生两个误会：

（一）道德上成功与天才机会无关，那么自己不管自己天资如何，同时，也不必认真做自己所做的事，只要自己道德行为做到好处就成了。不过这是错误的。一个人做事如文天祥、史可法做事，尽心尽力到十二分，则虽失败，亦不影响其道德方面的成功，但他们不尽心尽力，失败固非忠臣，成功也属侥幸，因为他们的“努力”程度影响了他们道德方面的成功。

（二）立德、立功、立言三者划分，实际上乃为讲解方便，其实立德非另外一事，因为立德是每个人做其应做之事，当然立言的人在立言之时，可以立德，立功的人在立功之时，也可以立德，每个人随时随地都可立德，所以教育家鼓励人最有把握就是“人皆可以为尧舜”，因此立德与立言、立功是分不开的。

论信念

冯友兰

在逻辑里，我们讲所谓“必要条件”与“充足条件”的分别。一个人得了伤寒病，他即发热。得伤寒病即足可以叫他发热，但他如不得伤寒病，他不一定不发热。他虽不得伤寒病而得了疟疾、重伤风等，他照样要发热。得伤寒病是他发热的充足条件。一件事情的充足条件，对于一件事情，用中国古名学的话说，是“有之必然，无之不必不然”。

一个人必须吃东西，他才可以生存。但仅只吃东西他还不能生存。譬如一人能吃东西而不能睡觉，他还是非死不可。吃东西对于一件事情，用中国古名学的话说，是“有之不必然，无之必不然”。

社会上的事情都是很复杂的。一件事情的成功，需要许多必要的条件。这许多条件中的每一件，对于这一件事情的成功，都可以只是必要的而不是充足的。有了这一件条件，这一件事情，不一定能成功，但是没有这一件条件，这一件事情一定不能成功。

不分清楚，或分不清楚以上所说的分别，往往有许多不必要的争执。有许多人以为一件事情成功的必要条件，亦必须是他的充足条件，如其不然，他们即以为这条件亦不是必要的。我们常听说“教育救国”“科学救国”，以及许多类乎此的口号。就这些口号的本身说，是没有什么不对。不过我们要注意的，即是教育、科学等对于救国，都是必要的条件而不是充足的条件。没有这些东西，国必不救，但专靠这些东西中的任何一个，国不必救。喊这些口号的人，对于这一点，不见得都清楚，而听这些口号的人，对于这一点，更见得糊涂。一个办教育的人，或提倡科学的人，谈起教育或科学的重要来，好像是专靠他那一行，即可救国。而社会上常有些人说，中国办新教育数十年，而现在国家还是这个样子，教育必有毛病。我们不敢说中国现在的教育没有毛病。不过这些人的说法，不能证明中国现在的教育必有毛病。因一个国家没有好的教育，固然是不得救，但只有好教育，一个国家不一定得救。我们可因一个国家没有好教育而断其必不得救，但不能因一个国家不得救而断其必没有好教育。

信念对于人的有些行为的成功，亦是必要的条件，虽不是充足的条件。譬如有两个人，一个人相信明天下雨，一个人相信明天不下雨，明天究竟下雨或不下雨，他们的信念，不能有什么影响，因为下雨不下雨是自然界的事情，并不是人的行为。若这两个人之中，一个人相信他自己能跳过一个三尺宽的沟，一个人不相信他自己能，或相信他自己不能，在实际跳的时候，第一个人可以跳过去的成分，要比第二个人大得多。

我们现在抗战建国的工作，是中国四千年来一件最大的事，亦是一件最复杂的事，其成功所需要的条件，真是千头万绪。这些千头万绪的条件，可以都是必要的，而没有一件条件是充足的。在这些许多必要而不充足的条件中，有一个条件即是：我们必须有“抗战必胜，建国必成”的信念。

这个信念对于抗战建国是必要的条件，而不是充足的条件。何以是必要的？因为打仗是需要顶大的牺牲的，一个光明的将来可以使大多数的人于困苦中得安慰，于牺牲中得勇气。这些安慰勇气，都是继续抗战所必需的。但将来的事情如何，是不可以用理论证明的。我们固然不能确切地用理论证明中国抗战必胜，建国必成，我们亦不能确切地用理论证明明天不是地球末日。在这些地方，我们所靠的是信念。有些人觉得必须用理论证明中国抗战必胜，建国必成，像算学一样的精确，他才可以不悲观。他不知将来的事都是不能确切地用理论证明的。关于社会方面将来的事，更不能确切地用理论证明。而社会方面将来的最大最复杂的事，尤不能确切地用理论证明。

我们对于抗战必胜，建国必成，须有信念，而这种信念，即是抗战胜利及建国成功的一个必要的条件。但这并不是说，只要我们有这个信念，我们即可坐而达到我们的希望。我们要知道这件顶大顶复杂的事的成功，需要许多条件，这个信念不过是其中之一而已。没有它固必不行，但有了它亦不必行。我们还须努力使别的条件也都实现，许多条件合起来，才能充足地使抗战必胜，建国必成。

从另一方面看，所谓败北主义虽不是失败的必要条件却是失败的充足条件。若我们对于抗战建国的前途，不信其能成功，而信其必失败，则我们即是败北主义者。这亦是信念，因为此所说失败亦是将来的事，亦是不能用确切的理论证明的。抗战建国本是我们的事，其成功本靠我们的努力，我们多努力一分，他的成功的成分，即大一分。若我们预先相信我们不能成功，则我们的努力自然差了，我们更可以想，努力亦是白费，因此即不努力了。如此，当然必定失败。固然不持败北主义者，亦不一定不失败，所以败北主义，不是失败的必要条件。但如上面所说，专是败北主义即可致失败，所以败北主义是失败的充足条件。

我们可以说，我们若相信，我们必胜，我们固不必胜，但我们若相信，我们必败，则我们当然一定败。我们若相信我们必胜，我们虽不必胜，但已距胜近了一点，因为我们已经实现了胜的一个必要条件。《益世报》的创办人，雷鸣远神父说，有些外国人问他，你相信中国能胜吗？雷神父回答："我敢打赌，中国若不胜，把我的头砍了。"若个个中国人都有雷神父的这个信念，中国的胜利，已有几分把握。

信仰、理想、热忱

罗家伦

我们生在怎样一个奇怪的世界！一面有伟大的进步，一面是无情的摧毁；一面求精微的知识，一面作残暴的行动；一面听道德的名词，一面看欺诈的事实；一面是光明的大道，一面是黑暗的深渊。宗教的势力衰落，道德的藩篱颓毁，权威的影响降低。旧的信仰也已经式微，新的信仰尚未树立。在这青黄不接的时代，自有光怪陆离的现象。于是一般人趋于彷徨，由彷徨而怀疑，由怀疑而否定，由否定而充分感觉到生命的空虚。

这个人生的严重问题，不但中国有，而且西洋也有。一位现代西班牙的思想家阿特嘉（Jose Ortega，见其所著 *The Revolt of the Masses* 一书）以为这种堤防溃决之后，西洋人也处于一种道德的假期。

他说："但是这种假期是不能长久的。没有信条范围我们在某种形态之下生活，我们的生存（existence）像是'失业似的'。这可怕的精神境地，世界上最优秀的青年也处在里面。由于感觉自由，脱离拘束，生命反觉得本身的空虚。一种'失业似的'生存，对于生命的否定，比死亡还要不好。因为要生就是要有一件事做——要有一个使命去完成（a mission to fulfill）。要避免将生命安置在这事业里面，就是把生命弄得空无所有。"

我引阿特嘉这段话，因为他是带自由主义的思想家，并不拥护权威，也不袒护宗教，所以是比较客观的意见。这种的彷徨状态，在这第二次世界大战以前已有，恐怕在战后的西方还要厉害。人生丧失了信心，是最痛苦而最危险的事。

宗教本来就是要为人生解决安身立命的问题，要为人生求得归宿。宗教起于恐惧与希望（fear and hope）。恐惧是怕受末日的裁判，希望是欲求愿望的满足。宗教，“广义来说，是人对于超现实世界的信仰。”“一个民族的宗教，在超现实的世界里反映这民族本身的意志；在这超现实的世界里，实现他内心最深处的愿望。”这是德国哲学家包尔森（Friedrich Paulsen）的名言。

“宗教与道德有同一的起源——就是同出于意志对于尽善尽美（perfection）的渴望。但是在道德里是要求，在宗教里就变为实体。”这也是同一哲学家的论断。

但是他还有一段论信仰最精辟的话：“有信仰和行动的人总是相信将来是在他这边的。”“没有信仰，这世界里就没有一件真正伟大的事业完成。一切的宗教都是信仰为基础。从信仰里，这些宗教的祖师和门徒克服了世界。因为信仰主张，所以殉道者为这主张而生活、而奋斗、而受苦受难。他们死是因为他们相信最高的善能有最后的胜利，所以肯为他而牺牲。若是不相信他的主张能有最后和永久的成功的话，谁肯为这主张而死？若是把这些事实去掉的话，世界的历史还剩些什么？”

这话深刻极了！这不但是为宗教的成就说法；推而广之，是为世界一切伟大的成就说法。

是的，一切的宗教都是以信仰为基础，但是一切人类的伟绩，政治的、社会的、文化的，何曾不是以信仰为基础？若是一个人自己对于自己所学的、所做的都没有信心，那还说什么？对于自己所从事的还不相信，那不但这事业不会有成就，而且自己的生命也就没有意义。

就是读书的疑古，也不过是教你多设几个假定，多开几条思路而已，不是教你怀疑这工作的本身。“我思故我在”这是笛卡儿对于做过种种怀疑工作后的结论。若是持绝对的怀疑论，那必至否定一切，毁灭一切而后已。

宗教不过是信仰的一种表现，虽然它常是强烈的表现。但是普通所谓宗教，乃是指有教条、有仪式、有组织的形式宗教（formal religion）而言，相信这种宗教的人，自有他的精神上的安慰；他人不必反对他，他也不能强人尽同。至于信仰（faith）是人人内心都有的，也可以说是一种宗教心，却不一定表现在宗教，而能寄托在任何事业方面。

信宗教的人固有以身殉道者，但是不信宗教的人也不少成仁取义者。如苏格拉底的临死不阿，是他信仰哲学的主张；文天祥的从容就义，是他信仰孔孟的伦理。这可见信仰力量的弥漫，绝不限于宗教。

最纯洁的信仰，是对于高尚理想的信仰；它是超越个人祸福观念的。生前的利害不足萦其心，生后的赏罚也不在其念。至于借忏悔以图开脱，凭奉献以图酬报的低等意识，更不在他话下了！

最纯洁的信仰，是经知识锻炼过的，是经智慧的净水洗清过的；从哲学方面来讲，也是对于最高尚的理意之忠（loyalty to

the ideal)。人类进步了，若是他对他的理想，没有知识的深信(intellectual conviction)，他决不能拼命地效忠。近代哲学家罗伊斯(J.Royce)说："你要效忠，就得决定哪一个是值得你效忠的主张去效忠。"(见其所著的*The Philosophy of Loyalty*)这里知识的判断就来了：若是你所相信的东西里面，知识的发现告诉你是有不可靠不可信的成分在里面，那你的信仰就摇动了；若是知识的判断对你所相信的更加一种肯定(reaffirmation)，那你的信仰更能加强。所以知识是不会摧毁信仰，而且可以加强信仰的。比如"原始罪恶""末日裁判"和一切"灵迹"涤除以后，不但可以使基督教徒解除许多恐惧，使他不存不可能的希望，而且可以使他的哲学，格外深刻化，笼罩住一部分西洋的哲学家和科学家的信心，这就是一个例子。知识能为信仰涤瑕荡垢，那信仰便能皎洁光莹。

人固渴望尽善尽美的境界，然而渴望的人对于这境界的认识，有多少阶段、若干浓度的不同。希腊人思想中以为奥林匹亚山上的神的境界是尽善尽美的；希伯来人思想中以为天堂是尽善尽美的。最早的观念最幼稚、最模糊；知识愈进步，则这种认识愈高妙、愈深湛。所以我说理想是人生路程上的明灯，愈进一步，愈能把前途的一段照得明亮。世界上只有进展的理想，没有停滞的理想。唯有这种进展的理想，最能引起我们向上的兴趣。

信仰是要求力量来表现的，理想不是供人清玩和赏鉴的。要实现信仰达到理想，不能不靠热忱(zeal)。热忱是人生有定向而专一(devotion)的内燃力。要它有效，就应当使它根据确切的认识而发，使它不是盲目的；若是没有智慧去引导它、调节它，它也容易横溃，容易过度。如所谓宗教的疯狂者(religious fanatic)，正是过度热忱到了横溃的表现。这是热忱的病态，不是热忱的正常。

对于一件事，一个使命，他有这种知识的深信，认为值得干的，就专心致志，拼命地去干，危难不变其节，死生不易其操，必须干好而后已，这才是表现我所谓真正的热忱。

热忱常为宗教所启发，这固然是因为热忱与信仰有关，也因为宗教里面，本来带有感情的成分。感情是热忱的源泉；感情淡薄的人绝不会有热忱。但是感情易于泛滥，易于四面散失。必须锻炼过，使其专一而有定向，方能化为热忱。

我常觉得我们中国人热忱太少。现在许多事弄不好，正是因为许多做事的人，对于他所做的事的热忱太缺乏。他只觉得他所做的事只是一种应付，而不是一件使命，这是什么缘故呢？有人说是因为我们宗教心太缺乏。是的，我们宗教心——信仰——很缺乏，集体的宗教生活不够。我们对于宗教信仰的容忍态度，虽然说是我们的美德，但是也正是因为我们缺乏宗教热忱。有人说是我们感情的生活不丰富，也是的。我不能说我们中国人的感情淡薄，但是我们一向不注重感情的陶熔和给予感情以正常的刺激——如西洋宗教的音乐之类——并且专门想要压迫感情、摧残感情。

宋儒明天理人欲之辨，似乎认为感情是人欲方面的，要不得的，于是倡为“惩忿窒欲”之论，弄得人毫无生气。王船山在《周易外传》论“损”的一段里，反对这种意见最为透辟。他说：“性主阳以用壮，大勇浩然，亢王侯而非忿。情宾阴而善感，好乐无荒，思辗转而非欲。尽用其惩，益摧其壮，竟加以窒，终绝其感。一自以为马，一自以为牛，废才而处于锌。一以为寒岩，一以为枯木，灭情而息其生。彼佛老者皆托损以鸣其修，而岂知所谓损者。”王船山所谓“大勇浩然，亢王侯而非忿”，正是正义感的发泄。他所谓“好乐无荒，思辗转而非欲”，正是优美情绪的流露。而他所谓“ 佛老”，乃是指掺杂佛老思想的宋儒。弄到大家都成为寒岩枯木，还有什么感情可言。况且感情不善培养与引导，终至于横溃。中国人遇着小事，容易“起哄”（excitement），就是感情没有正当发泄的结果。

很爱中国的哲学家罗素，为我们说了许多好话；但是论中国人性格的时候，他说我们是一个容易起哄的（excitable）民族，并且说这是一件危险的现象，容易闯大乱子。这是值得我们反省的诤言。中国人热忱不发达的原因，还有一个，就是普通所谓“看得太透了”。讽刺地说，也可以说是“太聪明了”。把什么事都看得太透了，还有什么意思？就是做人也可以说是没有什么意思，哪还有什么勇气去做事？这是享乐派的态度（hedonistic attitude）；这实在是很有害处而须纠正的。

罗伊斯说：“任何一个忠的人，无论他为的是什么主张，总是专一的，积极动作的，放弃私人的意志，约束自己，爱他的主张，信他的主张。”我们国家民族，正需要这样忠的人！

在这紊乱的世界，我们不能老是彷徨，长此犹豫，总持着怀疑的心理，享乐的态度；这必定会使生命空虚，由否定生命而至于毁灭生命。我们虽然遇着过人之中有坏的，但是不能对于人类无信心；虽然目击强暴，不能对于公理无信心；虽然知道有恶，不能对于善无信心；虽然看见有丑，不能对于美无信心；虽然认识有假，不能对于真无信心。我们要相信人类是要向上的，是可以进步的，我们的理想是可以达到的，我们的努力是不会白费的，因为宇宙的人生的本体，是真实的。纯洁的信仰，高尚的理想，充分的热忱，是我们改造世界、建设笃实光辉的生命的无穷力量！

理想与现实

罗家伦

理想是目标，现实是环境。

在漫漫的生命长途中，若是允许我把夜间旅行来作比喻吧，那理想就是我们前面的明灯，而现实就是我们四周的咫尺。

世界多少灾难，人类多少痛苦，国家多少磨折，生命多少矛盾，大都是由于有理想的人抹杀现实，而谈现实的缺乏理想。

理想是不可缺的。漫无目标的生命，有什么意义？但是在夜间旅行的人，只看着前面的灯光，放步狂奔，想一气跑到，而不见前面的水塘，两旁的荆棘，势必颠仆难前，甚至枉送生命。

现实固然重要，但是那只顾现实的情形，又是怎样的危险。目光如豆，左瞻右顾，结果是寸步难移，葬身在荆棘里面。人类的进步，绝不是在现实堆上团团转可以完成的。"得过且过""今朝有酒今朝醉，明日愁来明日愁"是多么可怕的所谓"现实主义"。而这种"现实主义"目前竟蔓延到青年群中，成为"得点便宜是点便宜"的变态青年心理，尤其可怕！

难道理想和现实竟是矛盾的吗？是永远不能携手前进的吗？绝不是！绝不是！若是的话，那人类的历史上，便无进步可言！

理想和现实表面的矛盾，是由于专抱理想和专顾现实的人，忽视了理想和现实间的桥梁。

什么是这桥梁，这就是其间的工作假定和工作程序！

拿科学研究来说明吧！真理和新事物的发现与发明是科学家的理想。然而徒抱发现与发明的理想的科学家，凭空要达到他的目的，则断无收获可言。他必须先彻底明了以前科学家对于这有关问题的理论和经验，他必须知道他实验室的设备和四周的物质条件，然后他深知熟虑，研究出一个“工作假定”（working hypothesis），再根据这“工作假定”来定一个“工作程序”（working program），按部就班地去实验，在实验中逐步地修正和改进，才能得到研究的结果。这结果也许就是他的理想，也许比他原来的理想还要光辉。从牛顿到爱因斯坦，无数伟大的科学成就，都是从这条可靠的途径得来！

再拿建设工程来说明一次。要建设一条长的公路有他的起点，自然更有他的目的地。这二者之间，不定有千山万水，怪石流沙，需要通过。直线固好，但因山阻水隔，为了避免地形上的困难，或是为工程费的节省，而不得不改取曲线，也是常有的经验。预定的设计图表，不一定是不变的玉律金科。一定要强攻工程上的不可能，或是置一切人力、物力于不顾，则不是旷日持久，便是半途而废。要修这条公路的目的，甚至不能达到。而较顺地形，略取便道的公路，筑成以后，苟能不断培养，又何曾不可以坦坦平平？

明白这层道理，我们实在看不出理想与现实有先天的冲突，不可分解的矛盾。

理想不是幻想，现实不是陷阱。

我们要抱定崇高的理想，我们要认清客观的现实，以工作假定与工作程序，来打破现实，达到理想！

人生美满的实现要这样，建国工作的完成，难道两样？

立志

李埏[*]

“五四”四十三周年前后，与一些同志谈到个人应有的抱负。有同志提出应当“先天下之忧而忧，后天下之乐而乐”，把个人的“忧”“乐”与国家、人民共之。这是一个值得称赞的抱负。“先天下之忧而忧，后天下之乐而乐”是范仲淹说的，由此又联想到范仲淹的一生，觉得他的一生也颇有足以为我们借鉴的地方。

范仲淹是北宋的大政治家和学者。在政治上，他骨头很硬，敢于和旧势力做斗争。在学术上，他一扫五代积习，树立了宋代的新风气。《宋元学案》序录里说：“晦翁（朱熹）推原学术，安定（胡瑗）、泰山（孙复）而外，高平范魏公（仲淹）其一也。”他又是一个文学家，他的名作如《岳阳楼记》《严子陵先生祠堂记》《渔家傲》《苏幕遮》……至今仍是古典文学遗产中的优秀作品。

然而，范仲淹之受后人景仰，还不只是因为他在政治上、学

* 李埏（1914—2008），我国著名历史学家和教育家，中国共产党优秀党员。1935年7月，保送入北京师范大学历史系，七七事变后，转入西南联大，受业于张荫麟、吴晗、钱穆、陈寅恪等史学大师。1940年毕业后旋即考入北京大学文科研究所。1942年入浙江大学任教，1943年入云南大学任教。

术上有卓越成就，也由于他的人格修养和生活作风，有非他那时代的人所能及的地方。据《宋史》本传和年谱、遗事的记载，他本是苏州吴县（今江苏·苏州）人，幼年时代的际遇很苦。两岁时就死了父亲，母亲因家贫无依，只好改嫁到淄州长山（在今山东省）的朱家；因此他年轻时一直从朱姓，叫作“朱说”；直到中了进士，做了官，才还姓更名，叫作范仲淹。在朱家时，他见“朱氏兄弟浪费不节，数劝止之。朱氏兄弟不乐曰：‘吾自用朱氏钱，何预汝事？’”他于是才问出自己的家世，“感泣辞去”，只身别母去求学。那时候，求学是很难的。学校极少，穷人无由得入，所以他只得跑到山东长白山的醴泉寺，借住僧舍读书。尽管身体“尫瘠”（瘦弱），经济困难，但他仍“昼夜不息”地刻苦用功。“冬月惫甚，以水沃面，食不给，至以糜粥继之。”“日作粥一器，分块为四，早暮取二块。断齑数茎，入少盐以啖之。如是者三年。”这就是有名的“断齑画粥”的故事。后来到应天府（今河南省商丘市）依戚同文学习，仍“昼夜苦学，五年未尝解衣就枕。往往饘粥不充，日昃始食”。他这样坚持刻苦用功的结果，终于“泛通六经，长于《易》”，成为一代学者。而尤其难得的是，后来虽然居高官，享厚禄，但朴素节俭，一如往昔。“诸子至易衣而出”，“非宾客食不重肉；妻子衣食仅能自充”。这是出于吝啬吗？不是。他“推其俸以食四方游士”，“置义庄以赡族人”，“矫厉尚风节”。清代学者全祖望称赞他说：“高平一生粹然无疵。”（见《宋元学案·高平学案》序录）在他那时代，像他那样的为人，确乎是难能可贵，不易多得的了。

现在，我们要问：为什么范仲淹能这样呢？我想，只要读一读他的诗文就可以知道，这是和他的伟大抱负分不开的。原来他在“为秀才时，即以天下为己任”，并“尝自诵曰，士当先天下之忧而忧，后天下之乐而乐”。这两句名言，后来又写入他自己的《岳阳楼记》里，直至今天还放着耀眼的光辉！不难设想，要是没有这样一股精神力量，怎么能做到“起居饮食，人所不堪，而自刻益苦”呢？孔子说：“士志于道，而耻恶衣恶食者，未足与议也。”的确，一个有远大理想的人，自然不会斤斤计较物质生活的享受。

范仲淹确是一个有志于道的豪杰。可惜他所处的时代不让他有行道的可能；而他所说的“道”又只能是封建时代儒家的“道”。他所说的“先天下之忧而忧，后天下之乐而乐”的豪语，至多也只能实践前一半，后一半（“后天下之乐而乐”）在那时是根本无法实现的；因为在阶级压迫的时代，哪有“天下之乐”可言呢？因此，他虽然有一副好心肠，而实际所能嘉惠的也不过一些游学之士和他的族人。至于天下之人，也只能空有其志了（他变法不到一年，就被旧派打击下台）。这是历史的局限，在当时是无可奈何的。

但是，在我们今天——伟大的毛泽东时代，情形就完全不同了。我们有着马克思列宁主义之“道”，有着完全实现“天下之乐”的可能，有着党的无微不至的关怀和教导，……范仲淹的“断齑画粥”之苦，我们是尝不到了；而他的理想抱负，我们却可以大大超过。

第六章

读书与写作的秘诀

写文章的三个基本要素

罗家伦

诚实的思想；

深刻的观察；

亲切的感觉。

我们常听说作文要“言之有物”。什么是“物”？“物”的构成，就全靠这三项要素。无论抒情、叙事、说理、描写，都要将它们具备，然后写下来的文章，才能有确实的内容，也才能不辜负自己写作的任务，而且更进一步能感动多数的读者。

人家都说我的文章写得很快，其实这话是错的，我写得很慢。可能我的文章酝酿成熟，坐下来动笔写的时候，也许相当的快，但在下笔之先，这篇文章的内容在我心里已经盘旋了许久，也许若干天，也许若干岁月。等到临写的前晚，或下笔前的一两个小时，我还是绕室彷徨，不能自已，像动物园里的老虎在铁笼子里转来转去，直到骨鲠在喉不吐不快时再坐下来写。

材料的安排是个大问题，安排材料最好要有逻辑的顺序，这对说理的文章更为重要。即使并非说理的文章，也要有适当的安排，使思想有自然的组合，使读者在他的理智方面能作有系统的了解。就是一般的抒情文字，也要使读者能按照你所安排的顺序，一步逼紧一步，一步深入一步，才能够收到感动读者心灵的效果。

好文章绝不是一团乱丝，使人无法捉摸；好文章像一股清泉，大珠小珠有次序有间隔由源泉深处迸裂出来。

写文章一定要讲求文法，文法是能够顺利表达思想最好的工具。如果不讲求文法，所写出来的文章不但易使人发生误解，而且可以使人无法了解。文法不但是表达思想最好的工具，也是最便利的工具。要讲文法自然不能不注意标点符号的用法。有了正确的标点，作者的思想才可以借着文字清晰而正确地表现出来。

西洋文字中（尤其是德文）常常有很长的句子，但不会使人发生错误的解释，反而教他觉得有抽丝剥茧层出不穷之妙。其所以能得到这种成效，一部分是得力于正确标点符号的帮助。现在有些作品对标点的使用相当混乱，有时有不可想象的错误，以致使它表情达意的目的受到无限的障碍。我们现在读古书，有些句子无法了解，也正是由于古书中没有标点符号的关系。须知古书中也曾经有些是有过“句读”的，以后辗转传抄，逐渐丧失。自然，古时的句读不够精密，现在既然有了更精密的标点符号，可以增加了解，免除误解，为什么反而不去练习使用？这不是有意要贻误以后的读者，而且还要使当代的读者患头痛病吗？

用字，用词，也是应该慎重的事。现在有些散文或诗中常常堆砌了许多五光十色的词句，在作者或者以为这样才美，才典雅，或者才可以表示渊博，其实真正好的文章，真正美的文章或诗，绝不靠七拼八凑粉饰涂抹一大堆的词句所造成的。最有效果的文章，最有力的文章，还是最简洁的文章，凡是能够用五个字表示某一意思恰到好处时，绝不要用七个字。抒情的文章和描写的文章间或需要若干形容词，也只能用到“恰到好处”的境界，不能累赘，不能堆砌，累赘堆砌反而使读者发生反感。须知“天生丽质难自弃”的美人，和“淡扫蛾眉朝至尊”的佳丽，正是同胞姐妹。

好文章不是硬要写就写出来的，也不是逼得出来的，乃是要靠学问、修养、思想、观察、体验种种因素汇合熔铸以后自然流露出来的。其中思想的训练要特别注意，因为不如此则思想不会有条理，无条理则紊乱，紊乱则观察不得其法，一切事物经过面前也不过是浮光掠影，不会深刻的领悟。更就“感觉”一项而论，也不是主观的，断不能靠着一时的喜怒来形成，而是需要经过心灵深处再行透露出来，也就是经过层层的体验中流露出来，才能深刻。近代的心理学家对此问题，曾有精密的研究，足以证明我所说的这个道理。

知识和体验虽然重要，可是个人的知识、体验总是有限，因之不能不多读书，多读古人今人所著的好书，尤其是那些历劫不磨的名著，来扩大自己的知识和经验的范围。什么事都单靠自己的想象是做不到的，单写自己的经验，所能写出来的内容是有限的，只有把自己有限的生命，融合在广大的智慧的海里，使自己能够在无穷的浪花波影之中，悠然自得，游来游去，才能成为伟大的作家。

读标准的书籍，写负责的文字

罗家伦

常听见中国一句古话道：“开卷有益。”

这话是对的吗？大大地不见得！开到不好的卷，反而有非常的害处。错误的、不正确的知识，比毒药还要厉害。毒药不过毒坏人的身体，坏书简直毒坏人的心灵。一包毒药不过害死一两个人，一本坏书可以害死无数的人。

所以有“知识责任”的人，不只是盲目地劝人读书，而且要教人读好书——标准的书。

一个时代要产生标准的书籍，必须这个时代著作的人，能够有种著作的道德，去写负责的文字。这两层是不可分离的。

中国古人有著作数十年，还不敢拿著作出来问世的。也有如顾亭林写《日知录》一样，费了许多时日，还不敢写定一条的。西洋那类审慎的作家，自然更是不少。这实在是他们的美德，也可以见得出他们的责任心。因为他们觉得写出一点东西来，第一，他们对于知识的本身——真理——负了一种重大的责任；第二，他们对于自己的天良，负了一种重大的责任。他们决不肯写出对于真理信不过、天良对不住的东西来，所以他们能产生“不废江河万古流”的著作。

但是我们中国现在许多英勇的作家，哪管这些。弥正平“笔不停辍，文不加点”，是多么可讽的事。胡想也好，乱想也好，错误也好，荒唐也好，只要我能有这勇气写下来，自然会有投机的书店去印，倒霉的青年去买。看见中国出版界风虎云龙的盛况，雨后春蕈的刊物（有人以为“蕈”字是“笋”字的笔误，我想笋还可以成材，蕈则半天太阳一出，不萎缩也溃烂了，所以还是用“蕈”字适当），谁能够不有“却羡前贤愧后生”之叹呢？

自然也有好些比较成熟的著作，构成光荣的例外；但是拿这些和出版品的总量来比，真是少极了。就一般而论，却不能不使人感觉到下面所说的现象：

关于编著的书籍，有一类是草率肤浅，不肯费脑筋写的，使青年读了这类的书千本百本，还是一无所得。有一类是由于著者自己根本不懂用外国标准的书籍，或是知道了而自己看不懂，专靠“重译来朝”，再加上一点自己的一知半解，便弄到一塌糊涂。有一类是著者自己根本不知道自己说的什么话，反故作玄虚以自欺欺人。而读者不懂，便以为其中有莫大的深微奥妙，不敢厚非。如从未读过一本黑格尔原著的来高谈辩证法，于是辩证法便成为太上老君的灵符了。有一类是别有用意，而假借一种科学名义来欺人的。有一类分明是剽窃他人的著作，却腼颜据为己有，如一部讲“甲午战争”的书，里面整页的、接连几十页直抄姚锡光的《东方兵事纪略》，却不曾看见一个引号，想必是手民脱落了吧。有一类引经据典，故炫博雅，却是转引而来，或竟“向壁虚造”。前几天有一位朋友告诉我，说是有一位先生，著了两本《国际公法》，内中说是所引见于某书第几页的，等到向某书第几页一查，简直绝无其事，我想我的朋友一定错了，因为著者所见的《国际公法》是三千年前的古本！像这样的情形，一类一类的举不胜举，而且都有事实为证，只是现在没有这许多篇幅罢了。

关于译著方面的书籍，也不免有同样的现象。一种是译者根本不知道外国标准的书籍，反而把外国不值一钱的东西，向中国乱介绍。胡适之先生前年告诉我，他在新书店里发现一本书，原文是四十年前美国一个皮匠做的一本小册子。不是说皮匠就不能写好书，不过这位皮匠写的只是宣传社会主义的肤浅小册子；外国讲社会主义的也自有权威，轮不到这位皮匠。但是这位皮匠在中国却遇着了知己，他这本四十年前的小册子居然现在译出来了。不过译的文字如此之深，胡先生竟然无法看懂！又有一种是译者自己的外国文太坏，望文生义，信笔直书。有的是不愿意查字典，有的是即使查字典亦无办法。最后一种情形我亲眼看见过的。有一位研究元史的老先生，要想到英文中去找元史的材料，请到一位先生去翻译。这种从外国文去找史料的眼光和精神，都可使人佩服。但是我看见那位翻译先生翻那选定的古史的时候，遇着了“in spite of”这个短的惯用语，便在“in”字底下注到“在内”，“spite”底下注到“毒意”，“of”底下注到“的”。于是再从“在内毒意的”里面引申出一个意思来。可怜这位老先生，竟不知不觉受这“在内毒意的”支配了。还有一种是从直译硬译的专家那里得来的妙用；而这种妙用，更可以为不通的掩饰。谁说我不通？我是直译的。根据上面所说愈不懂愈觉奥妙的原则，直译是无怪花冤钱买书的青年所不敢批评的了。于是中国象形的文字，真成了一副七巧板，随意拼凑，随意猜度，都可以见仁见智！有一篇宣传“普罗文学”主张的文字，骂一般“资本主义的文学家”，说是我们一定要“奥伏赫崩”你们。这“奥伏赫崩”四字，我的笨脑筋想不出，后来一位精通音韵学的朋友，一旦豁然贯通，想出了告诉我道，这原来是德文的“aufheben”，有推倒的意思！这是“普罗”，也就是大众的文学！

出版界的情形到了如此，不但说不到对真理负责，便是天良也恐怕早已抹杀了。天良这件迂腐抽象的东西，本可不谈，但是大家忍看多少有志看书的青年，就永久在这迷阵里面，耗费构成生命的光阴，以致一无成就，白白地受了残害吗？老实说，这种情形，不是政府的力量可以禁止的。事实告诉我们，愈是禁的书，大家愈觉得它神秘，愈要设法找得来读。这只有靠一种知识的力量、社会的力量，无所顾忌，把这些西洋镜一律拆穿，使大家知道内容，那这套欺人之术，就不攻自破了。所以各国都注重出版品的评论，一面扫除无价值害人类而且害真理的书籍，一面积极鼓励和介绍值得看的标准书籍。

在现在的中国，不但要扫除本国文无价值的书籍，而且要注重防止灌输外国文肤浅而不合相当标准的书籍。万不可教中国人拾到外国人的麦梗，当作王令官的令箭。近20年来有一件让人伤心的现象，就是美国的普通教科书，充满了中国的“学府”。教授讲的美国教科书，学生读的美国教科书，“学者”书架上所常发现的也大都是美国教科书。不错，美国教科书中也有很好的，断不可因为它是美国教科书，便存了藐视的态度。至其材料分配的平均，教时计算的准确，文字的清顺明晰，都是它的长处。只是像现在中国许多“学府”里一样，把它当作标准的著作，以为天下之大道尽在于斯，那便酿出大大的错误。方才所说它的长处，也都变成它的短处。最坏的影响，就是养成知识界浅薄的心理。

美国自有精深的学者，标准的著作，能够引起我们充分的尊敬。不过，平心而论，有一部分美国人，特别是在中国知名的美国人（杜威除外），著书真是太容易一点。有些人一年出一厚本，好像出书的机器。如写社会学的罗斯（Ross），在中国是有许多人知道的，欧洲有一位学者就给他“最知名最肤浅”几个字的考语。如阿格（Ogg）与巴恩斯（Bamess）最近几年来在中国也渐成为“大好老”了。有一个星期六的下午，我在拉斯基（H.J. Laski）家里坐；他曾在美国教过书，对于美国知识界的遗闻逸事，是知道很多的；他的批评又很深刻，词锋又很犀锐，所以他说的话颇足发人深省，他历数某学年某位前辈教授在哈佛大学教某样功课，结果他并未出书，而他的高徒阿格不久就出了一大本著作。某学年另一教授教某样功课，阿格又复如此。这种“述而不作”的精神，殊堪钦佩！他又说：巴恩斯这个人，读了一大肚子的书，但是总不肯细心地批评、充分地消化。你把他所写的多少关于史学史的著作和古奇（G. P. Gooch）所写的《十九世纪的史学与史学家》一书来比较。巴恩斯则不知剪裁，不顾分量的比例，只要是他知道的，就连篇累牍地写下去，不知道的，虽然原著者和原书非常重要，却也一字不提。一看古奇的著作，则某人的地位，在全书中应占多少篇幅，便只得多少篇幅。这当然是靠著者成熟的判断，但没有成熟的判断，如何可以大胆著书呢？

就历史方面的著者而论，在中国最出名的便要算鲁滨孙（J.H. Robinson）。鲁滨孙自有他的贡献，但是他的贡献还在西洋中古史方面，而不是他近年来继续不断出版的课本。同是差不多的材料，他忽而这样一编，就成为*Development of Modern Europe*，那样一编就成为*History of Western Europe*，再一编就成为*Modern Times*，又一编更成为*Ordeal of Civilization*。一碗水倒来倒去，真是讨厌。原来他当年研究中古史的精神已过去了，现在不过把历史通俗化而已，值不得我们什么崇拜（说起来我还听过他的讲）。

我这番话也不是攻击西洋学者的个人，尤其不是攻击美国学者，不过是说明学术界中的标准著作与非标准著作，自有分别，不是从一般人看过去的难易和爱憎而定的。非标准著作不只是产生在美国的应当指出来，即在任何国产生的也应当指出来。有位朋友说："你把标准提得太高了。就我多少年教书的经验而论，现在许多大学生只要肯读，能读你上面所指出的几家的书籍，已经很好了，你何必还要求全责备。请杜威来不能请他教实验逻辑，只能请他教教育哲学，请罗素来不能请他教'principle mathematica'（数学原理），只能请他教社会改造原理的国家，还讲得上什么西洋标准著作。你不是对我说过，在大学试卷里看见'文特沃斯与查尔斯密者近代两大数学家也'之妙文吗？"我说惟其如此，更要提倡读标准书籍，要大家一开眼界，知道知识不是这样浅薄的东西。"取法乎上，仅得乎中；取法乎中，其将若之何？"

我不是说在初学的时候不要读课本，课本自有课本的用处；我只是说老守着课本而不见知识界天地之大，乃是一件极不幸的事，可以把一切学问上进的萌芽，摧毁殆尽。（至于连西洋课本都不能读，专门看小册子和ABC的大学生，那就根本和知识学问不发生关系，用不着说了。）性质类似的课本甚多，是读不尽的；无论在哪国，比较肤浅的著作，总是占比较的大量。人生哪有许多无聊的时间，费在这里。若是说到标准的著作，那就不同了。它是伟大心灵的结晶，它是残酷不停留的时间所淘剩的遗产。学问固常有进步，但它在进步的潮流中，有屹然不能毁灭的价值，——这不只是它在某时代的历史价值，而且是它有永久启发后人的价值。柏拉图的《共和国》已经二千多年了，现在研究政治学说的人还不能不读，预料不久什么格特尔（Gettell）等之政治学课本已经被人用了去盖卤菜罐子，而柏拉图的著作还闪耀好像星辰。

哲学家伍德布里奇（F.J.E. Woodbridge）前十几年在课堂里对学生说，他30年来每年读Locke：*Essay On Human Understanding*一遍，每读一遍，总得到一些新的意思。这话真是经验之谈。莫说哲学，就是自然科学也有类似的情形。遗传学虽是近代进步的科学，但是重读高尔顿（Francis Galton）的著作，还足以令人神往。数学在近代的发展更可惊人，然而从笛卡儿（Descartes）与莱布尼茨（Leibniz）诸人的著作里面，仍然可以得到无穷的启悟。多读几本名家重大的著作，不但是一种知识的训练，而且是一种知识的修养。我不是注重古书，我只是注重标准书。古时的标准书要读，近代的标准书一样要读，不过因为时间太近，定评较难，辨别近代标准书，是比较不容易的事。但是也有补救的方法；如请求某项学科内的权威做系统的介绍，和留意名家的书评，都是有益处的。若是和现在许多学生一样，翻开一本书一看，不问看得懂不懂，只见是1931年或1932年出版的，便油然而生敬仰的心理；如果一看见是1920年出版的，便说“旧了旧了”，望望然而去之——若是对于研究学问的态度如此，那我在本文所说的一切都是废话了。

我总想青年的时间和精力，特别是有志向学的青年的时间和精力，应当宝贵，应当让他循着经济的方法，费在有益的书籍、有效的研究里面。不然，徒费了许多生命的质素，民族的元气，反让青年脑筋里装满了许多错误的、肤浅的、半生不熟的思想，是多么可悲哀、可害怕的事。所以要负起知识的责任（intellectual responsibility）来的人，应当集中力量，努力以下几件事：

（一）征集中外学者意见，按照学科门类，选定标准书籍，列表公布，予有志研究者以正当的路径。这种书目，如果精当，一定有很大影响的。不看张之洞的《书目答问》，支配了中国学术界几十年吗？

（二）有专刊批评和介绍书报，即普通定期刊物，也可以多附书评。遇着好书应当提出内容，详细介绍，引起读者的兴趣，进一步去读原书。遇着不够标准，不负责任的文字，应当请一班人，预备好铁扫帚，破除情面，把它们打扫个干净。

（三）由国家或负责文化机关，以不谋利的动机，来编译标准书籍。可用悬奖征求稿件方式，如有特殊稿件，即予以重大奖金和名誉奖励，仿佛诺贝尔奖奖金一样。在国家与读者既得标准书籍，为大学教授计，亦可少兼课兼事，谋正当学术事业之发展与竞争。

只是有两点要青年自己努力的：第一是要肯看书，不要把宝贵的时间精力，浪费在风潮打架上面。第二是要能看书，那就非把外国文和工具的知识准备得充分不可。读外国文不是做帝国主义的走狗，这话是想来不错的。德国的中学和大学里注重英法文；英美大学里注重德法文。在学术很发达的国家，还是感觉到本国文的书籍，不够供专门的研究，何况在学术贫乏的中国。所以像这样工具的准备是省不了的。若是青年不肯安定下来，准备工具，专心治学，那又是什么都谈不到了。

我想我们所希望的事，不是绝对不能实现的，只看我们能不能转移风气。为青年、为民族、为学术、为真理，大家应当努力造成一种读标准的书籍写负责的文字的风气！

和青年们谈谈写文章

罗家伦

写文章并不是太难的事，同时也不是轻易的事，所以我希望青年朋友既不必把它看得太难，也不可把它看得太易。文章主要的功用是达意表情：达意应当先有良好的意思，表情就应当先有真实的感情，否则最好请不要下笔。

在没有写文章之前，第一步就要问你有什么话要说。这就是说你必须有意思才可以着手写，否则就是胡诌。换句话说，写文章必须先有内容，内容是要从自己亲切的观察、经验、学问和判断中得来的。必须从这些方面取得的内容。若是你心里真有这些原料在酝酿，它有时候便会发酵，自己不愿意老是停留在你肚里，要逼你把它发表出来。这样做成的文章，才是所谓“行乎其不得不行，止乎其不得不止”的好文章，它不但有实质，而且有感情。做文章最忌先有题目再找材料，最好是先有材料再想题目，虽然题目有时候也可以帮助你搜集和组织材料，发生相当的功用。敷衍塞责，无病呻吟，都是文章的大忌。至于八股时代那种望文生义、无中生有的办法，更不足为训。相传四川灌江口二郎庙有一块石碑，碑文是：“二郎者，大郎之弟，三郎之兄，而老郎之子也。庙前有树，人皆以为树在庙前，我独以为庙在树后……”（我到过灌江口，但是看水利工程而不曾访碑，此项碑文中流传的字句，常有出入，也不值得做考据功夫了。）像这样“我独以为”的特见，实在不希望大家高攀。

再进一步就是要你把你要说的话，清清楚楚明明白白地说出来。不只是自己懂得，而且要人家也懂得。讲到此地，必须注意下列几个基本条件：

（一）先把整篇文章主要的观念弄清楚，再把每一节、每一句话里面的观念弄清楚。必须有清楚的观念，才能有良好的句法，必须把每字每句的观念弄得清清楚楚，把它们按照逻辑的关系排列起来，才能有真正通顺的文章。

（二）要表明这些字句间逻辑的关系，常常不能不注意虚字的运用。虚字就是近代文法学里面的联系词和介词，有时候副词也能发生同样的作用。从前中国文人讲到做文章，也常觉得要把虚字运用恰当，是件不容易的事。有人看刘申张先生的遗稿，发现他在草拟的时候，也照常用些虚字，等做完以后就把它们大量勾销，弄得人家难懂。实在大可不必，可是有时候用一连串很短的句子，表示很快的动作，急剧的变化，则不用联系词，也同样可以使人明了，但这种情形并不太多。一个最显著的例子，就是清人笔记所载一篇祭医生的祭文，为死去名医的一个朋友的手笔。原文是：“公医，公名医。公疾，公自医。公卒。呜呼哀哉！尚飨。”像这种难得的文章，颇合于上面的条件。这种句法，在外国文里，也是习见的。

（三）要使文章的意义明了，句法通顺，最好莫过于研究文法，尤其是注重文法里的新式标点符号。文法是组织字句的规范，而标点符号，又是帮助作者检查其字句组织是否恰当的重要工具。

句法对不对、文章通不通，只要一用新式标点来考验一番，便可立刻发觉。新式标点的好处，不但可使你自己所要发表的意思能够确定和明了，并且可以因此免除一般读者发生对它的误解和曲解。若是古人做书的时候都用标点的话，那不知道可以免除后来多少学者的困扰和纷争。章太炎先生的古文已经是相当难懂的，但他在《章氏丛书》的原稿里，还有自己加的句读，不料他的弟子康宝忠印行丛书的时候，反以句读为不古，将其全部删除，弄到这部书更觉艰深晦涩。这种办法不是表彰他老师的成就，而是埋没他老师的成就。我们现在不必为好古的人打算，只希望现在的青年，能够赶快学会并用惯新式标点符号，帮助自己把文章写通，而且不使他人发生误解。

（四）若要把意思表现得正确，而文章又做得通顺，那就千万不可用自己没有把握的字句。现在青年们常犯一种毛病，他稍稍读了几本古书，要想适合某种口味，便把书中的若干字句，生吞活剥地随意乱用，弄到不但不能表达自己的原意，反致笑话百出。我眼见有人用错一句成语，几乎弄得自己不得下台。如第一次国民大会开会的时候，有一位代表上台演说，第一句话便是："兄弟有番意见告诉大家，请大家洗耳恭听……"这"洗耳恭听"四字说出以后，全场哗然，主席几乎不能维持秩序。又如用典故来作比喻，也有很大的危险，因为世上没有两件事是完全相同的。所以逻辑指示我们，比喻中埋伏了极大的危险。况且一个典故之中，可能包含几方面的意义。有人写信吊朋友丧妻，好用"鼓盆之戚"，这是用庄子于他太太死后鼓盆而歌的典。用者本意只是劝朋友不妨达观罢了。但庄子鼓盆，一方面可以说是达观，另一方面也可能表示庄子对他的太太的感情不好，并且曾有传说庄子怀疑到她的贞操。旧戏里面的《蝴蝶梦》和《大劈棺》两出戏，就是这样附会出来的。试问用到这类的典故来安慰人，是否可能使那受者，如果他是懂得这典故的人，感觉到啼笑皆非呢？以前中国的骈文，往往是用典故堆砌起来的，其中用典恰当的不能说没有，可是变成“十八扯”的实在很多。形容对仗的荒唐，还有一个故事：有一个诗人写了两句苦吟而成的诗道：“舍弟江南死，家兄塞北亡。”被一位朋友看了，以很沉痛的态度安慰他说：“府上真是多遭不幸！”这位诗人回答是：“没有什么，这不过是我为了对仗想出来的。”到现在虽然换了一套新的名词，大家还得当心蹈此覆辙。许多人都曾听过杨虎城赴苏俄“考察”回来后的演说。他在台上对大众讲道：“这次兄弟抽象地出去，具体地回来。”

总之要做好的文章，得把自己所要说的话，先说个清楚，说个正确，不让自己的意思被他人误解，然后才能更进一步，谈到把文章写好的问题。其实好的文章就是最简洁、最直接、最自然的文章。简洁就是没有废话，不拖泥带水。直接就是以干脆爽朗的词句，直接打动读者的心坎，不必转弯抹角，也不必大跑龙套。自然就是顺着语言的习惯，不雕琢，不堆砌，不牵强，像“天籁自鸣”一般。这三点能够做到，已经是很好的文章了。违反这种原理的，岂止是做古文的人，就是写白话的作家之中，也颇有人在。大家难道不曾看见现在的白话文中，也有许多姿态的浮雕，冗长的词句，使人十分不顺眼吗？

还有一些人故意把句法的构造弄得似通非通，意在把读者的反应搅到似懂非懂，仿佛感觉其中有很大的奥妙存在。那时候他们故弄玄虚的目的，也就达到了。故不论其用心如何，其作品实属卑下。在抗战时期，有一晚我在沙坪坝一个朋友家里谈天。他在南开中学读书的子女也在座，我问他们当时青年学生中最流行的读物是哪一本，他们举出的是一本从俄文翻译过来的诗集。于是我请他们立刻找一本来见识见识。他们找到后大家一同在灯下观看，只见其中以长行为多，有长到三十几个字的。并且从第一页到最后一页，没有看见一个标点符号。这一团烂面，真不知从何挑起。我问他们懂得这诗里的意思吗？他们也说不太懂，但是觉得很好，因为有许多意思是可以猜出来的。大概世界上有一种具有怪嗜好的人觉得最不懂的东西，是最神秘、最灵验，也就是最好的东西。这也和道士所画的神符一般，于云头鬼脚之下，再加上一行“急急如律令敕”，便会发生无限的神通。对于这种“猜谜主义”的大作，或许有人说可以使“仁者见仁，智者见智”。我们何妨加一句：“巫者见鬼”。

其实世界上最好的文章，是简洁了当的文章，因为简洁才能有力，有力才能动人。中国最传诵的诗句是李白、杜甫、王维、王之涣等集子里最短的诗句，而不是韩愈的《南山》，杜甫的《北征》。西洋像林肯那篇千古不朽的《盖特斯堡演说》，就是提出民治、民有、民享的三大主张的演说，不过是一篇一百八十三字的短文。现在欧美许多政治家的演说，大都用最短的句子，最平常的字，来得到最动人的结果。像罗斯福的“炉边闲话”，就是其中的一个例子。十九世纪英文里许多长而且大的字，当年以为神气十足的，现在几乎都废止了。尤其是现在新闻记者用的字，常是选择最短的字，有些字不过三四个字母拼成的，在前二三十年，或者有人看了觉得不甚习惯，到现在则业已风行一时，绝对没有人说是这些小字不能登大雅之堂。

还有许多民间的俗语，若是他们能把某人的生活状态表现得格外恰当、格外生动的话，自然也毫无疑义地被人采用。因为现代的生活变了，所用的工具变了，所以表现的字句也变了。只有现代的字句，才能为现代的生活写真。比喻说学生为了预备功课熬夜，为什么一定要说"焚膏继晷"，而不说开夜车呢？现在都市里的学生，既不点油灯，也不看日出，这两件事的印象，对大家都是没有的，而"开夜车"三个字，倒的确是；非常生动，为什么不可用呢。中国到了现代，文字的运用，一定要向现代生活方式的方面去发展，这是不可抵制的潮流，只看我们是如何去选择，去陶铸罢了。我还要补充一句话，为了表情的生动，为了增加文章里的美感，有些文字里的形容词，若是它能引起读者美的联想，或是能引起读者感情的交流，那也不妨酌量地应用进去。这并且可以使文章对于读者发生深刻的印象。只是用的时候，绝对不可"以辞害意"。这一段话我也希望大家放在心头。

学问与趣味

梁实秋*

前辈的学者常以学问的趣味启迪后生，因为他们自己实在是得到了学问的趣味，故不惜现身说法，诱导后学，使他们在愉快的心情之下走进学问的大门。例如，梁任公先生就说过："我是个主张趣味主义的人，倘若用化学化分'梁启超'这件东西，把里头所含一种元素名叫'趣味'的抽出来，只怕所剩下的仅有个零了。"任公先生注重趣味，学问甚是渊博，而并不存有任何外在的动机，只是"无所为而为"，故能有他那样的成就。一个人在学问上果能感觉到趣味，有时真会像是着了魔一般，真能废寝忘食，真能不知老之将至，苦苦钻研，锲而不舍，在学问上焉能不有收获？不过我常想，以任公先生而论，他后期的著述如《历史研究法》《先秦政治思想史》，以及有关墨子、佛学、陶渊明的作品，都可说是他的一点"趣味"在驱使着他；可是他在年轻的时候，从师受业，诵读典籍，那时节也全然是趣味么？作八股文，作试帖诗，莫非也是趣味么？我想未必。大概趣味云云，是指年长之后自动做学问之时而言，在年轻时候为学问打根底之际，恐怕不

* 梁实秋（1903—1987），浙江省杭县（今杭州）人，出生于北京，原名梁治华，字实秋，笔名子佳、秋郎、程淑等。中国现当代散文家、学者、文学批评家、翻译家。1915年，梁实秋考入清华学校。在该校高等科求学期间开始写作。

能过分重视趣味。学问没有根底，趣味也很难滋生。任公先生的学问之所以那样的博大精深、涉笔成趣、左右逢源，不能不说大部分得力于他的学问根底之打得坚固。

我曾见许多年轻的朋友，聪明用功，成绩优异，而语文程度不足以达意，甚至写一封信亦难得通顺，问其故则曰其兴趣不在语文方面。又有一些，执笔为文，斐然可诵，而视数理科目如仇雠，勉强才能及格，问其故则曰其兴趣不在数理方面，而且他们觉得某些科目没有趣味，便撇在一边视如敝屣，怡然自得，振振有词，面无愧色，好像这就是发扬趣味主义。殊不知天下没有趣味的学问，端视吾人如何发掘其趣味，如果在良师指导之下按部就班地循序而进，一步一步地发现新天地，当然乐在其中，如果浅尝辄止，甚至躐等躁进，当然味同嚼蜡，自讨没趣。一个有中上天资的人，对于普通的基本的文理科目，都同样地有学习的能力，绝不会本能地长于此而拙于彼。只有懒惰与任性，才能使一个人自甘暴弃地在“趣味”的掩护之下败退。

由小学到中学，所修习的无非是一些普通的基本知识。就是大学四年，所授课业也还是相当粗浅的学识。世人常称大学为“最高学府”，这名称易滋误解，好像过此以上即无学问可言。大学的研究所才是初步研究学问的所在，在这里作学问也只能算是粗涉藩篱，注重的是研究学问的方法与实习。学无止境，一生的时间都嫌太短，所以古人皓首穷经，头发白了还是在继续研究，不过在这样的研究中确是有浓厚的趣味。

在初学的阶段，由小学至大学，我们与其倡言趣味，不如偏重纪律。一个合理编列的课程表，犹如一个营养均衡的食谱，里面各个项目都是有益而必需的，不可偏废，不可再有选择。所谓选修科目也只是在某一项目范围内略有拣选余地而已。一个受过良好教育的人，犹如一个科班出身的戏剧演员，在坐科的时候他是要服从严格纪律的，唱工、作工、武把子都要认真学习，各种角色的戏都要完全谙通，学成之后才能各按其趣味而单独发展其所长。学问要有根底，根底要打得平正坚实，以后永远受用。初学阶段的科目之最重要的莫过于语文与数学。语文是阅读达意的工具，国文不通便很难表达自己，外国文不通便很难吸取外来的新知。数学是思想条理之最好的训练。其他科目也各有各的用处，其重要性很难强分轩轾，例如体育，从另一方面看也是重要得无以复加。总之，我们在求学时代，应该暂且把趣味放在一边，耐着性子接受教育的纪律，把自己锻炼成为坚实的材料。学问的趣味，留在将来慢慢享受一点也不迟。

书

朱湘[*]

拿起一本书来，先不必研究它的内容，只是它的外形，就已经很够我们的赏鉴了。

那眼睛看来最舒服的黄色毛边纸，单是纸色已经在我们的心目中引起一种幻觉，令我们以为这书是一个逃免了时间之摧残的遗民。它所以能幸免而来与我们相见的这段历史的本身，就已经是一本书，值得我们的思索、感叹，更不需提起它的内含的真或美了。

还有那一个个正方的形状，美丽的单字，每个字的构成，都是一首诗；每个字的沿革，都是一部历史。飙是三条狗的风：在秋高草枯的旷野上，天上是一片青，地上是一片赭，中疾的猎犬风一般快地驰过，嗅着受伤之兽在草中滴下的血腥，顺了方向追去，听到枯草飒索地响，有如秋风卷过去一般。昏是婚的古字：在太阳下了山，对面不见人的时候，有一群人骑着马，擎着红光闪闪的火把，悄悄向一个人家走近。等着到了竹篱柴门之旁的时候，在狗吠声中，趁着门还未闭，一声喊齐拥而入，让新郎从打

---

* 朱湘（1904—1933），字子沅，原籍安徽太湖，生于湖南沅陵。现代诗人，“清华四子”之一。1920年入清华大学，参加清华文学社活动。被鲁迅称为“中国的济慈”。

麦场上挟起惊呼的新娘打马而回。同来的人则抵挡着新娘的父兄，作个不打不成交的亲家。

印书的字体有许多种：宋体挺秀有如柳字，麻沙体夭矫有如欧字，书法体娟秀有如褚字，楷体端方有如颜字。楷体是最常见的了。这里面又分出许多不同的种类来：一种是通行的正方体；还有一种是窄长的楷体，棱角最显；一种是扁短的楷体，浑厚颇有古风。还有写的书：或全体楷体，或半楷体，它们不单看来有一种密切的感觉，并且有时有古代的写本，很足以考证今本的印误，以及文字的假借。

如果在你面前的是一本旧书，则开章第一篇你便将看见许多朱色的印章，有的是雅号，有的是姓名。在这些姓名别号之中，你说不定可以发现古代的收藏家或是名倾一世的文人，那时候你便可以让幻想驰骋于这朱红的方场之中，构成许多缥缈的空中楼阁来。还有那些朱圈，有的圈得豪放，有的圈得森严，你可以就它们的姿态，以及它们的位置，悬想出读这本书的人是一个少年，还是老人；是一个放荡不羁的才子，还是老成持重的儒者。你也能借此揣摩出这主人翁的命运：他的书何以流散到了人间？是子孙不肖，将它舍弃了？是遭兵逃反，被一班庸奴偷窃出了他的藏书楼？还是运气不好，家道中衰，自己将它售卖了，来填偿债务，或是支持家庭？书的旧主人是这样。我呢？我这书的今主人呢？他当时对春雕花的端砚，拿起新发的朱笔，在清淡的炉香气息中，圈点这本他心爱的书，那时候，他是绝想不到这本书的未来命运，他自己的未来命运，是个怎样结局的；正如这现在读着这本书的我，不能知道我未来的命运将要如何一般。

更进一层，让我们来想象那作书人的命运：他的悲哀，他的失望，无一不自然地流露在这本书的字里行间。让我们读的时候，时而跟着他啼，时而为他扼腕叹息。要是，不幸上再加上不幸，遇到秦始皇或是董卓，将他一生心血呕成的文章，一把火烧为乌有；或是像《金瓶梅》《红楼梦》《水浒》一般命运，被浅见者标作禁书，那更是多么可惜的事情呵！

天下事真是不如意的多。不讲别的，只说书这件东西，它是再与世无争也没有的了，也都要受这种厄运的摧残。至于那琉璃一般脆弱的美人，白鹤一般兀傲的文士，他们的遭忌更是不言而喻了。试想含意未伸的文人，他们在不得意时，有的樵采，有的放牛，不仅无异于庸人，并且备受家人或主子的轻蔑与凌辱；然而他们天生得性格倔强，世俗越对他白眼，他却越有精神。他们有的把柴挑在背后，拿书在手里读；有的骑在牛背上，将书挂在牛角上读；有的在蚊声如雷的夏夜，囊了萤照着书读；有的在寒风冻指的冬夜，拿了书映着雪读。然而时光是不等人的，等到他们学问已成的时候，眼光是早已花了，头发是早已白了，只是在他们的额头上新添加了一些深而长的皱纹。

咳！不如趁着眼睛还清朗，鬓发尚未成霜，多读一读“人生”这本书吧！

为什么要读文学

朱湘

科学在英国气焰正盛的时候，提倡科学极力的赫胥黎，他作过一篇文章,《论博习教育》(*On Liberal Education*)，在一个完美的大学课程中，将文学列为一主要的项目，这是值得我们深思的。文学是文化形成中的一种要素——就古代的文化说来，如同中国的、希腊的，文学简直就是文化的代名词。我们不要作已经开化的人，那便罢了，如其要作，文学我们便要读。生为一个中国人，如其，只是就诗来说罢，不曾读过《诗经》里的《国风》，屈原的《离骚》，李白的长短句，杜甫的时事诗，那便枉费其为一个中国人；要作一个世界人，而不能认悉亚吉里士（Achilles）的一怒，尤利西斯（Ulysses）的漫游，但丁（Dante）的地狱，莎士比亚的《哈姆雷特》(*Hamlet*)，以及浮士德的契约，那也是永远无望的。在从前的教育中，不仅中国，外国也是一样，文学占了最重要的位置，这种畸重的弊病当然是要蠲除的。不过在如今这个科学横行一世的时代，我们也不能再蹈入畸轻的弊病，我们要牢记着文学在文化中所占有的位置，如同那个科学的向导赫胥黎一样。

这是要读文学的第一层理由，完成教育。

人类的情感好像一股山泉，要有一条正当的出路给它，那时候，它便会流为一道灌溉田亩的江河，有益于生命，或是汇为一座气象万千的湖泽，点缀着风景；否则奔放溃决，它便成了洪水为灾，或是积滞腐朽，它便成了蚊蚋、瘴疠、污秽、丑恶的贮藏所。只说性欲吧。舞蹈本是发泄性欲的正道；在中国，乐经久已失传，舞蹈，那种与音乐有密切的关系的艺术，因之也便衰废了，久已不复是一种大众的娱乐了，到了如今，虽是由西方舶来了跳舞，它又化成了一种时髦的点缀品，并不曾，像张竞生先生所希望的那样，恢复到舞蹈的原本的立场，那便是，凭了这种大众的娱乐，在露天的场所，节奏的发泄出人类的身体中所含有的过剩的精力。因此之故，本来是该伴舞的乐声洋溢于全国之内的，一变而为全国的田亩中茂盛着罂粟花，再变而为全国的无大无小的报纸上都充斥着售卖性病药品的广告。

在末期的旧文学中，亦复呈露着类似的现象；浮夸与猥亵，除此之外，还有什么？浮夸岂不便等于向鸦片烟灯上去索求虚亢的兴奋；猥亵的文字，那个俏皮的（$x+y$）^{2}，岂不是在实质上毫无以异于妓院中猥亵的言辞，那个委琐的$x^2+2xy+y^2$？这便是文学离开了正道之时所必有的现象，换一句话说，这便是文学没有指示出正道来让情感去发抒之时所必有的现象。

发抒情感的正道是什么？亚里斯士多德所说的Katharsis便是中国所说的陶冶性情（在文学方面）与正人心（在音乐方面）；那便是教内在于心的一切情感发抒于较高的方式之内，同时，因为方式是较高的，这些发抒出了的情感便自然而然地脱离了那种同时排泄出的渣滓，凝练成了纯粹的、优美的新体。像柯勒律治（Coleridge）的《古舟子咏》内那个赴喜筵的宾客，在听完了舟子的一番自述之后，成为一个愁思增加了，同时智慧也增加了的人。

那样一个人，在读完了一本文学书以后，也会有同样的体验——这是说这本书是一本好文学的话。

中国人许久以来对于文学（诗是例外）是轻视的，因之，只有少数的几种情感能在文学中寻得发抒的途径，而这少数之中还有大半是较为低级的情感；这是受了宋代儒家一尊的恶影响，正如欧洲中古时代的文学之所以不盛，是受了当代的罗马教堂的教旨一尊的恶影响那样。战国文学与唐代文学，与希腊文学一样，是不自觉的兴盛起来的；那是文学的青年时代。中国的文学与欧洲的都已经度过了那给青年时代作结束的烦闷期。如今，欧洲文学的壮年时代，由文艺复兴一直到现代，已经是结成壮硕的果了，中国文学的壮年时代则尚在一个花瓣已落、果实仍未长大的期间。要一切的情感都在文学内能寻得优美的发抒的道路，新文学的努力方能成为有意义的、伟大的。一千年来，中国人的情感受尽了缠足之害，以致发育为如今的这种畸形；解放与再生这许多任是较为高级的或是较为低级的情感，再创造一座千门万户的艺术之宫，使得人类的每种内在的情感都愿意脱离了蛰眠的洞穴，来安居于宫殿之上，嬉游于园囿之间，歌唱于庭际房中，拨剌于池上湖内：这种伟大、光荣而同时是艰难的建设，是要诵读文学的与创作文学的中国人来共勉于事的。

要发抒情感，这所以要读文学的第二层，最重大的一层理由，在中国的现状之内，便附带着有一种先决的工作——那便是，再生起来那蛰伏于中国人的内心中的一切人类所有的情感；这种工作是要读者与作者来分担责任的。

所以要读文学的第三层理由是扩大体验，增长见闻。

一个人的外界体验是极为有限的。不说那种驴子转磨一般的农民，整世之内，便只是黏附在几亩的土地之上；就是拿阅历最广的人来说，他所经验的社会的各相，一比起各种社会的全相来，那也只是九牛一毛。局促于自我经验范围之内，有许多人反而沾沾自喜，那是“夏虫不可以语冰”，由他们去笑冰好了；还有许多人，他们是不甘于自囿的，不过环境与生活牢笼着他们，不容许他们跳出那单调的类型的生活之外。这一般人的好奇心，如其社会不愿意它踏上堕落或是委琐的路，社会最好是让它去在文学之内寻得满足。文学是一切的伟大、奇特、繁复的体验的记载的总和，无论何人，只要识字，便能由文学中取得他的好奇心所渴望的，一个充量的满足——一个优美的充量的满足，远强似那种不道德的去刺探邻家的隐情，远强似那种既不全真亦不甚美的报纸上的新闻。

这种给予好奇心以满足的文学并且是有功于人民福利的增进的。

远一点说，狄更斯（Dickens）的小说中描写私立学校内的各种腐败、暴虐的实情，引起了社会的以及政府的注意，促成了英国的私立学校的改良；司徒夫人（Stowe）作《黑奴吁天录》，痛陈当时美国的黑奴所受的非人道的待遇，将社会上一般人士对于这个问题的态度由漠视一转而为热烈的同情，以致局部的酿成那次解放黑奴的南北之战；近一点说，有高尔斯倭绥（Galsworthy）的《正义》（*Justice*）一篇戏剧，它促成了英国监狱的改良。

论学习

吴晗

“学习”这两个字是孔夫子首先讲的。他是一个伟大的教育家，自己学习十分努力，又有了多年的教学经验，总结了这么一句话：“学而时习之，不亦说（悦）乎？”意思是说，学了一些东西，经常温习它，不是很快乐的事情吗？这是“学习”一词的来源，孔夫子把学和习联系在一起，并指出这是一件很快乐的事。

学和习是两件事，但又是一件事。

任何新的知识，取得的途径只有一条，那便是学，向具有这门知识的人学，向记有这门知识的书本学。但是学了，懂得了，却并不等于掌握了拥有了这些知识。要使它成为自己的东西，就必须习，经常地反复地温习，才能记得住，记得牢靠。以此，学和习又是一件事。光学而不习，所学的知识是不牢靠的。有人不很理解习的重要，学得很多，甚至什么东西都学，但却不肯付出经常温习的时间，结果是随学随忘，收不到成效，对学习的兴趣也就减低了，学不好。

从今天看来，“习”字还有另一方面的意义，就是实习，或者说是实践。就是把学到的知识运用在实际工作中。例如学数学，在懂得了一个公式之后，就必须加以演算，不多作习题，而要学好数学是不可能的。学物理、化学，要在实验室作多次实验。以此，学和习又是理论和实践统一的过程。学和习必须结合，付诸实践，要不然，光学了理论而不见之于实践，那么理论就会只是理论，不但学不好，也提高不了工作。有的人不理解实践的重要意义，却反而埋怨学习理论没有收立竿见影之效，问题也还是在于他不肯立竿，又如何能见影呢？

最重要的还是这个“时”字，要“时习之”，不是习一次两次，或三次五次，而是要经常地、不断地、坚持地把学到的东西加以温习和实践。古人常说“好学不倦”，好是喜爱，不倦是不厌烦。要把学习看作是人生最快乐的事情，喜爱它，而不是厌烦它，要有恒心，有毅力，有自信，非学好不可，而且一定可以学好，每天学，每时学，随时学，随地学，学了就用，边学边用，边用边学，这样，我们就会时时刻刻得到新知识、新学问，工作越做越好，知识领域也越来越扩大了。

学习的方法是很多的，可以在学校里学习，也可以在社会上、在工作中学习，也就是业余学习。此地只谈业余学习。业余学习首先要学文化，要认得并能运用两三千个单字，这一关必须闯过，不脱离文盲状态是谈不到进一步的学习的。语文有了基础了，就可以按照自己工作的要求，学习某些基础知识，必须把自己的思想武装起来，才能有正确的立场、观点、思想方法，正确地有效地学习、掌握和运用专业知识。

学习还必须循序渐进，就学习理论来说，首先要学基础的东西、根本的东西。譬如盖房子要打好地基，没有扎实的牢固的基础，房子盖不起来，即使勉强盖起来，也会倒塌的。有了基础以后，再结合自己工作的需要，进行专业的理论学习，例如妇女问题、民族问题、统一战线问题、社会主义建设问题、工农业问题，等等。结合具体工作的理论学习，一方面用理论指导、检查具体工作，一方面又反过来从实际工作的进展来检验理论，这种学习方法，可以学得快些，学得好些。

业余学习的最大问题是时间问题，这个问题要从两方面解决，一方面，要领导上大力支持，给以必要的安排和鼓励，东城区妇联的《我们是怎样坚持学习的》的经验，便是很好的例子。另一方面，更主要的是自己的决心和毅力，缺乏这一条，即使有了很好的学习条件，也还是坚持不了的。苑文华和王桂菊两个人自学成功的经验，指出了这一点。

要做时间的主人，妥善安排时间，即使是零碎的时间，十分钟、半小时也不轻易放过，掌握所有空闲的时间加以妥善利用，一天即使只学习一个小时，一年也就积累成三百六十五小时，化零为整，时间就被征服了。有人把这个方法叫作见缝插针，非常之好。

对学习，要“说”（悦），要看作人生最快乐的事情。既要“学”，又要“习”，又要“时”，孔子的话，在今天来说，还是有实际的教育意义的。

谈写文章

吴晗

从前有人说过：文章本天成，妙手偶得之。

我说，不对。应该是：文章非天成，努力才写好。

天成的文章是不存在的。即使是妙手，也无从偶得。

妙手当然有，但也绝不是天生的，而是经过长期的努力学习、锻炼，在实践中逐步提高。“妙”是努力的结果。妙手写了好文章，也还是要经过努力，而绝不是偶然得来。假如说“偶”是灵感，看见了什么，接触了什么，有所感，有所会通，因而写出一点什么好东西来，那也还是要有先决条件，那便是具有一定的文化水平。要不，没有这个水平，即使“偶”，也还是不能“得”的。

要写好文章，必须经过长期的努力学习和实践。

首先是多读书，今人的书要读，古人的书也要读一些。中国的书要读，外国的书也最好能读一些。

生活在现代，写文章当然要用现代的语言，以此，多读一些近现代好文章的道理是无须解释的。为什么要读一点古书呢？这是因为古代曾经有许多妙手，写了很多好文章，多读一些，吸取、学习他们的写作方法，结构布局，遣词造句，对写好文章会有很大帮助。读一点外国的文学名著，道理也是如此。

对初学写作的人来说，我想，选择《古文观止》中三五十篇好文章，读了又读，直到烂熟到能背诵为止，这样便可以初步掌握古文的规律，虚字的用法，各类文章的体裁了。进一步便有条件阅读其他古代文献，有了领会、欣赏的能力了。当然，选读的文章要以散文为主，楚辞、汉赋之类，可以不读。此外，选读几十首唐诗，懂得一点旧诗的组织韵律，也是有好处的。

其次是多写作。在读了大量的近现代文章和一些古文之后，懂得了前人掌握运用文字的方法，但并不等于自己会写文章。要学会写文章，还得通过长期的实践，自己动手写，还要多写。“学习”两字是联用的，读书是学，写作便是习。不但要多写，还要学习写各种体裁不同的文章，例如写散文，写书信，写日记，写发言提纲，写工作报告之类。

写作要有题目，就是要有中心思想，要有内容。目的性要明确，例如这篇文章是记载一件事情，或提出一个问题，解决一个问题，或发表自己的主张见解，等等，总之，是要有所为而作。无所“为”的文章，尽管文理通顺，语气连贯，但是内容空洞，也只能归入废话一栏，以不写为好。

最后是多修改。一篇文章写成之后，要读一遍改一遍，多读几遍多改几遍。要挑剔自己文章的毛病，发现了就改，绝不可存爱惜之心。用字不当的要改，语气不明的要改，词句不连贯的要改，道理说不透彻的要改。左改右改，一直改到找不出毛病为止。必须记住一条原则，写了文章是给别人看的，目的是要使别人都能看懂，以此，只要设身处地，站在别人的地位来看这篇文章，有一点含糊的地方，晦涩的地方就改，尽最大的努力使别人容易懂，这是一个基本的也是最起码的要求，必须做到。

有了这三多：多读书，多写作，多修改，文章是可以写好的。只要坚持不懈，任何人都可以成为妙手。

谈读书

吴晗

题目好像很奇怪，只要认识三五千汉字，便可读所有用汉字印刷的书了。书人人会读，何必谈？

然而问题并不如此简单，能读书是一回事，善于读书又是一回事，并不是所有认得若干汉字的人都善于读书，能与善，相差只是一个字，实际距离却不可以道里计，问题就在这里。

经常有些青年人，也有些中年人，其中有学生、教师，也有编辑工作者，等等，他们提出问题，怎样做才能读好书，作好学术研究工作？特别是当前各个高等学校学生都在奋发读书的气氛中，这个问题也就显得很突出了。

要具体地谈各个学科，各个年级的学生该读什么书，或者研究什么题目，该读什么书，这是各个教研组和研究导师所应该答复的。这里只能谈一点基本的经验。

首先是方法问题，用老话说，有两种不同的方法，一种是寻章摘句式的，读得很细心，钻研每一段，以至每一句，甚至为了一个字，有的经师写了多少万字的研究论文。其缺点是见树木而不见森林，捡了芝麻、绿豆却丢了西瓜，对所读书的主要观点、思想却忽略了。另一种是观其大意，不求甚解式的，这种人读书抓住了书里的主要东西，吸收了并丰富、提高了自己，但是不去作寻章摘句的工作。明朝人曾经对这两种方法作了很好的譬喻，说前一种人拥有一屋子散钱，却缺少一根绳子把钱拴起来。后一种呢，却正好相反，只有一根绳子，缺少拴的钱。用现代的话说，这根绳子就是一条红线。这两种方法都有所偏，正确的方法是把两种统一起来，对个别的关键性的章节、词句要深入钻研，同时也必须领会书的大意，也就是主要的观点、立场，既要有数量极多的钱，也要有一条色彩鲜明的绳子。

在学习理论的时候，还必须联系实际，才能学得深，学得透。

其次是先后问题，先读什么，后读什么。是先读基础的书呢，还是先读专业的书呢？例如学习中国历史，是先学好中国通史，还是先学断代史或专门史呢？有不少人在这个问题上走了冤枉路，把先后次序颠倒了，不善于读书。其实道理极简单，要修一所房子，不打好基础，这房子怎么盖呢？你能把高楼大厦建筑在沙滩上吗？以此，要读好书，必须先打好基础，读好了基础书，才能在这基础上作个别问题的钻研。基础要求广，钻研则要求深，广和深也是统一的，只有广了才能深，也只有深了才要求更广。

“读书百遍，其义自见。”这话是有道理的。有的书必须多读，特别是学习古典文，那些范文最好是能够读到可以背诵的程度。除了多读之外，还得多抄，把重点、关键性的词句抄下来，时时翻阅，这样便可以记得牢靠，成为自己的东西了。多读多抄，这个二多是必须保证的。

最后是工具问题，认识了字并不等于完全了解这个那个名词的具体意义，有些专门术语随着时代的变化而具有不同的意义，并不是每一个人都容易理解的。解决的方法是善于利用工具书。

也以学习历史作例，不懂得使用《辞源》，历史人名辞典，历史地名辞典，历史地图，历史年表和历史目录学，在研究历史科学的康庄大道上，也还是寸步难行的。

要多读书，用功读书，但是还得善于读书。

从打基础做起

吴晗

读书，首先要打好基础，循序渐进。比如学理论，最好先学辩证唯物主义和历史唯物主义，否则读起《资本论》来就有困难；再比如，学习中国历史，就要先学中国通史，然后再学断代史或专门史。盖房子不能盖在沙滩上；同样，读书必须打基础。

懂得了先学什么后学什么的道理以后，就需要进一步探求学习的方法。学习方法大致有两种：有的书要熟读，像古典文学作品，一些范文最好能够背诵。当然，不是所有的书都要背诵，一部《二十四史》就无法背诵。还有一种书不一定要熟读、背诵，但却是要多浏览的。浏览的面越宽，知识也就越丰富。对于浏览的东西，要随时做笔记，把要点记下来，这里又要谈到记笔记的方法。依我看，记笔记的方法可以各取所需：一、看完一本书，把这书的大纲、要点记下来；也就是把这书里精华的部分吸收下来，成为自己的东西。不致天长日久就忘得一干二净的。二、写卡片，把这书的主要材料，觉得可以运用的就抄下来。比如搞文学创作的，就应该有意识地将自己所读的书中一些生动的描写、精辟的词句抄下来；研究历史的，就应该把自己所读的书中一些重要的史料抄下来。抄录下来是为了巩固自己的记忆，也为了应用时可以随时查考。

简言之，打基础的书要读得熟，读得专；基础外的书要读得多，读得广。

读书，光读、背、抄、记还不行，还得把自己所读、所抄的资料通过实践、运用，牢牢地掌握起来。也就是说需要经过自己大脑的思考，经过整理、分析、研究、综合，写成读书笔记、札记或是大大小小的文章，使所学的东西变为有机的东西。否则原料始终只是原料，不能成为有用的新产品的。

博和精

李埏

读书为学，既要广博，又要专约，二者不可缺一。其所以不可缺一，是由于世界上的一切事物都不是孤立地存在的；若不懂得这一事物和其他事物的联系，就不可能对这一事物有真正的认识。据说王阳明早年治学，从“格物致知”开始。他首先“格”他书斋外面的一丛竹子，废寝忘食地面对着竹子“格”了好几天，结果不惟“格”不出什么道理，而自己反而“格”病了。这个故事说明，只求专约、孤立地研究事物，是难以获得知识的。但是，也不能不顾专约而单纯去追求广博。因为知识的范围太大，而个人的生命、精力毕竟是有限的；假若不在求广博的同时求专约，那么最后的结果必然是像《庄子·养生主》所说的：“吾生也有涯，而知也无涯，以有涯随无涯，殆已！”因此，广博与专约，不应过多地着重哪一方面。重此忽彼，都是读书为学的偏向。

清代乾嘉年间，考据学风靡一时。流弊所及，有的人只重专约，有的人则只重广博。当时一位善于独立思考的学者章学诚，针对那种状况加以纠正说：“学贵博而能约。”那么怎样才能既博且约呢？章学诚提出个“主”字。他说：“天下古今未有无主之学。”又说：“吾见今之好学者，初非有所见而为也，后亦无所期于至也；发愤攻苦，以谓吾学可以加人而已矣；泛焉不系之舟，虽日驰千里，何适于用乎？”（《文史通义·辨似》）。这里他所说的主，用我们今天的话来说，就是中心；所说的有所见而为，就是有意义；所说的有所期于至，就是有目的。他的这几句话是颇为中肯的。很显然，要是没有中心，没有意义和目的，那么，专精什么和如何广博，都将无从谈起，怎么能有所得呢？

其实，不仅读书治学是这样，就是做其他工作也是一样的。你不能离开中心而去专门注意别的什么，也不能只要中心而不顾其他一切。为了解决一个中心问题，必须把有关的问题搞清楚，这就是专约而兼广博。这好比画圆，圆心就是中心，半径就是有联系的知识，圆周就是广博的范围。世界上没有无圆心和半径的圆，也没有无专约的广博。广博是可贵的，不广博就无法专约；但广博毕竟是服从于专约，专约的中心变了，广博的范围也就不同了。

我们常用建筑房屋来比喻求学，把广博说成是基础，这是不错的。没有一定的广博基础而从事学问，必然要蹈王阳明格竹子的覆辙。但是，学问的基础和房屋的基础也有不同之处。房屋的基础是一次筑成的，而学问的基础却是围绕着中心，随着中心的深入而不断相应扩展的。因此，广博的基础不能有一刻离中心的专约。这就好像放风筝，尽管越放越高，但不能连手中的线也一并放掉。

学必有主，“天下古今未有无主之学”实在是一句值得三思的名言。

读书和灌园

李埏

读书，首先碰到的一个问题是，书太多了，怎么能遍览呢？且不说漫无目的地读，无论如何读不完；就是局限在一定的范围里，也不可能短期内把所有应读的都读尽。这实在是一个矛盾。一些怀有雄心壮志的青年，不被充栋塞屋的图书所吓倒。他们如饥如渴地，读完一本又一本；不停地摘录、画线、做笔记、写卡片……

毫无疑问，这样努力向学的青年是值得赞许的；这样渴求知识的热忱是应该同情的；多读一些书、多浏览一些书也是十分重要的。可是，这里还需要注意博览群书与精读几本主要著作相结合，需要注意读书方法。

记得以前有一位前辈学者曾向一些青年说："你们终日找材料、写卡片，好倒却好，只是有危险。"人们问他："有什么危险？"他回答说："你们的知识学问全都写在卡片上，万一渡江过河，卡片掉到水里，或者不小心火烛，卡片被烧掉；又或者遇到失窃，卡片被偷走了；那么你们岂不顿时变成一无所有的人了吗？"接着，他郑重地说道："一个人做学问，总得有几部书的卡片不是写在纸上，而是写在脑子里。"

这席话的意思是深长的。当然，所谓丢掉卡片的危险，不过是一种幽默的微讽罢了。它真正的意思是，书不熟读，便不能从字里行间，从那没字的地方，读出隐含在纸面背后的意义来。用句过去的成语说，即不能“读书得间”；用我们现在的话来说就是，不能了解它的精神实质，发现它的内部联系。这样的读书，当然是“虽多亦奚以为”，没有多少好处的。

但是，书又确乎太多了，怎么可能全都熟读呢！这里就有一个博览与精读的问题，因为对于不同的人和不同的工作需要，书籍之对于他，是有主次、轻重之分的，不应不加分别地读。大致说来，如果平时注意了博览，又能把所学范围内的几部最紧要书籍精读，其他次要的就不必花同样多的劳动了。因为人有联想能力，在博览的同时，又已有几部书精读，“新知”便能和“旧学”挂钩，思维上便能架起一座联系的桥，温故之所以能知新，就是这个道理。古代大将出征，大军中总有一支叫作“亲兵”之类的部队，这支部队不大，可是非常精锐。我们精熟几部最紧要的书，也就是给自己配备一支知识上的“亲兵”，这样方能“八面受敌”（苏东坡语）。因此，在博览的同时，如何精练和掌握这支“亲兵”，是从事学问的一件要事。倘若一来只是泛泛而观，那不仅不能巩固，也无法深刻理解，到后来势必还得重新用功，岂不反而慢了吗？宋代理学大师朱熹，善于读书。他教导他的门人说：“为学须是先立大本，其初甚约，中间一节甚广大，到末梢又约。”

他又做过一个生动的譬喻，说：“读书如园夫灌园。善灌者，随其蔬果根株而灌之。灌溉既足，则泥水相和，而物得其润，自然生长。不善灌者，忙急而治之；担一担之水，浇满园之蔬。人见其治园矣，而物未尝沾足也。”（均见《朱子语类》）。我们今天读的书当然和他大不相同，但从方法方面而言，他的这些话仍然是宝贵的经验，值得我们参考汲取。

在博览的同时，精熟地读几部紧要书是做学问的一个基本功。很多前人的成功经验证明：这步功夫是越扎实越好，万不可省。

读书必有得力之书

李埏

清代学术，以乾嘉之间（即公元18世纪后半期）为最盛。在所谓的乾嘉诸大师之中，王鸣盛是杰出的学者之一。他的著作很多，按清代人的学术标准来说，都很精核。其中流传较广的是《十七史商榷》《蛾术编》《尚书后案》等书，而尤以前者为最。那是清代的史学名著，与钱大昕的《二十二史考异》、赵翼的《廿二史札〈记〉》齐名。在《蛾术编》的末卷，《说通二》中有一条，叫作“读书必有得力之书”，说得很有意思，颇值得参考。原文如下：

> 惠学士士奇选四书文劝学篇叙有云：“先王父朴庵先生，于前明万历末，补博士弟子员，试辄冠侪偶。家有藏书，手自校雠，以故书多善本。一日，社会名流群集，先王父后至。坐中有白须老儒，卒然问曰：‘子得力何书？’先王父错愕无以应也，然心善其言。退而手钞《左氏春秋》及《太史公书》凡数十通。至老且病犹不废。其专如此！然则先辈无书不读，尤必有得力之书。”案：惠说可为后生读书之法。

后来，另一个清代学人连鹤寿，在这条札记之下又加按语说：

> 此在苏长公已然矣。其读《汉书》也，第一次先揽其山

川人物，第二次再究其制度典章，凡阅数次而始读讫。眉山父子学问文章，横绝一时，盖皆恃有得力之书也。

上面提到的惠士奇，就是清代另一个著名学者惠栋的父亲。惠士奇的“先王父”（即祖父）叫惠有声，字朴庵；曾经科举考试，取得“岁贡生”的功名，亦即上面说的“补博士弟子员”。连鹤寿按语中说的“苏长公”，就是宋代文学家苏东坡。“眉山父子”即指苏东坡和他的父亲苏老泉以及他的弟弟苏辙。这些人，在他们所处的时代里，都是很善于读书治学，是很有学问的人。尽管我们今天所读的书，与他们读的有很大不同，但作为一种读书方法或为学经验，仍是有参考价值的。

特别是读马克思列宁主义的经典著作，匆匆读过一两遍，必然不能深入理解，必须反复熟读精思，躬行实践，才能穷其精神实质。听说，我们的一位革命老前辈，曾反复阅读毛主席的著作。这种精神，更远远超过上述的古人，更应该为我们所效法取则。今天，我们在党的关怀下，得书甚易。书店里的好书，满目琳琅，美不胜收。每本书即令只略读一遍，还会感觉日力不给。但是，尽管如此，各人仍应该有自己的“得力之书”。不如此，必至漫无所归，学无所主。《孙子兵法》上有几句话说得非常精辟。它说：打仗应该集中使用兵力，否则，“备前则后寡，备后则前寡；备左则右寡，备右则左寡；无所不备，则无所不寡”。打仗如此，读书为学也无不然。尤其是从事研究工作，更应该集中优势兵力，打几个学问上的“歼灭战”，认真地读几本好书。

文章的眼睛

李埏

一篇文章必须有一个题目。这已是多少年来作文必守的通则了。现代的文章，有时还有两个题目，即所谓的正题和副题。昔人作诗，有标为“无题”的，其实“无题”还是有题。因为一切的诗都有了题目，偶有一首标出“无题”二字的，这“无题”二字的作用完全和有题一样，只不过表示：作者有意把自己心中的题目，让读者去琢磨而已。真正“无题”的诗，应该一个字也不写，就像《诗经》三百篇那样，让后人替它把每首诗的头一句拈出来，勉强作为一个毫无意义的题目。

为什么每篇文章必须有个题目呢？这得先从“题目”二字说起。“目”字的意思是“眼睛”，转为动词就是用眼睛看。它是我国最古的象形文字之一，原来的写法是画一只眼睛。后来演变成方块字，眼眶变成四方形，眼珠变成其中的两横，于是成了现在的样子。“题”字呢？“题”字按照《说文》《广雅》《小尔雅》等书的解释，有“额也”“显也”“视也”“迎视也”等意思。综合上述古义，可以说：“题目”就是文章的眼睛。

文章也有眼睛，这是一种拟人的形象化的说法。试作个譬喻：比方有一个美人，处处都生得美极了，只是盲了双眼或眇其一目，你看，这美人美不美呢？又如，徐悲鸿的马，画得真是神肖，可是假若你把那马的眼睛涂去，你看，效果怎么样呢？古人形容一个人能够揭露或点出一件事物的核心问题，常说“有画龙点睛之妙”。真的，画一条龙，无论你画得怎样的惟妙惟肖，矫健有力，假若不点上眼睛，那它怎能栩栩如生呢？《诗经》描绘一个美女，只用了八个字：“巧笑倩兮！美目盼兮！”假若没有“美目”的顾盼，那还能是巧笑么？这真可谓善于抓住重要的特点。由此看来，眼睛对于一个人或一个动物是多么重要！

那么，题目——文章的眼睛，是不是也这样重要呢？完全是的。概括地说，文章的题目大致有以下的作用：或者概括出全文的主要内容，帮助读者捕捉文章的中心思想；或者提出文章讨论的主要问题，吸引读者来阅读它；或者标志出文章的特点，使之便于跟其他文章相区别；如此等等。这些作用，不一定每个题目都要全备。什么文章安什么题目，什么题目起什么作用，都要看文章的性质，作者的意图，以及选题的艺术……不过，无论如何，文章总得有题目，而且是应该有好题目，这是和神骏、乔龙、美人不能没有眼睛一样的。

巧妙的题目已往曾有过不少，但最杰出的无过于我们革命导师的著作。试举数例：如马克思的《哲学的贫困》（副题是“答蒲鲁东先生的‘贫困的哲学’”）这个题目，既和论敌针锋相对，又揭示自己的主要论点，精辟夺目。又如列宁的《帝国主义是资本主义的最高阶段》，既是题目，也是结论。令人看了题目能明确书中的主要论点，而且被吸引得非读完全书不可。又如毛主席的《星星之火，可以燎原》，是题目，是结论，又是伟大的号召。光看题目，就给人以无限的力量和信心。读完全文，题目又帮助读者做成总结，概括地铭记心间，增强斗志。像这样的题目，岂止是文章的眼睛，简直是文章的灵魂。我们应该把它作为学习的范例，深入地去加以体会。

题目的作用既如此重大，那么我们自己写文章就应当仔细推敲，读别人的文章就应当仔细审题，这是理所当然的了。如果推而广之，把文章需要有好的题目，把“画龙点睛之妙”，作为一种工作方法来看，作为一种思想方法来看，即使不经常写文章的人，又何尝不需要仔细推敲推敲是否在纷纭复杂的事物中抓住了核心问题，和善于揭示或点出这个核心问题呢？

文章如果没有题目，或者命题不当，这种没有眼睛或者眼睛不明亮的文章，将减弱它对读者的吸引力；做工作如果不善于揭示或点出纷纭复杂的事物中的核心，不善于统筹兼顾和紧紧抓住主要之点，又如何能够更好地集聚群众的精力，步步前进呢？！

第七章

体育运动与健康

健康与体育运动

马约翰*

毛主席号召我们“发展体育运动，增强人民体质”。这学期来学校又把健康工作列入学校工作计划，因此清华的师生职工都积极地、兴奋地开展体育运动。在这热烈开展体格锻炼的时候，来谈一谈健康的意义、锻炼方法及原则，或可有所帮助。

我们开展体育运动是为了要增进健康，我们要体魄健康强壮是为了能够更好地为国家服务。要增进健康首先需要认识健康。医学的解释说，一个人的全身、内部和外部，一点病都没有才是健康。但在我们这个新时代，这个解释还不够，一个人不但全身没有病，还要有很好的劳动力，我们才算他是健康的。为了更好地来锻炼我们的体格，首先要知道健康的体格条件：

1. 强壮的心和健全的肺——耐久力。

2. 强纯的血质——注意力和记忆力。

3. 强健的血管组——抵抗力。

4. 强健的腺组和消化组——新陈代谢，精力。

5. 强健的骨和肌肉——大的劳动力。

---

* 马约翰（1882—1966），福建厦门人。1911 年在上海圣约翰大学获理学学士学位。1914年起一直在清华学校、清华大学任教，先后任体育部主任、教授。

6.强健的神经系——强的脑力。

以上所说的体格条件都可以而且必须从体育锻炼来获得，因为人身一切机体的体质依生理学的定理，必须有体格活动的刺激才能增强。

现在再谈谈如何进行锻炼来取得健康的体格条件。锻炼要获得准确和大的效果必须要有原则，我简单地提出四个原则：

1.经常和持久。任何锻炼必须经常继续地去做，天天定时地去运动，坚持下去才能有效果。

2.有计划、步骤和方法。这就是说每天的锻炼要有一定的目标，一定的程序，并依照方法去锻炼，计划在一个月内或学期内要锻炼什么项目和达到什么标准。

3.有科学的根据。人的身体构造、体质和年龄都不同，所以一项的运动量和其生理效力对于某一个人是很合宜的，但是对于另一个人可能是不够或太重，很不合宜。每人开始锻炼前，必须检查自己的体格，特别要注意心脏的强弱，配合何项运动，才来定锻炼计划。常有人不知道自己内部已有病，没有检查就去做激烈的运动，疲乏过度，就发现他的病，却又归罪于运动。任何运动绝对是有好处的和有治疗力量的，只要我们依照科学方法去做。

4.生活要配合锻炼。睡眠和营养与消除疲劳有密切关系，若睡眠不够，疲乏后没有复原，再硬性地去锻炼，不但没有益处，反而使心脏受到更大的压迫而产生病伤或出偏差。

从以上四个原则，结合本校人员的体格情况，再来谈谈一般增进健康的锻炼，首先我们必须掌握下面锻炼的方针：

1.全面发展性的：不要过度专练一类的运动，要多方面的，如速度、力气、活泼、长力等运动。

2. 平均发展性的：不要过度地局部锻炼而使身体有畸形地发展，要使各部分平衡地发展。

3. 有锻炼性的：运动量要够，要出汗，才能启发生理作用增强体质。

4. 从易至难，简单至复杂：先学会基本动作，而后再求提高。

5. 逐步增加运动量：先要打好基础再求进度。

现在具体提一个锻炼的方式：

1. 跑步（慢而自然）——200至600米。

2. 徒手操——广播操和劳卫操。

3. 上部或胸部运动——单杠、双杠、举重、拉重器等。

4. 腹部运动——肋木、垫上运动、仰卧起坐等。

5. 全身运动——球类运动、跳高、跳远、游泳、技巧运动等。

6. 沐浴和按摩——使肌肉不僵硬酸痛。

上说的五项运动需要在20至40分钟内做完，但是要注意所有的运动量、速度、时间等都应照个人的体能和体力去规定。

体育运动全校人员可以简单地分为三大组：

1. 青年组：18至25岁、一切劳卫制项目、各种球类运动、游泳、溜冰等。

2. 壮年组：26至40岁、排球、篮球、举重、羽毛球、网球、溜冰、远足、爬山等。

3. 老年组：41至70岁、排球、羽毛球、太极拳、广播操、游泳、沙袋、曲棍球、推板球等。

最后让我提供几个运动须知事项：

1.运动服装要轻薄，松软和舒服。

2.锻炼前必须充分作准备活动，使各关节发热（以免肌肉和筋受伤）。

3.运动时任何部位受伤应即刻停止运动，千万不要勉强继续运动，以免出更大的伤。

4.运动中不要多喝水。

5.运动后，各肌体已疲乏，不再做任何技巧运动，以免出重伤。

6.运动后注意保暖以免受凉。

7.运动后沐浴和按摩，以免肌肉酸痛僵硬。

8.锻炼时期每日至少须喝三至四磅半水。

9.锻炼前后过磅，两个重量的差，表现在你的运动量够不够，差一至二磅是普通标准，一磅以下不够，四磅以上则太大。

我的健康是怎样得来的

马约翰

近年来，有很多人——从系红领巾的小朋友到须发苍白的老同志，他们每逢碰见我，总是喜欢这样地问："马老先生，您怎么会这么健康呢？请谈谈你的健康是怎样得来的吧！"这句话虽然是从不同年龄和不同性别的人嘴里讲出来的，但却说明了一个共同的愿望，这就是大家对党和毛主席关怀人民健康的意义已经有了更进一步的认识，大家都愿意参加锻炼，使身体达到健康。我想我的谈话也许对他们有些帮助，因此我就来谈谈我的健康是怎样得来的。

我今年71岁了，从体格检查和我日常的工作和劳动能力来看，我是健康的，而且体力和耐久力还很大。我自幼年起就坚持锻炼，几十年如一日，我从来没有间断过。我锻炼的方法是多种多样的，田径、球类、游泳和体操等几乎所有的运动项目，我都用来进行锻炼。除此而外，我的生活也很有规律、讲究卫生，同时36年来，我每天都进行水浴（用水擦身或进行淋浴）。由于这样进行锻炼的结果，使我增强了对疾病的抵抗力，一向是身强力壮，保持着充沛的工作能力。

大家知道，老年人的血压，一般都是比较高的，可是我的血压直到现在还是很正常，和一般人的血压几乎没有多大差别。我现在经常骑自行车和快步行走，即在雪地上也是如此。有一年冬天，我骑着自行车要驶过清华大学院内的一个土山，下坡时，我一时不慎从车上摔下来，沿着山坡骨碌骨碌地滚到山下，自行车也滚在一旁。如果一个普通六七十岁的老人，很可能爬不起来，或者因为摔得很厉害而患中风病，但我却满不在乎，爬起来用手拍拍身上的雪，继续骑着自行车前进。几年来，我这样摔倒过几次，因为我身体健康，并没有发生什么意外。

我的劳动能力还是很强的。在抗美援朝运动中，我校师生为了捐献飞机大炮支援最可爱的人，都参加义务劳动。在义务劳动中，我和青年学生一样地挑土、挖土，在劳动以后我还和学生们一样地打球，并不感到疲劳。当时，有许多人问我累不累，我回答他们说不累。由于我多年来从事锻炼，所以我虽然跟他们一样地劳动，但我却并不感到疲劳。在义务劳动中，我的动作很敏捷迅速，这说明我的神经系统机能也是很健全的。

我坚持水浴已达36年之久，像前面说过的，这不仅使我皮肤清洁，增加对疾病的抵抗力，而且还锻炼得冬天不怕冷，夏天不怕热。我在冬天从来不穿棉衣，只是在下雪天，穿上一件外衣。我校有些年青同志，他们过去没有锻炼基础，因为好胜，所以也学我那样地在冬天不穿棉衣，结果却冻得他们不得不很快地再把棉衣穿上。锻炼是个长期的过程，不是随便的凭一时的高兴就可以收效的，因此我们锻炼身体必须要经常化。另外，在夏天我也不怕热，不怕太阳晒，常常在开运动会时，我在场上站几个钟头，晒几个钟头的太阳，不头晕，也不中暑。

上面所说这些都是我几十年来坚持锻炼的良好结果，所以我可以称得起是一个健康的老人。到底这个健康是怎样得到的呢?是用什么方法养成的呢?这里没有什么秘诀，问题就在于是否能够经常地坚持锻炼。现在我把个人经常坚持锻炼的情况，分为幼年、求学和工作三个阶段来谈一谈。

一、我生长在福建省山环水抱的鼓浪屿。童年时代，美丽的自然环境对我的身体和智力的发育起了一定的作用，但是在这儿生长的孩子们，上学的机会是很少的。那时候，我连“体育”这个名词也没有听说过，但我却有着自己的一套锻炼生活。我和其他孩子们常常在山上跑、跳、爬树和钻山洞，特别是喜欢到海滩上玩水和捉鱼虾等，常常不到天黑不回家。全面的身体锻炼，新鲜的空气和太阳光，为我的健康的身体打下了基础，丰富了我的大自然的基本常识。

二、由于家庭经济比较困难，我到13岁才入学。一跨进学校大门，就看见所有的同学都是脸色苍白，文质彬彬的。最难过的是左看右看全是些房子，连一点草地也没有。我最熟悉和最喜爱的生活，在这样的环境里很容易发生变化。但我却想尽了办法来锻炼，没法跑跳，我就跳凳子、跳木桩，总之我是不愿意成天坐着不动的。我的第一个大学是圣约翰大学，这个学校的体育设备是比较好的，我好活动的生活又有了条件了，所以每有空暇就跑到草地上滚来滚去，打筋斗等。在这里我学的是医科，这就启发了我去探讨体育和医学的关系，从而充实了我以后从事体育工作的生理知识。也就从这个时候开始，我的锻炼生活才真正地走上轨道。

因为我有健康的身体，因此一开始锻炼，什么运动项目我都很爱好，都能做，其中特别爱好田径运动中的短距离跑和中距离跑。我也经常代表学校参加球类、游泳和器械操竞赛，不过我自认为技术比较熟练的还是足球、网球、游泳和棒球，对这几种运动，我每天至少有两小时的锻炼时间，而且都是在下午课后。除此以外，我还坚持了每天早晨的20分钟体育活动，这个活动是比较轻微的，做800到1000米的慢跑和几节徒手体操。概括地说，这个时期我的锻炼生活有以下几个特点：（一）锻炼有一定的时间和逐渐增加运动量。（二）从事短距离跑、中距离跑、足球和游泳等运动，培养了速度与耐久力，并增强了内脏的机能。（三）从事多种运动项目，增进了身体的全面发展。

我认为坚持锻炼，与我的健康与运动技术的提高，有着最直接的关系，同时这也使我在学习上的进步有了最实际的保证。正由于我体验到体育能增进身体健康、增强人体机能从而保证学习，保证工作，因此我便决定由学医转而终身从事体育工作了。

三、大学毕业以后，我在上海做了很短一个时期的社会体育工作，主要是举办中学生夏令营与露营活动。在这个时期内，虽然我自己的锻炼生活是受到了一些影响，却丰富了我的组织体育活动的经验。1914年，我应聘为清华学校（清华大学的前身——编者注）的体育与化学助教。清华学校的体育设备也比较完善。在清华的头五年内，我的锻炼生活就是努力提高游泳技术和滑冰技术，并和校医研究有关健康的问题。这时期我感到最成功的是我建立了一套良好的锻炼原则和卫生制度，应该说就是这些原则和习惯，才巩固并继续增进了我的身体健康。我的锻炼原则是：

（一）锻炼要有适当的运动量，不怕累；

（二）锻炼要经常化，要持久；

（三）锻炼要全面，多样化，以培养自己的体能和高度的劳动效能；

（四）经常进行体力劳动，借以测验自己的体力；

（五）不盲目锻炼，以免妨害健康。

至于卫生制度，我除了保证有规律的工作、休息和营养以及不抽烟不喝酒、不吃零食、经常保持清洁外，还规定发生伤害时不勉强进行锻炼。这样，我的锻炼效果更为显著，而日常生活也更有规律。

我着手进行体育理论的研究工作。我研究中学生的身体发育与身体锻炼的关系，研究体育运动对神经系统机能的作用。为了给我的研究课题提供实际的根据，我经常做田径和体操运动，来更全面地和更均匀地发展身体的各部分器官。经过相当时期以后，我的神经系统的机能，动作的反应速度、机体的新陈代谢和血管的伸缩力都有所改进，增加了我的身体的健康和对疾病的抵抗力。在这个基础上我继续钻研，并且继续进行全面发展身体的锻炼。这个时期，清华的体育运动有浓厚的锦标主义。清华代表队参加了学校间的球类和田径比赛，每次的比赛都发生打架的现象。当时，招考新生也不考虑学生的思想品质和学业条件，只顾搜罗一些选手，充分地表现了旧社会体育的腐败风气。所有这些都是和我的浓厚的崇美思想和资产阶级思想分不开的。新中国成立后，在“三反”运动的学习中，对我的这种错误的思想，已经作了批判。

新中国成立后，在党和毛主席的领导下，体育被列为教育的三大重要任务之一，学校体育运动完全走上了一条新的光明大道，在这种情况下，使得清华的体育运动开展得更加广泛和更加经常了。特别是从毛主席向全国青年发出“身体好，学习好，工作好”的号召后，学校学生就更加积极地参加了锻炼。随着体育运动的开展，我的体育教研工作和社会工作也就更加繁忙，尽管如此，无论在我的精神或体力上却并不感觉什么疲劳，这一方面是由于我生活在毛泽东时代感受到充分的力量，另一方面也由于自己有一个健康的身体，使我经常地感觉到愉快，在这样一个充满着新生力量的年代里，我当然不会放松自己的思想改造、工作和经常的身体锻炼的，我除了有计划地支配我的工作和时间以外，我每天坚持做自己编定的一套徒手体操、室内手球和网球等运动。

健康使我更热爱祖国，使我更热爱我的工作，使我的生活更有情趣，而更重要的是使我更有信心也更有条件和全国人民一道在共产党的领导下向着美好幸福的社会主义和共产主义社会前进。

和青年谈体育锻炼

马约翰

当1957年刚开始，你们正在为自己订立学习计划或工作计划的时候，我来和你们谈锻炼问题。我要趁这个时候提醒你们，一定也要为锻炼你的身体订出一个全面计划来，因为锻炼如果没有计划，也如同学习和工作没有计划一样，不会得到好的效果的。

锻炼是每个青年不能不做的事，但是现在我们青年很多人还在怀疑，体育锻炼对我们的帮助在什么地方？究竟有没有好处？所以我现在重新再和你们谈一下，到底体育是什么，体育锻炼对我们身体能起些什么作用。我可以肯定地说，体育锻炼是有很大的价值，有很大的好处。今天我们党所以把体育当作共产主义教育不可分割的部分，毛主席所以向我们发出“三好”的号召和“发展体育运动，增强人民体质”的指示，都可以说明，体育锻炼对建设社会主义祖国，有它极其重要的意义。

我先从体育本身谈起。

什么是体育

体育是增强体质的一门科学。它专门研究从事体格的活动，使得一个人在身体的各方面达到最健全的程度。

一个人生出来就需要有体格的活动，像小孩的一切活动如洗澡等都是体格活动的手段；再大一点在幼儿园和小学里，也都有适合于他们年龄和体力的不同方式的体育活动，使他们的心脏、神经、肌肉、骨骼，发展得快些健全些，所以一个人从小到大，一切发展的快慢好坏，与身体有没有经过体育锻炼，健康不健康，有很大的关系。

一个人有了健康的身体，他才能享受他的幸福生活，这是最明显的。我现在虽然已75岁，我对什么都感兴趣，我吃什么都高兴，玩什么兴致都顶大，我一作报告三四个钟点，从来没有用过播音器也不觉得累，我每天都是愉快地生活和工作，人家都说我劲头很大，我这种劲头是从哪里来的呢？这就是因为我有一个健康的身体，健康给了我“活力”，这也就是我经常坚持锻炼的收获。所以说，体育锻炼是促进健康的最好手段。

体育是在各种科学基础上建立起来的。体育是用来对付一个人身体的发展，要使体育能达到目的，必须精通与熟悉许多的科学理论与知识。体育所牵涉的范围很广，必须掌握和应用有关理论与知识，才能正确地使身体得到发展与增强。

我们想要练好器械、跑、跳等运动，一定要掌握科学的根据，就是首先必须熟悉物理学、人体机动学、心理学、生理学等，才能更好地发展体能，提高技术。

要使一个人心脏机能增强，我们也一定要先熟悉解剖学、生理学、医学等，然后再针对个别情况，进行适当锻炼，假如锻炼反而出了毛病，那就是没有掌握好科学的根据。

体育锻炼的好处

从事体格活动来发展和增强人的体质，就是体育锻炼。

我们在进行体格活动时，身体引起了各种生理变化，这些生理变化就会促进各组织器官机能的发展与增强。

有许多青年常常来问，锻炼有什么好处呢？我分以下几点来讲：

体育锻炼可以健全神经系统，增强反应力和判断力。人体的一切活动都是由神经系统来支配的，经常进行体育活动，可以使神经系统的机能加强，使它能更灵活地来指挥全身的神经和肌肉。因此各器官的机能活动更加灵敏，增强了反应力和判断力。

体育锻炼可以促进新陈代谢，不但使人不易衰老而且能延长寿命。因为体格活动能使心脏的跳动次数加多，血液的运行加快，促进了新陈代谢的作用。在这种情况下，身体里面产生了两个重要的变化：第一个是排泄工作更舒畅了，做得更好了；第二个是增强了生长力。这样身体里面不断地排出组织所不需要的东西，供给它生长的养料，使得各机体得不到衰退和败坏的机会。所以经常进行锻炼可以使人心身愉快，生活力特别强。

体育锻炼可以使人体各组织长得更坚实更有力。根据生理学的原理，机体一定要有很大的刺激，使组织得到破坏的机会，然后再长，就会长得更坚实更大更有力。体育锻炼就是起这种作用，所以我们在进行体格活动时，运动量一定要相当大才能得到效率。

体育锻炼可以增强学习能力。进行体格活动，可以刺激红骨髓制造红细胞的机能，红细胞多的人，身体里面氧气供应充足，所以他的精力充沛，记忆力注意力也强，从事体力劳动，红细胞一面消耗一面可以得到补充，从事脑力劳动，因为他坐着不动，红细胞只有消耗没有补充，红细胞的消耗量最大。所以用脑力的人更需要多活动，才能增强和提高学习能力。现在为什么学校里特别要重视体育锻炼，也就是因为这个道理。

体育锻炼可以增强人的抵抗力。从事体育活动后，全身的血管网得到大量的调整，血管的收缩能力加强，静止时不开放的血管这时也完全开放了。因此血液可以通过各个微血管，把养料送到组织里去，这种组织细胞内新陈代谢的增进，增强了各组织的抵抗力。所以一个经常进行锻炼的人，他的抵抗力特别强，他不怕热不怕冷，而且也不容易生病。我就是由于经常坚持体育锻炼，所以从来不生病，也不怕冷。获得这种抵抗力是人生最宝贵的东西。

体育锻炼可以增强人的耐久力。通过一些体育活动像踢足球、打篮球、长跑等，这种长时间的活动，因为对心脏加以长时间不断的刺激，加强了心脏的机能；做同样一种工作，经过锻炼的人就不容易很快感到疲劳。所以体育锻炼也能增强人的耐劳、耐苦和耐久力。

体育锻炼可以帮助培养青年美的品质。通过各项体育活动和比赛，可以有助于培养青年人的勇敢、乐观、机智、组织性、纪律性和集体主义精神，同时也能培养青年的独立工作能力和吃苦耐劳的精神，所以体育锻炼是教育青年很好的手段。

体育锻炼可以使体能得到充分的发展。通过各项体育活动和比赛，可以培养速度、力量、灵敏、耐力等素质，使体能得到充分的发展，不但能提高运动成绩，增强劳动能力，更重要的是能使你成为一个掌握较多技能，对祖国更为有用的人。

体育锻炼的原则

（1）锻炼要依据个人的体格条件。

你的身体缺陷是什么，假如你手臂太细，臂力不够，腰部肌肉不发达，你就针对自己的缺陷做计划，一步一步地提高。否则，你的臂力腰力不够，想练举重是不可能的；必定要先使臂力和腰部肌肉增强了，再练，那就没有问题了。所以，决定锻炼项目，要结合自己的缺陷和体型。

（2）锻炼要依据个人身体的健康情况。

因为人在体格活动的过程中，生理上一定会起很大的变化，你有病，去锻炼，不但使身体得不到好的效果，相反的会引起反作用，使病情更加恶化。

你的心脏不强，你要跑3000米，必须先把心脏增强，具备了能跑3000米的负担量后，才能得到效果。

总之，你要锻炼，必须彻底了解自己的健康情况，才不会出问题。

（3）锻炼一定要循序渐进。

从事体育活动时，人体里面所引起生理变化的强弱，决定于运动量的大小，所以你在运动时，运动量控制得是否适当，对锻炼的效果有很大的关系。假如运动量超过了你的体力负担，一定起反作用，所以原则上运动量一定要慢慢地增加，运动动作也必须由简单到复杂，假如你练半天没进步，越练越坏，那就是没有掌握好上面的原则。

（4）锻炼一定要经常持久。

人体的一切发展，不是忽然的，一定要经过相当的时间，才能使得它逐步地增强起来，所以锻炼一定要经常进行，假如你一会儿练一会儿不练，一会儿进步一会儿退步，身体的发展就得不到巩固。

有许多人练单杠、哑铃，二头肌长得很大，两星期不练就退下去了；还有些人练一时期，有点成绩就满足了，觉得自己健康了有力气了，就停顿下来，结果成绩靠不住，慢慢就退步了。所以锻炼一定要经常持久才能得到巩固的效果。

（5）锻炼一定要有目标有计划和有步骤。

锻炼一定要有目标，假如你的手臂太细，臂力不够，那你就把发达臂的肌肉和增强臂力，作为你的奋斗目标。根据这个目标，再制定计划，规定你锻炼的时间和次数。步骤就是方法，如怎样来做引体向上，手怎么抓，一定要搞清楚，必须随时指导研究。

有许多青年来问，我练了好几年没有成果，就是因为他没有根据以上原则去做。

（6）体育锻炼必须和生活的各个方面结合起来。

这些方面有如睡眠、营养、工作、学习等，如果没有很好配合，锻炼效果是不会好的。譬如，你睡得不够，还硬去坚持锻炼，那就不一定会有很多的好处。所以，必须生活有规律，锻炼效果才高。另外，生活上的一些不好的习惯，像抽烟、喝酒，对体育锻炼对健康有很坏影响，应坚决地戒除掉。

（7）锻炼的安全问题。

第一，要做好准备活动。准备活动虽然大家听得很熟悉，但是要做得好，还必须注意以下二点：

首先，通过准备活动，必须使身体各部的肌肉、关节、韧带等充分地发热起来。发热的意义，就是使肌肉里准备了充分的养料，就是使肌肉从静止状态兴奋起来，达到随时能动的状态。其次，结合专项运动来做辅助运动：你要注意，对你所锻炼的那项运动所需要的各个肌肉，要多给它特别的活动（辅助运动），来增强它的力量和合作力，给你练专项运动准备好有利的条件。

第二，要做好自我监督。在这方面应明确：

应当做什么？每个运动员应当认识自己身体的情况，所以在锻炼过程中，应当经常检查你的身体，培养卫生习惯，掌握生活的规律，重视你的准备活动，经常地测验你锻炼的效果，检查你锻炼所用的工具和设备，要自己来做。你出来锻炼的时候，要能自己很好地监督自己检查自己，把以上应当做的事情做好。

有许多人，自己做了几年运动员，不但不主动去找医生检查身体，而且还怕检查身体，等到他的身体得到相反的效果时，他就怪指导或其他人对他没注意，不关心。所以，医务检查一定要运动员能主动地去配合，才能使锻炼合理地进行。

从上面所讲过的体育锻炼的价值中，我们可以看出来经常进行体育锻炼，能使我们的体力得到充分的发展，能使我们成为一个身体健康精力饱满，对于劳动与卫国有充分准备的人。

现在祖国正在向着社会主义的道路迈进，向着先进的科学水平进军，但是台湾还没有解放，帝国主义还在各处捣乱，影响着世界的和平，祖国是多么需要无数具有身强力壮和意志坚强的生力军啊！

所以，积极地参加体育锻炼，在今天我们应该认识到这不光是为了个人获得健康和幸福的生活，而且是作为一个新中国青年对祖国应负的责任。你们要把体育锻炼当作是祖国交给你们的光荣的任务，必定要顽强地、坚持不懈地、努力去完成它——获得一个健全的体魄，才能担当起建设祖国保卫祖国和保卫世界和平的伟大而艰巨的任务。

所以我希望你们，要好好地重视体育锻炼，培养一个很美的很健全的身体。

军事训练的意义和使命

罗家伦

军事训练绝对不等于兵式操！兵式操不过是军事训练里的一小部分。若是把这两件事弄混了，那便是完全误解军事训练的意义！

军事训练不仅是体魄的训练，乃是精神的训练，是习惯的训练，当现在的中国，更是一种民族求生存的训练！那种训练只有借军事的方式，能够得着，能够有效力地得着！人类有多少种高尚宝贵的道德，为人类生存所需的，也只有借军事训练的方式，才能得到最适宜的发展！

我们中国民族到现在不但体魄衰落，而且精神颓唐不振，习惯浪漫不羁；没有自卫的能力，以致失去自尊的勇气。这种民族的堕落，若是不赶快由大家觉醒转来，设法挽救，那我们的民族，是不久将没有生存余地的！

设如到东京或伦敦街上一走，只要看他们国里人走路的神气，再一回想北平的路上，就觉得不等宣战，中国和外国的胜败，已经可以决定了。我在柏林正当鲁尔被占，马克暴落一日数次的时候，见到每一面包店前都是数百人雁行似的排着，长过一条大街。多少青年主妇，一手按着饥饿的肚皮，一手提着一篮马克，静静等着，绝不争先恐后。再一看国内银行兑现的时候，叫号拥塞，连日都有被挤死的人。不禁叹道：中国民族什么样的丑都在这些时候出尽了！难道所谓受过教育的学生青年，会好了多少吗？平日落落拓拓，以为名士风流。遇着国家大难的时候，会发不负责任的议论；主张对外宣战，说什么投笔从戎。结果笔纵投了，枪仍然是肩不起。在军队里过了一星期的生活，便想开小差。这种现状，不一而足。犹忆某年某处有一队学生军，在操场听到开拔，全体抱头痛哭。队长虽然破涕劝勉一番，但是归队以后，自队长以下，一律向侧门逃走。一共只有大门口两个卫兵，尚荷枪而立。有人前往一问，方才知道他们是雇来的！

诸位！这不是说笑话！大家应当知道，中国民族到现在什么弱点都暴露出来；大家应当想想法子，使这些弱点，怎样才不会从自己来表现！但是大家遇着国难紧张的时候，则激昂慷慨，要对外宣战；等着自己要受军事训练，过纪律生活的时候，则又不免怨道：我们是大学生，是要求高深学问的，可不是来当兵的！

唉！一般青年心理如此，无怪没有学校敢行军事训练！无怪最好的也不过以一曝十寒的兵式体操来做点缀品！一个民族的青年，畏难苟安至于如此，这个民族还有希望吗？

我来办国立清华大学的时候，清华学生会代表屡次向我要求“实行军事训练”，我觉得是青年健康的表现，是民族复兴的征兆。我们都知道军事训练与兵式操的分别。军事训练的生活不仅是几点钟操场的生活，而在其以军队的纪律、精神，及生活习惯，来改革中国民族衰颓浪漫、骄夸偷懒的恶习。这种改革是应当从现在的青年开始的。

我们要认定经军事训练的生活，是有纪律的生活，守规则，重秩序，能令，能受命，整齐严肃，务须铲除浪漫的习惯！（须知现在中国政治的紊乱，也大都由于那些无规则、无秩序、既不能令又不受命的浪漫的习惯，浸入民族心理中所以酿成的。）我们要认定军人的精神应当是振作的、前进的、发扬踔厉的，所以必须革除萎靡不振、退缩颓唐的故态！我们要认定军人的精神应当是勇敢的、牺牲的、急公好义的、大雄无畏不为不义屈的，所以必须革除以往怯弱的、庸儒的、妥洽的、勇于私斗而怯于公愤的颓风！我们要认定军人的精神应当是光明的、正大的、爽直的、简捷了当的，所以必须革除阴险的、卑狭的、钩心斗角纠缠不清的恶习！我们要认定军人的生活是朴实的、浑厚的、刻苦耐劳的，所以必须革除一切浮薄的、纤巧的、淫靡的生活趋向！仪表为军人风纪之表现，我们尊重仪表！名誉为军人第二生命，我们尊重名誉！军队生活是整个有机体的生活，是社会生活最整齐完备的表现，我们当身体力行这种生活，以为社会生活的准备！

我们认定这些军人的优美道德，是人类最高的道德；这些道德，只有借军事训练才能直接的培养成功！

况且我们处在现代的中国，军事训练更有其他的重要意义。我们的民族，处于帝国主义环攻之下；我们民族的独立、自由、平等，是他们最忌的。我们国民革命的军事在国内虽然成功，但是不平等条约尚未废除，外国的军队，还是侵入我们的腹地，其他严重的压迫，无论何时都可以加在我们身上。我方才说过，无自卫的力量，便无自尊的勇气。无自尊的勇气，绝不能起他人的尊敬。近年以来，每逢国耻，如五九、五卅，及此次济南事件发生，全国学生辄风起云涌，要求军事训练，但不及数月，事尚未过，境尚未迁，则已血温低落。此种“应时小卖”的风气，实为民族之大耻。真有坚定意志与远大眼光的青年，宁该如此？须知彻底的体魄锻炼，相当的军事实习及军事课程，如野操、战术、典范令之要则、阵中勤务之规条，以及指挥统率之方法等项，实为健全国民必备的知识。必须能起帝国主义者的敬畏，方才不会受帝国主义者的侵略；必须优秀国民均有相当军事常识及军人资格，方才可以永久防止军阀的产生；必须有能力可以遏止土匪及其他黑恶势力的暴动，方才可以使土匪及其他黑恶势力不暴动！中国民族求生存的出路，端在于斯！

现在国立清华大学开始军事训练了！学生的希望，也达到了！须知军事训练不是儿戏的事！不是一时高兴的事！现在军事训练部大队长、队长及军事教官都是很有军事学识和经验的。一切规程都是在不可再减的限度上规定的。老实说这种规定，离真正严格的军事训练，还是不知道多远！若是这最低限度的规定还不能执行，那军事训练的意义，便完全丧失了，这不但是清华军事训练的耻辱，乃是中国民族，中国青年，到现在还不知振作的表现！我不愿意看见中国民族的弱点，在清华的大学生身上暴露！我愿意清华学生能从军事训练上表现自己是中国民族复兴时代的青年！

（1928年11月2日在国立清华大学的演讲）

体育之重要

梅贻琦*

今天请体育部主任马约翰先生讲述体育问题。体育至关重要，人所尽知，特别在我国目前的国势之下，外患紧迫之时，体育尤应人人去讲求。身体健强，才能担当艰巨工作，否则任何事业都谈不到。今天马先生所欲讲者，一方面要大家明了校内体育设施状况，同时要大家知道体育在今日之重要。从前教育注重智育、德育、体育三者，后又并重群育，希望养成服务社会、团体合作的精神。青年对于学问研究，精神修养各方面，均须有人领导提倡，而体育主旨，不在练成粗腕壮腿，重在团体道德的培养。我国古重六艺，其中射、御二者，即习劳作，练体气，修养进德。后人讲究明心见性，对劳动上不甚留意，是以国势浸弱。吾们在今日提倡体育，不仅在操练个人的身体，更要藉此养成团体合作的精神。吾们要藉团体运动的机会，去练习舍己从人、因公忘私的习惯。故运动比赛，其目的不在能任选手，取胜争荣；在能各尽其可尽的能力，使本队精神有有效的表现，胜固大佳，败亦无愧。倘遇比赛，事先觉得无取胜可能，遂避不参加，忘其为团体中应尽的任务，是为根本错误。

* 梅贻琦（1889—1962），字月涵，天津人。1909年就读于清华留美预备学校，1914年在美国伍斯特理工学院获工学学士学位。1915年到清华学校任教，曾任物理系首席教授、教务长，1931年至1948年任清华大学校长。

体魄健康才能救国

梅贻琦

近来时局日趋紧急，据报纸及其他方面消息，战事未见十分顺利，大决战尚未开始，将来局势不知要演变到如何程度。据个人观测，日本不顾一切，任意横行，国际方面恐亦不能终久坐视。然则战祸旋涡，必致愈扩愈大，势将牵动全世界，恐亦必非短时期所能收拾。我们于此时艰，更应努力准备。近来国人提倡科学运动的日多，实因我国对日作战，非忠勇之气不能过人，徒以科学逊色，武器不及，为未能克敌制胜之主因。我们要从速研究实用科学，以供国家需要。此种大问题自难急切见效。不过我们要尽力而为，能做到一分，即可有一分功效。

再有一语，要向大家谆告。看起来觉得平常，其实即救国的根本问题：本校向来注重体育，然而还有许多同学的体力不强，这是应切实注意的。至于如何锻炼，自不全在每日赛跑蹴球，必须对于起居、饮食、眠憩种种方面时加注意，方可增进健康。昨与人谈及本校成绩良好之学生，体气每多不佳。此非云体气好者成绩即不佳，不过往往有体气与成绩不能平衡发展，确为事实。身体之强弱，关系一己之成就甚大。如果体气不充，精神不足，事业前途既属可忧，而关乎寿命之修短尤大。将来毕业出去担负任何工作，均以体力精神为前提；外患如此紧急，如作长期抵抗，是要靠各个人的全副精力去工作。我们要将灵敏的脑力，寓寄于健全体魄之中。而后才能担当艰巨，才能谈到救国。